A Faint Cold Fear Thrills Through My Veins
William Shakespeare

Zu diesem Buch

Neben der Pfütze die Leiche eines schwarzen Mannes. Er lag auf dem Rücken, hatte die Beine angewinkelt und beide Hände auf seinen Bauch gelegt; die Stellung von jemandem, der auf einem grasigen Ufer in der Sonne schlief.

Schon die Kleidung des Toten macht Detective Superintendent George Macrae stutzig. Die Toten in dieser Gegend tragen keine teuren Designer-Lederjacken. Noch größer ist sein Erstaunen, als die Identität des Toten feststeht: Henry Foster, berühmter TV-Moderator, sozial engagiert mit blütenreiner Weste. Wie kommt ein solcher Mann in diese Gegend, in der Penner, Prostituierte, Stricher und Dealer rumstreichen? Mrs. Foster, eine toughe weiße Lady, ebenfalls beim Fernsehen tätig, macht ihnen ganz schön die Hölle heiß, im Fernsehen zur besten Sendezeit, nachdem sie ihr die üblichen Fragen gestellt haben. Dabei sind weder Macrae noch sein Assistent, Det. Sergeant Leo Silver, Rassisten. Die beiden haben zwar unterschiedliche Ansichten und Vorgehensweisen, aber Mord bleibt Mord.

Schließlich haben sie so etwas wie ein Phantombild von dem möglichen Täter. Die Jagd kann beginnen.

Hier in London fühlt sich Jack Benson einigermaßen sicher. Zahlreiche Umwege hat er in Kauf genommen: Von Hongkong über Australien, Indien, Pakistan ist er im frühlingskalten England gelandet, die Reisetasche voller Geld, den Kopf voller Pläne und in der Hand den Schlüssel zur Stadtwohnung seines Geschäftspartners und Freundes. Er hat eine Verabredung mit einer schönen Frau. Aber das weiß sein Feind. Die Jagd kann beginnen.

Alan Scholefield stellt hier zum erstenmal sein neues Gespann vor: Detective Superintendent George Macrae und Detective Sergeant Leo Silver. Nach «Lautlos und tödlich» (1980) hatte der Autor Abenteuerromane verfaßt. Geboren in Südafrika, lebt Alan Scholefield mit seiner Frau, einer australischen Schriftstellerin, heute in Südengland.

Alan Scholefield

KURZSCHLUSS

Aus dem Englischen
von Jürgen Bürger

rororo
Rowohlt

rororo thriller
Herausgegeben von Bernd Jost

Deutsche Erstausgabe
Veröffentlicht im Rowohlt Taschenbuch Verlag GmbH,
Reinbek bei Hamburg, April 1992

Die Originalausgabe erschien 1990 bei Macmillan London Limited
unter dem Titel «Dirty Weekend»

Umschlagfoto Thomas Henning
Umschlagtypographie Peter Wippermann/Britta Lembke
Satz Sabon (Linotronic 500)
Gesamtherstellung Clausen & Bosse, Leck
Printed in Germany
980-ISBN 3 499 42988 8

Die Hauptpersonen

Henry Foster	hat vor und hinter der Kamera ein scharfes Auge.
Rose-Mary Foster	hat einen heißen Draht zu den richtigen Leuten.
Jack Benson	kassiert, was er nicht immer verdient hat.
Richard Dunlap	sammelt ein, was übrig bleibt.
Maria Dunlap	läuft den Erinnerungen hinterher.
Terence «Terry» Collins	läuft seinen Vorstellungen voraus.
Shao Li-tze	läßt laufen.
«Rat» Rattray	macht einen Deal außer der Reihe.
Zoe Bertram	lebt freiwillig hinter Schloß und Riegel.
Detective Superintendent George Macrae	liebt seine Arbeit und haßt seine Vergangenheit.
Leo Silver	gehört wie er (sagt Macrae) einer rassischen Minderheit an: Silver ist Jude, Macrae Schotte.
Detective Chief Superintendent Leslie Wilson	hat einen Kopf für die Verwaltung und ein Herz für Macrae.

1

Die Männer, die wegen Jack Benson gekommen waren, warteten in der Nähe des achtzehnten Grüns des Royal Hongkong Golf Club.

Wegen ihm gekommen.

Sein Verstand benutzte diesen Ausdruck, nicht weil es eine Untertreibung war und er der Wahrheit nicht ins Auge blicken konnte, sondern weil es absolut zutreffend war. Sie waren wegen ihm gekommen. Nicht, um ihn zu töten. Das würde erst später passieren.

Wie es die Chinesen eben mit jenen machten, die ihre Schulden nicht zurückzahlen konnten, würden sie ihn zuerst festhalten und ihm einen Finger oder ein Ohr abschneiden: ihm sozusagen einen Warnschuß vor den Bug geben.

Falls er das Geld immer noch nicht beisammenhatte, wenn die Wunde verheilt war, würde sich ein kleiner Verkehrsunfall oder ein Bootsunfall oder ein Badeunfall ereignen – und damit Good bye, Jack, alter Knabe.

Er hatte es selbst schon erlebt. Erst letzten Monat war der Präsident der *International and Oriental Bank* im tiefen Teil seines eigenen Swimmingpools gefunden worden. Ein Kanaldeckel war mit einem Stück Draht an seinem Hals befestigt. Es war allgemein bekannt, daß er mit einem Sanierungsprojekt im Central District übel Schiffbruch erlitten hatte.

Das achtzehnte Loch auf dem Old Course in Fanling besitzt ein scharf abgewinkeltes Fairway. Mit einem guten Schlag vom Tee gelangt man an eine Stelle, die einen freien Blick auf die Terrasse des Clubhauses und den kleinen Übungsplatz zum Putten bietet, und Jack Benson hatte einen guten Drive geschlagen.

Es dauert etwa zehn Minuten, im Golf ein langes Loch zu spielen, und ungefähr drei Minuten, plus minus ein paar Sekunden, um den Drive zu machen, zu seinem Ball zu gehen und ein zweites Mal zu schlagen.

Während dieser drei Minuten, von dem Augenblick, an dem Benson seinen Schlag über die Hälfte des Fairway machte, bis zu dem Zeitpunkt, als er seinen Ball erreichte, wurde ihm klar, daß a) Mr. Shao Li-tze, mit dem er diese Runde spielte – wie es sich ergab, die letzte, die er je wieder in Fanling spielen würde –, ihm seine Ausflüchte nicht abkaufen würde, und b), daß die beiden Männer auf ihn warteten.

Wahrscheinlich hätte er den Mann, der auf dem verlassenen Putting Green stand, nicht direkt mit der Sache in Verbindung gebracht, aber der andere war zu auffällig. Normalerweise sieht man in der Nähe des achtzehnten Loches keine harmlosen Spaziergänger, die mit einem Fernglas das Fairway hinunterschauen. Das Fernglas war genau auf Benson gerichtet. Und Mr. Shao war einfach *zu* lässig.

Zu sagen, er hätte Angst, wäre reines Understatement. Er lebte nun schon seit Monaten mit der Angst, genaugenommen seit jenem Augenblick, an dem er zum erstenmal in der *South China Morning Post* gelesen hatte, daß einige der nach der friedlichen Revolution auf dem Platz des Himmlischen Friedens verhafteten chinesischen Studenten hingerichtet worden waren.

Selbst da, selbst nachdem die Henker der Volksbefreiungsarmee die Pistolen ins Genick der Studenten gesetzt und den Abzug durchgezogen hatten, selbst da hatte er noch zwischen Hoffnung und Angst geschwankt. Denn im Grunde war Benson Optimist. Das sagte jeder. Und normalerweise gelang ihm alles. Aber nicht dieses Mal. Das Glück hatte ihn, wie Hemingway geschrieben hatte, verlassen.

Denn vom Augenblick dieser Hinrichtungen an machte sich das große Zittern in Hongkong breit. Damit hatte endgültig die Talfahrt der Geld-, Aktien- und Rohstoffmärkte und des Hang-Seng-Index eingesetzt. Der Gedankengang war simpel: Wenn die Chinesen so etwas schon mit ihren eigenen Leuten machten, die lediglich einen Hauch von Demokratie geschnuppert hatten, was würden sie dann erst mit einem freiheitsliebenden Hongkong anstellen, wenn sie es 1997 von Großbritannien zurückerhielten?

Er war, so sagte sich Benson, ein Opfer der Geschichte. Und dieser chinesische Aufruhr würde ihn, wenn er nicht sehr vorsichtig war, zuerst ein Ohr und anschließend das Leben kosten, denn es war ausgeschlossen, bis Ende des Osterwochenendes vierzig Millionen Hongkong-Dollar aufzutreiben. Völlig ausgeschlossen.

Er hatte das Geld investiert, das er mit der Firma als Sicherheit bei der Bank aufgenommen hatte. Er hatte das ohne alle Sicherheiten von Mr. Shao erhaltene Darlehen eingesetzt. Ja, er hatte sogar sein Privatvermögen angegriffen, weil der Deal absolut, hundertprozentig hieb- und stichfest und gesund war. Er würde mehr Geld damit verdienen, als er zählen konnte. Er würde sein ganzes Leben nie wieder arbeiten müssen.

Und alles hatte so gut ausgesehen. Zuerst war Mrs. Thatcher aufgekreuzt und hatte mit China ein Abkommen über Hongkong geschlossen. Dann war Gorbatschow gekommen, um die neue Freundschaft zu zementieren, die überall ausbrach. Und dann fing ein Haufen gottverdammter Trottel, Studenten, um Himmels willen, die besser Bücher hätten lesen und Pot rauchen sollen, auf einmal an, Erwachsene zu spielen – und sie vermasselten alles. Was für eine ausgemachte Schweinerei!

Während Benson seinen Drive auf dem achtzehnten Loch schlug, gelangte er zu der ernsthaften Überzeugung, daß weder die Geschichte noch die Politik und die internationale Lage es wert waren, dafür zu sterben.

Er war dreiundvierzig Jahre alt, mittelgroß, hatte dunkles, gewelltes Haar und ein markantes, gutaussehendes Gesicht. Früher war er schlank gewesen, aber nach all den Jahren des guten Lebens, oder zumindest seiner Version davon, hatte er einen kleinen Bauch angesetzt, der über den Bund seiner Hose hing, und ein feines Geflecht geplatzter Äderchen auf den Wangen bekommen. Aber er war immer noch ein Mann, nach dem sich die Frauen umdrehten, wenn er ein Restaurant betrat.

Mr. Shao hingegen war zwanzig Jahre älter. Als Kind hatte er Pocken gehabt, und sein Gesicht war mit kleinen Kratern übersät.

Aber er war dünn wie eine Bohnenstange und sah durchtrainiert genug aus, um die Kowloon Hills hinauf- und hinunterlaufen zu können – was er tatsächlich auch des öfteren tat. Seit Jahren hielt er sich auf seinen eigenen Courts mit Tennis und Squash in Form. Er mochte es, gesund zu leben, denn das schenkte ihm mehr Zeit auf dieser Welt, die er mit seinem Geld verbringen konnte. Soweit Benson wußte – oder zu wissen glaubte –, war Golf das einzige Spiel, das Mr. Shao nicht beherrschte.

Er hatte schon zweimal zuvor gegen Mr. Shao gespielt und beide Male absichtlich verloren. Er wußte es. Mr. Shao wußte es. Die Caddies wußten es. Was für Mr. Shao einen Gesichtsverlust bedeutet hatte.

Seit fast einem Jahr hatten sie schon nicht mehr miteinander gespielt. Benson war während dieser Zeit nur selten auf dem Golfplatz gewesen, und sein Handicap von Acht war wegen fehlender Übung allmählich gestiegen. Mr. Shao andererseits hatte in den vergangenen sechs Monaten viermal wöchentlich Unterricht genommen und war Benson nun Schlag für Schlag und Loch für Loch ebenbürtig. Es war wichtig für Mr. Shao geworden, Benson zu besiegen, und das wußten sie beide.

Doch in den drei Minuten, die Benson benötigte, um seinen Ball zu erreichen, der in der Mitte des achtzehnten Fairway lag – und während denen er die zwei Männer gesehen hatte und über Chinas Vergangenheit, Gegenwart und seine eigene Zukunft nachdachte –, war es ihm völlig gleichgültig, wer das Spiel gewann oder verlor.

Sie waren ohne Caddies auf den Platz hinausgegangen, denn als sie am späten Vormittag mit ihrer Runde begannen, waren keine «A»-Caddies mehr frei, und keiner von ihnen wollte sich den Umstand mit einem «B»-Caddie machen. Was jedoch wichtiger war: Benson wollte nicht, daß jemand ihnen zuhörte. Caddies waren in Hongkong eine wunderbare Fundgrube für Informationen, wenn sie die Golftaschen zweier gesprächiger Geschäftsmänner getragen hatten, und dies ganz besonders dann, wenn es bei den Gesprächen um etwas zwielichtige Geschäfte gegangen war, was recht häufig der Fall war.

Genau wie Mr. Shao zog Benson seinen Golfwagen hinter sich

her. Es war ein heißer Tag gegen Ende des Frühjahres, und die Luftfeuchtigkeit war hoch. Benson war schweißgebadet.

Mr. Shao in seiner beigefarbenen Sportkleidung und mit einem Sinatra-Strohhut auf dem Kopf wirkte im Gegensatz dazu kühl und gefaßt. Es schien kaum vorstellbar, dachte Benson, daß es genau dieser Mann sein würde, der den Finger oder das Ohr erhielt. Wie würde es ihm wohl überreicht werden? Verpackt als Geschenk?

Benson wartete, daß Mr. Shao seinen Schlag machte. Er spielte ein sicheres, wenig risikobereites Golf.

Benson kommentierte: «Guter Schlag.»

Mr. Shao stand links von ihm, und Benson konnte seinen Ball vor Mr. Shaos Blick abschirmen. Er holte weit aus. Im letzten Augenblick setzte er seine rechte Hand ein. Der Schläger schnitt den Ball an. Der Ball schoß in die Höhe, zog in einem weiten Bogen über den Himmel und verschwand in den Bäumen.

«Zu dumm», sagte Mr. Shao.

Benson ging in Richtung seines Balles los.

«Geben Sie auf die Bambusschlangen acht», rief Mr. Shao ihm nach. «Die kommen jetzt aus dem Winterschlaf.»

«Ich paß schon auf.»

Er ließ seinen Golfwagen am Rand des Fairway stehen und betrat das Rauh. Es war dicht und buschig. Nur für den Fall, daß er wirklich einer Schlange begegnete, hielt er ein Sechser-Eisen in der Hand. Das war jetzt nicht der richtige Augenblick, um gebissen zu werden.

Er kämpfte sich durch die Zweige und das Laub bis zu der Stelle vor, wo sein Ball heruntergekommen sein könnte. Mr. Shao konnte ihn jetzt nicht mehr sehen. Er ging weiter.

Er marschierte durch das Rauh, bis er eine Stelle erreichte, wo er auch von Parkplatz und Clubhaus aus nicht mehr gesehen werden konnte, und wo eine Straße quer durch den Golfplatz verlief. Er begann zu laufen.

Er hatte noch keine klare Vorstellung, was er tun würde, wußte nur, daß er verschwinden mußte. Er hatte daran gedacht, vielleicht ein Auto anzuhalten, zu trampen, doch dann – es war fast wie ein Geschenk Gottes – sah er ein grünes *New Territories*

Taxi. Und es war frei. Er hielt es an. Der Fahrer war nicht sonderlich interessiert, in den Central District hinunterzufahren. Benson bot ihm das Doppelte des normalen Fahrpreises.

Der Fahrer zuckte mit den Achseln. Die *gweilos* machten manchmal solch merkwürdige Dinge. «Okay», sagte er.

Benson brauchte fast zehn Minuten, um sich zu beruhigen und Bilanz zu ziehen. Sein Herz klopfte immer noch wie verrückt, aber bei weitem nicht mehr so heftig wie zuvor. Gott allein wußte, welche Konsequenzen das alles für seinen sowieso schon viel zu hohen Blutdruck hatte. Mit einem Taschentuch wischte er sich übers Gesicht und trocknete Unterarme und Hände ab.

Sie schlängelten sich vorbei an Tai Po und dem Tolo Harbour und dann der Pferderennbahn bei Sha Tin hinunter, wo er die Wechsel so vieler Verlierer angenommen hatte.

Er fragte sich, was Mr. Shao jetzt wohl machte. Er würde am achtzehnten Grün auf Benson gewartet haben, und dann würde er, als er nicht wieder auftauchte, den Fairway zurück und ins Rauh gegangen sein, um Benson bei der Suche nach dem Ball zu helfen.

Es gab nicht den geringsten Grund, wieso Mr. Shao hätte mißtrauisch sein sollen.

Wenn er Benson zwischen den Akazien und Eukalyptusbäumen nicht fand, würde er ihn zunächst auf der Terrasse des Clubhauses und anschließend auf dem Parkplatz suchen. Wo er Bensons Mercedes sehen würde. Schwer zu übersehen, wo er doch knallgelb war. Dann wieder zurück ins Clubhaus, in die Umkleideräume und die Bars. Zu diesem Zeitpunkt dürfte er seine beiden Lakaien schon vom achtzehnten zurück zum siebzehnten Loch geschickt haben. Nachdem er wieder eine Niete zog, würde Mr. Shao wahrscheinlich ins Sekretariat gehen und sich dort erkundigen.

Die ganze Aktion würde eine halbe Stunde dauern, vielleicht auch etwas länger. Und dann? Dann würden sie vermutlich alle weiteren Schritte bis nach Einbruch der Dunkelheit aufschieben. Sie würden zu seiner Wohnung in Stanley fahren, und sie würden sie vollständig möbliert und mit Lebensmitteln ausgestattet vorfinden. Kleider hingen immer noch in den Schränken. Nur daß niemand dort sein würde, denn genau so hatte er es geplant, falls sich die Dinge für ihn ungünstig entwickeln sollten.

Es war ein reizendes Apartment, die beste Wohnung, die er je besessen hatte, mit Ausblicken auf das Südchinesische Meer, die sich nie mehr wiederholen lassen würden. Genausowenig natürlich wie die Frauen.

Er sagte sich, daß sie nichts überstürzen würden. Dazu bestand keinerlei Veranlassung. Soweit es sie betraf, ging Benson nirgendwo hin.

Wie war er nur in eine solche Situation geraten? Er hatte immer gedacht, daß Hongkong ihm in finanzieller Hinsicht bieten würde, was London und New York nie gelungen war. Immer wieder neue raffinierte Geschäfte, immer wieder neue Pläne. Jesus!

Bevor sie den Cross Harbour Tunnel erreichten, wurden sie von einem anderen Taxi voller Australier überholt, die Fahnen und Bierdosen in den Händen hielten. Und dann erinnerte er sich, daß vor zwei Tagen das *International Rugby Sevens*-Turnier zu Ende gegangen war.

Früher war er immer mit Richard hingegangen. Es war so eine Art Tradition; jedes Jahr im März kam Richard rüber, und dann gingen sie gemeinsam. In einem Jahr hatte Maria Richard begleitet. Jack hatte Lisa mitgenommen... oder Joan oder Mei-Li oder... die Namen fielen ihm jetzt nicht ein.

Schade, das mit Richard, aber zum Teufel auch. In diesem Leben hieß es: Jeder für sich.

Sie kamen wieder ans Tageslicht und hielten vor seinem Büro an der Des Voeux Road, Central District. Er dachte kurz daran, den Fahrer zu bitten, er solle warten, doch Benson wußte, daß dies nur eine längere Diskussion auslösen würde, und dazu fehlte ihm jetzt die Zeit. Er bezahlte und fuhr in den dreiundzwanzigsten Stock hinauf.

Auf einer Glastür auf der linken Seite des Foyers stand neben den Namen verschiedener anderer seiner Agenturen DUNLAP & BENSON. Das war die einzige Firma, die seinen eigenen Namen trug, die einzige, an der er wirklich Anteile besaß. Eines Tages, wenn er ehrlich blieb und immer hart arbeitete, hätte ihm diese Firma wahrscheinlich einen bescheidenen Wohlstand eingebracht. Aber das Wort «bescheiden» hatte Benson noch nie interessiert, und jetzt dachte er an diese Firma bereits in der Vergangenheitsform.

Er betrat das Vorzimmer. Mrs. Feniman, seine Sekretärin, schaute von ihrem Schreibtisch auf und sagte: «Sie sind heute aber früh zurück.»

«Der Platz war leer.»

Sie war Mitte dreißig, die englische Frau eines Beamten im Wirtschaftsministerium. Gutaussehend auf eine blasse, ätherische Art. Sie trug lange Chiffon-Kleider und dezentes Make-up. Nach einer Weihnachtsfeier im Büro vor zwei Jahren hatte er sie in einem Taxi nach Hause gebracht und versucht, sich an sie ranzumachen, doch sie hatte sich behutsam von ihm gelöst und gesagt: «Seien Sie nicht gewöhnlich, Jack.»

Er war wütend gewesen damals. Und dann, als er wieder nüchtern geworden war, hatte er sich gefragt, wie sie wohl im Büro reagieren würde, doch sie hatte nie, weder mit einem Wort noch einem Blick, eine Anspielung auf diesen Zwischenfall gemacht.

«Ich wollte gerade Tee aufsetzen», sagte sie, stand auf und schwebte zu der kleinen Kochnische hinüber.

«Ja, sehr gern.»

Bensons Bürosuite besaß ein kleines Bad und einen Einbauschrank. Er duschte und zog sich schnell um, und Mrs. Feniman brachte seinen Tee.

Er schloß die Tür seines Büros ab und öffnete einen großen Wandsafe, in dem sich eine Reisetasche aus weichem Leder befand. Er nahm seinen Paß und ein undatiertes Flugticket nach London heraus. Ansonsten befand sich nur Geld in der Tasche, eine Viertelmillion Pfund Sterling in US-Dollar, Schweizer Franken, Deutschen Mark und englischen Pfund plus ein paar tausend Hongkong-Dollar.

Verglichen mit seinen Schulden sicher nicht viel, aber es würde ihm an jedem Ort seiner Wahl einen neuen Anfang ermöglichen. Ferner würde es ein einigermaßen niveauvolles Leben in London ermöglichen, bis dieser neue Start in die Wege geleitet werden konnte. Paß und Ticket steckte er in die Brusttasche seines dunkelblauen Leinen-Sporthemdes, ging dann mit seiner Tasse ins Vorzimmer und sagte: «Gibt's noch eine zweite?»

Mrs. Feniman lächelte matt und erwiderte: «Ich brühe frischen auf.»

Genau wie er erwartet hatte, verschwand sie wieder in der kleinen Küche. Er nahm die Reisetasche, durchquerte schnell das Vorzimmer und rief an der Tür über seine Schulter zurück: «Bin gleich wieder da. Gehe nur ein paar Zigaretten holen.»

Auf der Straße dachte er: Diesmal kein Taxi. Keine Spuren hinterlassen. Also nahm er die Star Ferry nach Kowloon. Die Fähre pflügte durch das aufgewühlte Wasser, und er spürte die kühle Brise auf seinem Körper.

Er fragte sich, ob sie wohl den Fahrer des *New Territories*-Taxis ausfindig machen könnten oder was sie mit Mrs. Feniman machen würden. Er hoffte, sie würden ihr nicht weh tun.

Auf der Kowloon-Seite fühlte er sich sicher genug, wieder ein Taxi zu nehmen. «Kai Tak», sagte er.

Auch wenn alle drei Minuten ein Flugzeug auf dem *Kai Tak Airport* landet, herrscht im Terminal die gleiche hingebungsvolle Effizienz wie im Hongkonger Geschäftsleben. An diesem Tag war es noch voller als gewöhnlich, als die Rugby-Fans ihre Rückflüge nach Hause antraten.

Da waren Australier, Neuseeländer, Briten, Franzosen und Iren – von denen nicht wenige angetrunken waren. Benson ging auf kürzestem Weg zum *British Airways*-Schalter, wo eine lange Schlange für Standby-Tickets anstand. Bei der *Cathay Pacific* war die Schlange noch länger. Sorgfältig studierte er die Abflugtafel, denn auf dem Kai Tak wurden Flüge niemals über Lautsprecher durchgegeben.

Und während er dort stand, kehrte die Angst zurück. Er glaubte, daß die Menschen ihn anstarrten, sein Gesicht registrierten, sich an ihn erinnern würden.

Innerhalb der nächsten dreißig Minuten starteten Maschinen nach Jakarta, Manila und Perth. Wenn er verschwinden mußte, schienen weder Jakarta noch Manila eine besonders gute Idee zu sein. Nicht als Weißer. Dann also Perth.

Er ging zur *Quantas*. Ein Platz war noch frei. Plötzlich erinnerte er sich, daß sich das einzige Bargeld, das er, abgesehen von etwas Kleingeld, besaß, in seiner Reisetasche befand. Er konnte sie jetzt unmöglich öffnen. Er dachte daran, auf die Toilette zu gehen, sich einzuschließen und die Tasche dort zu öffnen.

Doch das Lämpchen, das den unmittelbar bevorstehenden Abflug der Maschine anzeigte, blinkte bereits, und hinter ihm stand noch jemand. Also bezahlte er mit *American Express*. Noch während er es tat, erkannte er, daß es ein Fehler war.

Die letzten Meter zum Flugsteig mußte er laufen, und dann wurde er auch schon zu seinem Platz im Raucherabteil geführt. Wohin er auch schaute – überall nur chinesische und japanische Gesichter. Und alle schienen ihn anzustarren.

Er setzte sich, und die Stewardess sagte: «Ihre Tasche, Sir.»

«Nein, ich möchte sie bei mir behalten.»

«Tut mir leid.»

«Nein!»

Der australische Rugby-Fan auf dem Platz neben ihm, der eine orangefarbene Rosette trug, warf ihm einen eigenartigen Blick zu.

«Die Tasche muß für den Start sicher verstaut werden, Sir. Sie können sie unter Ihren Sitz schieben.»

«Oh. Okay.»

Er stellte die Reisetasche auf den Boden und klemmte sie zwischen seine Beine.

«Wo geht's denn hin?» fragte der Australier.

«Island.»

Der Mann schwieg einen Augenblick und lachte dann. «Sie nehmen den langen Weg, Sportsfreund.»

«Tut mir leid. Ich spreche kein Englisch.»

Er lehnte sich zurück. Er hatte am ganzen Körper zu zittern begonnen.

2

Wirklich glücklich war Terry nur beim Laufen. Und jetzt lief er. Einen Fuß nach dem anderen machten die weichen Sohlen seiner Turnschuhe ein gedämpftes Tapp... Tapp... Tapp... auf den kalten Londoner Bürgersteigen.

Day... lee... Day... lee... Day... lee...

Er hielt den Rhythmus seines Laufens. Links... rechts... links... rechts... Day... lee... Day... lee... Die Themse lag hinter ihm, und er lief die Northumberland Avenue hinauf und auf den Trafalgar Square – ein vierzehnjähriger Junge, etwas klein für sein Alter, in einem schwarz-grünen Trainingsanzug und mit einer neongrünen Wollmütze auf dem Kopf.

Die abendliche Rush-hour hatte schon vor einiger Zeit begonnen. Menschen schoben und drängelten und rannten ihn beinahe über den Haufen. Aber Terry war wendig. Den geschlossenen Reihen von Büroangestellten an den Bushaltestellen wich er geschickt aus oder schlängelte sich hindurch.

Sie sahen ihn komisch an. Alle sahen ihn an. Das dachte er wenigstens. Konnten sie das Blut sehen? Die Finger seiner rechten Hand waren ganz klebrig davon. Das Messer in seiner Tasche war damit verschmiert. Wieso glotzten die ihn alle so an? Hatte er vielleicht Blutspuren im Gesicht?

Er rieb sich mit dem Arm über Wangen, Nase und Stirn. Was schlagartig eine Erinnerung zurückbrachte. Der erste Schultag, als er acht gewesen war und sie ihn festgehalten und an seinem braunen Gesicht gerieben hatten, um zu sehen, «ob's wohl abging».

Er wehrte sich gegen diese Erinnerung, doch das brachte ihn nur dazu, sich daran zu erinnern, wieso er jetzt lief. Er hatte fürchterliche Angst. So große Angst, daß er einen metallischen Geschmack im Mund hatte und am liebsten gekotzt hätte – oder «übergeben», wie sein Großvater es genannt hatte.

Er hatte Angst vor dem, was die Leute sehen konnten: Angst vor den Augen, den sich ihm zudrehenden Köpfen. Würden sie sich an ihn erinnern? Würden sie etwas sagen?

Spreche ich mit der Polizei? Ich möchte einen Jungen melden, der gerade über den Trafalgar Square rennt. Einen schwarzen Jungen. Über und über mit Blut beschmiert.

Aber er war nicht schwarz. Nicht wirklich schwarz. «Was wir einen Viertelneger nennen», hatte sein Großvater gesagt. «Du hast die gleiche Hautfarbe wie Daley Thompson, kann gar nicht so schlecht sein.»

Er lief unter der Admirality Arch her und die Mall entlang. Die Platanen hatten immer noch keine Blätter. Mit dem Ostwind war der Märzabend bitterkalt und so trocken, daß er spüren konnte, wie seine Lippen aufplatzten. Der Himmel war bleiern, und hier und da lagen noch Reste von Pulverschnee. Die Lichter brannten. Die Abenddämmerung hatte sich über das West End gelegt.

Er lief den mit Papierfetzen übersäten St. James Park entlang, über den der Wind fegte, und vor ihm ragte düster Buckingham Palace auf. Das war nicht sein London. Er war kaum je hier gewesen. Er schwenkte rechts in den Green Park und lief auf die Piccadilly zu.

Leicester Square und Chinatown mit ihren Vergnügungslokalen winkten ihm verlockend zu. Doch er wußte, daß er sofort erledigt sein würde, wenn er dort hinging. Zu viele Augen. Zu viele *street kids*, die ihn bereits vom Sehen kannten.

Day... lee... Day... lee... machten die Turnschuhe auf dem Asphalt. Sobald er über das Laufen nachdachte, verschwand die Angst, und er war wieder in seiner Welt.

Mal sehen. Wer könnte er sein. Arthur Wint oder Herb McKenley. 1948. Gold und Silber für Jamaika. Was für ein Jahr! Sein Großvater hatte gesagt, so etwas hätte er noch nie erlebt. Wint mit seinen langen Beinen, wie er nach den ersten hundert Metern förmlich zu «schweben» begann. Jamaika auf Platz eins und zwei. Die besten Vierhundert-Meter-Läufer der Welt. Das hatte sein Großvater gesagt – und sein Großvater *wußte Bescheid*.

Oder er könnte auch einfach er selbst sein. Warum nicht? Arthur Wint. Herb McKenley. Er selbst. Und Garner Maitland. Okay. Vierhundert-Meter-Staffellauf. Er, Terry Collins, lief das letzte Stück.

Jetzt auf die Piccadilly und weiter nach Westen Richtung Knightsbridge. Tapp… tapp… tapp… machten die Turnschuhe.

Terry! Wieso hatten sie ihm keinen vernünftigen Namen geben können? Garner Maitland. Sein Großvater. Das war ein Name. Don Quarrie. Zweihundert Meter. Zwanzig-Komma-zwei-drei. Gold für Jamaika 1976. Das war ein Name. Haseley Crawford. Gold. Hundert Meter. Trinidad. Das war ein Name.

Wendell Motley… Harrison Dillard… Jesse Owens… Lee Evans… Bob Beamon… Hayes Jones… Willie Davenport… Lloyd LaBeach… Norwood Barney Ewell… Die Litanei der Namen wirkte wie eine Art Beruhigungsmittel.

«Nimm zum Beispiel Harrison Dillard», hatte sein Großvater gesagt. «Der beste Hürdenläufer, den ich je gesehn hab. Schafft die Qualifikation für die US-Nationalmannschaft nicht. Also kommt er nur als Sprinter in die Mannschaft. Der Mann gewinnt Gold über hundert Meter.»

Kipchoge Keino… John Akii-Bua… Edwin Moses…

Also, okay, das letzte Stück der Vier-mal-vierhundert-Meter-Staffel. USA, Ostdeutschland, Westdeutschland, Großbritannien, Rußland, Kuba, Nigeria u-u-u-n-n-n-d-d-d Jamaika!

Arthur Wint das erste Stück. Garner Maitland das zweite. Dann Herb McKenley und schließlich Terry für das letzte Stück. Nur daß er nicht Terry heißen würde, sondern Huntsman. Er hatte den Namen vor ein paar Tagen an einer Schneiderei gesehen. Huntsman Collins. *Das* war ein Name.

«Also, Arthur, der war wie 'ne Fahnenstange», hatte sein Großvater gesagt. «Die längsten Beine, die ich je gesehn hab. Und nach den ersten Hundert, *mon*, da ist er einfach *geschwebt*!»

Über die Knightsbridge schweben, bei dichtem Verkehr auf der südlichen Fahrbahn vorbei am Hyde Park. Zwischen die Bäume, weiter den Rotten Row hinuntertappen, ohne zu wissen, wohin er überhaupt lief, was er tun würde; einfach nur laufen.

Vorbei am Albert Memorial und rein in den Kensington Gardens. Jamaika auf der Innenbahn. Die lange Gerade hinunter. Arthur schwebt. Dann die Kurve, und ab geht die Post und… «und da kommt Arthur angebraust wie ein D-Zug…»

Und dann Maitland... und dann McKenley... und Huntsman Collins... Laß den Stab nicht fallen...! Saubere Übergabe...! Und jetzt dicht dranbleiben...!

Der Jubel klingelte immer noch in seinen Ohren, als er sich plötzlich auf fremdem Gelände wiederfand und stehenblieb.

Inzwischen war es endgültig dunkel geworden, und Terry war allein. Links von ihm schimmerte schwach ein Teich. Rechts ragte eine Statue auf.

Wo war er?

Er lief ein kleines Stück zurück, fand einen menschenleeren Weg am Serpentine und folgte ihm. Das Wasser war grau und bedrohlich. Alte Brotkrumen, die irgendwann während des Tages den Enten zugeworfen worden waren, hatten sich in kleine, mit Wasser vollgesogene Stücke aufgelöst. Er erreichte die Statue eines kleinen Jungen. Im trüben Dämmerlicht konnte er auf dem steinernen Sockel die Worte PETER PAN entziffern. Irgend etwas rührte sich in seiner Erinnerung. Ja, jetzt hatte er es. Ein Krokodil. Und Captain Hook. Und die Familie Darling. Einen Augenblick lang vergaß er, wo er war und warum er dort war, und stand einfach da und starrte zu der Statue hinauf, spürte einen stechenden Schmerz in seinem Herzen. Sein Großvater hatte ihm die Geschichte vorgelesen, kurz nachdem er bei ihnen eingezogen war. Genau das war es, was er sich jetzt mehr als alles andere auf der Welt wünschte: eine Familie wie die Darlings. Einen Ort, an dem er sicher und geborgen war.

Er konnte es nicht in klare, zusammenhängende Gedanken fassen, aber genau das war es, was dieser Schmerz bedeutete.

Hinter der Statue befand sich eine Mauer. Auf der anderen Seite würde er Schutz vor dem Wind finden. Es war keine hohe Mauer, und er kletterte hinüber, ließ sich leise auf der anderen Seite herunterfallen. Und sofort befand er sich in einer fremden neuen Welt.

Die Mauer umschloß ein Areal von vielleicht einem halben Morgen. Sträucher und Bäume waren angepflanzt worden, um es noch mehr zu verbergen und tarnen. An einer Seite befand sich ein großes Tor, und auf der Terry gegenüberliegenden Seite stand eine Planierraupe.

Auf dem eingefriedeten Areal lagen gewaltige Haufen von gemähtem Gras, Berge von Papiertüten, alten Zeitungen und ausgedienten Styroporbechern. Dünne Rauchfahnen stiegen von den Grashaufen auf. Es war eine der Mülldeponien des Parks, aber eine relativ saubere. Terry warf einen prüfenden Blick auf die grasigen Hügel. Es konnte durchaus sein, daß dieser Ort vorübergehend die Antwort auf seine Bedürfnisse war. Er ging zu einem der Grashaufen hinüber und berührte ihn. Es fühlte sich trocken und leicht warm an. Wenn er jetzt noch etwas zu essen hätte...

«Was willst du hier, mein Sohn?»

Er wirbelte herum.

Ein Mann in einem Overall saß auf einem der Grashaufen. In der Hand hielt er eine Flasche. Jetzt schraubte er den Verschluß wieder auf und schob sie in seine Tasche. Er stand auf und nahm einen Rechen in die Hand. Im Abendwind strahlte er etwas Bedrohliches aus.

Wie benommen stand Terry einen Augenblick starr da. War unfähig, seine Beine in Bewegung zu setzen.

«Weißt du nicht, daß die Tore des Parks bei Einbruch der Dunkelheit geschlossen werden? Kannst du nicht lesen? Stehen doch überall genug Schilder!»

Er war etwa Ende vierzig, hatte ein müdes Gesicht und müde Augen. Über seinem Overall trug er eine schwarze gefütterte Jacke und einen Schal. Auf dem Kopf hatte er eine flache Mütze.

«Was machst du überhaupt hier? Das hier ist nicht für die Öffentlichkeit.»

«Ich bin gelaufen», sagte Terry.

«Jogging? In deinem Alter? Hast du Angst vor einem Herzinfarkt?» Der Mann sah ihn einen Augenblick an, und dann wurde seine Miene sanfter. «Na ja, ich arbeite hier, weißt du, und ich bin genauso spät dran wie du. Komm, ich zeig dir was. Aber das bleibt unter uns, okay?»

«Okay.»

Der Parkangestellte ging den Serpentine hinunter. Auf der anderen Seite des im Dunklen liegenden Wassers konnte Terry undeutlich ein Dickicht aus Büschen und Bäumen erkennen.

«Da drüben schlafen die Enten», sagte der Mann und zeigte auf das wildwuchernde Grün.

Er führte Terry zu dem Eisenzaun auf der Nordseite des Parks. In einem großen Rhododendronstrauch versteckte er seine Harke, und dann schob er eine lockere Stange des Zaunes zur Seite. Die so entstandene Lücke war gerade groß genug, daß sie hindurchschlüpfen konnten.

«Und vergiß nicht, was ich dir gesagt habe», sagte der Mann. «Du hast das hier nie gesehen.»

«Ja. Okay.»

Der Mann verschwand in Richtung Lancaster-Gate-U-Bahn-Station. Die Flasche beulte seine Gesäßtasche aus. Terry lief über die Bayswater Road. Jetzt kannte er die Straßen überhaupt nicht mehr. Hier war er noch nie zuvor gewesen. Wohin er auch schaute, überall sah er Mercedes, BMWs und Jaguars. Unsicher blieb er stehen, wußte nicht, was er jetzt machen sollte, wußte nur soviel, daß er *irgend etwas* machen mußte.

3

Während Terry durch London lief, trank eine Frau namens Maria Dunlap mit einer Freundin Tee. Sie befanden sich in Marias Haus in der Nähe des Dorfes Liss an der Grenze zwischen Hampshire und Sussex.

Das Haus war eine große und recht prachtvolle edwardianische Villa aus rotem Backstein mit Tiroler Tischlerarbeiten und einem spitzen Dach. Es hatte vierzehn Zimmer auf zwei Etagen, wenn man das Billardzimmer mitzählte, sechzehn auf drei Etagen, wenn man auch die Mansarden mitrechnete. Während der letzten zwanzig Jahre war das Haus fünfmal modernisiert worden, aber die Dienstbotenglocken hingen, auch wenn sie heute nicht mehr funktionierten, immer noch in ihrem Kasten aus Mahagoni und Glas über der Küchentür. Die Villa stand auf einem zwei Morgen großen Grundstück am Ende einer mit Kies ausgestreuten Zufahrt und lag geschützt vor den Blicken der Nachbarn hinter dichten Lorbeerhecken.

Maria haßte die glänzenden Blätter so sehr, daß sie gelegentlich mit Richard, ihrem Mann, über die Möglichkeit diskutierte, sie auszureißen und an ihrer Stelle Buchen zu pflanzen.

Manchmal sagte er: «Fein. Gute Idee», und manchmal: «Wir würden unsere Privatsphäre verlieren, aber wenn du unbedingt willst, bitte, dann tu's doch.»

Weiter führten solche Gespräche nie. Er war viel zu beschäftigt, und sie war viel zu ... viel zu was? Müde? Weiß der Himmel, es war durchaus nicht so, daß sie nicht genügend Zeit hatte, um die Sache zu organisieren, aber irgendwie kam es nie soweit.

Die Engländer lieben ihr Privatleben sehr, dachte sie. Aber andererseits galt dies noch mehr für die Deutschen. Und da sie halb Engländerin, halb Deutsche war, müßte diese Eigenschaft bei ihr doppelt stark ausgeprägt sein. Doch tatsächlich war sie schon immer sehr gesellig und kontaktfreudig gewesen – bis sie vor einem Jahr in dieses Haus eingezogen waren.

Es war ein Fehler gewesen, besonders nachdem sie den einzigen wirklichen Grund verloren hatte, hier heraus aufs Land zu ziehen. Sie wollte nicht, daß ihr Kind in London aufwuchs. *Sie* war es gewesen, die darauf bestanden hatte, das Haus in London zu verlassen und sich irgend etwas auf dem Land zu suchen. Zu diesem Zeitpunkt waren die Immobilienpreise so hoch, daß sie ihr Haus in Hampstead, das Richards Vater ihnen hinterlassen hatte, an einen amerikanischen Konzern verkaufen konnten, und mit dem Erlös in der Lage gewesen waren, für Richard das Kutscherhäuschen in Bayswater zu behalten und diese Villa auf dem Land zu kaufen.

Sie nahmen den Tee im kleinen «Winter»-Salon, in dem fröhlich ein Feuer im offenen Kamin knisterte. Maria saß in einem der beiden Ledersessel, hatte die Beine untergeschlagen. Sie trug schwarze Jeans und einen weiten weißen Pullover mit Polokragen. Ihr schmales, dreieckiges Gesicht war im Zwielicht der Abenddämmerung nur undeutlich zu erkennen.

Auf dem anderen Sessel saß Jean Carradine, eine ihrer ältesten Bekannten in Großbritannien. Sie hatten zusammen die Schule in Hampshire besucht, waren nie wirklich eng befreundet gewesen und sahen sich auch jetzt, obwohl Jean keine zwanzig Meilen entfernt wohnte, nur selten.

Den Nachmittag über hatten sie unter besonderer Berücksichtigung des Themas Ehe darüber geplaudert, was aus diesem oder jenen geworden war. Viele dieser Ehen waren inzwischen kaputt, was beiden Frauen eine gewisse heimliche Befriedigung verlieh.

Jean war wie Maria dreißig, aber damit endete auch schon jede Ähnlichkeit. Jean hatte schon sehr jung zwei Kinder bekommen, einen Jungen und ein Mädchen, die inzwischen beide in einem Internat waren. Maria hatte keine.

Während Maria sportlich schlank war, besaß Jean eine Art gelassener Molligkeit. Während Marias Augen voller Sorgen und Zweifel waren, vermittelte Jean den Eindruck, daß ihre Hauptsorge der Frage galt, was sie den Kindern zum Geburtstag schenken sollte.

Während sie redeten und die Zahl der Zigarettenkippen in Marias Aschenbecher größer wurde, war das Nachmittagslicht verschwunden und die graue Abenddämmerung hatte sich in den Raum geschlichen.

Maria hatte Angst gehabt, das Licht anzuschalten, hatte Angst davor, sich in ihrem Sessel zu bewegen, falls sie dadurch eine entsprechende Reaktion bei Jean hervorrief. Doch jetzt konnten sie sich kaum noch sehen, und schließlich streckte sie ihre Hand nach der großen Tischlampe aus und knipste sie an.

Jeans Reaktion kam umgehend. Sie schaute auf ihre Uhr. «Ist es wirklich schon so spät?»

«Es ist noch früh. Wann kommt Jeffrey aus der City zurück?»

«Ach, nicht vor acht.»

«Also, länger als eine halbe Stunde wirst du für den Rückweg nach Hause nicht brauchen. Wir wär's mit einem Drink?»

Jean bewegte sich. «Ich weiß nicht...»

«Ach, komm, nur ein Gläschen.»

In der Halle klingelte das Telefon.

«Entschuldige mich bitte.»

Maria ging hinaus und nahm den Hörer ab. Es war ein Mann, der Richard sprechen wollte. Seine Stimme klang ausländisch.

«Ich fürchte, er ist leider nicht da», sagte sie.

«Es ist geschäftlich.»

Als wäre es je etwas anderes, dachte sie.

«Er wird nächste Woche zurück sein», sagte sie.

«Er hat ein Büro in London?»

«Ja, das ist richtig.» Sie nannte ihm Adresse und Telefonnummer. Er bedankte sich höflich und legte auf.

Irgendwie enttäuscht kehrte sie in den Salon zurück. Einen kurzen Augenblick lang hatte sie sich eingeredet, es wäre Richard und er würde anrufen, um zu sagen, daß er nach Hause kam.

«Was ist mit diesem Drink?» sagte Maria.

«In Ordnung. Also einen Sherry. Aber nur einen kleinen.»

Maria gab ihr einen Amontillado, schenkte sich selbst einen Gin Tonic ein. Da sie jetzt nicht mehr saß, knipste sie auch die übrige Beleuchtung des Raumes an und zog die Vorhänge zu. «So ist es besser. Das hält die Dunkelheit draußen.»

Der Gedanke drehte sich in ihrem Bauch wie ein Messer. Schon bald würde Jean ihren Sherry austrinken, ein zweites Glas ablehnen, und dann würde sie fahren, um Jeffrey das Abendessen zu machen. Und Maria würde allein in diesem großen leeren Haus sein – in der Dunkelheit.

Abenddämmerung. Einbruch der Dunkelheit. Schon allein die Worte machten ihr angst. Im Dunkeln geschahen Dinge, die bei Tageslicht nicht passierten.

Sie sprachen über Jeffreys Magengeschwür und daß Magengeschwüre bei all den neuen Medikamenten heute kein so großes Problem mehr waren. Und dann leerte Jean ihr Glas und stand auf, strich die Falten ihres Rockes von *Jaeger* glatt.

«Trink noch ein Gläschen», sagte Maria. «Du mußt doch nicht unbedingt schon los...»

«Doch, es ist jetzt wirklich langsam Zeit.»

Sie holte Jeans Jacke und begleitete sie zur Haustür. Caesar kam aus der Küche, um zu sehen, was los war. Caesar war ein großer

Schäferhund, den Richard ihr zum Schutz und als Gesellschaft geschenkt hatte, wenn er fort war. Maria war noch nie einem Hund mit so wenig Charakter begegnet. Weder mochte er sie noch mochte er sie nicht, und genau die gleiche ambivalente Haltung hatte sie zu dem Hund. Er wollte nichts anderes von ihr als nur Futter. Er sollte ein Wachhund sein, bellte aber nie, wenn jemand kam. Er steckte nur kurz seinen Kopf auf den Flur hinaus und schlich dann zurück in die Wärme der Küche. Und zu allem anderen stank er auch noch.

Sie standen plaudernd in der Halle des Hauses.

«Fahrt ihr übers Wochenende fort?» erkundigte sich Jean.

Maria schüttelte den Kopf. «Richard ist nach Lissabon.»

«Was, über Ostern?»

«Ja, geschäftlich.»

Sie mußte das Wort verächtlich ausgesprochen haben, denn Jeans Augen wurden plötzlich größer.

«Ja», sagte Maria, «das Osterwochenende. Er muß über das Osterwochenende fort.»

«Jeffreys Eltern kommen uns besuchen», sagte Jean schnell. «Andernfalls...»

«Nein, nein, ich wollte damit nicht sagen...» Jetzt war sie verlegen.

«Schon gut, ich bin sicher, es wird sich lohnen.»

«Sich lohnen? Für wen? Für mich oder für ihn?»

«Ich meine, geschäftlich.»

«Würde es dir gefallen, wenn Jeffrey sagte, er müßte das ganze Wochenende über fort?»

«Oh, so etwas würde er nie tun», sagte Jean bedächtig. «Die Bank ist über das Osterwochenende geschlossen.»

Maria schob sich zwischen Jean und Haustür und lehnte sich mit dem Rücken dagegen. «Willst du wissen, wie viele Wochenenden Richard in den letzten sechs Wochen hier war? Zwei. Das war's auch schon. Ansonsten heißt es immer nur Arbeit, Arbeit, Arbeit. Zwei Wochenenden! Und den größten Teil der Woche ist er in unserem Haus in London.»

«Ich bin sicher, das ist nur vorübergehend.»

«Oh, du meinst, es wäre vorübergehend. Was, wenn es von Dauer ist? Und ich sitze hier unten fest! Was, wenn er eine andere Frau hat?»

Da. Es war raus.

Jeans Augenbrauen schossen nach oben. «Ach, komm, Maria!»

«Es ist doch wahr. Ich bin sicher, er hat eine andere.»

Jean lächelte, ein pausbäckiges Lächeln mit Grübchen. «Und du bist sicher, daß es nicht nur Einbildung ist? Denken wir nicht alle immer gleich an so etwas, wenn sie mal zu spät nach Hause kommen oder auf Reisen sind?»

Maria haßte sich plötzlich selbst. Jean war für sie jetzt nichts anderes mehr als die typische Hausfrau mit Kindern und Garten als Zentrum ihres Lebens, und sie schämte sich. Aber sie schleppte sich nun schon so lange mit diesem Gedanken herum, daß er in einem schwachen Augenblick aus ihr herausgeplatzt war.

«Tut mir leid», sagte sie.

«Wenn du darüber reden möchtest...»

Maria hörte wachsendes Interesse in ihrer Stimme.

«Nein. Es ist schon so, wie du sagst. Meine Phantasie geht nur mit mir durch. Vergiß es.»

Sie schaltete die Außenbeleuchtung ein und öffnete die Tür, stand wenige Augenblicke später im eiskalten Wind, winkte Jean nach und schaute zu, wie die roten Rücklichter des Wagens die Zufahrt hinunter verschwanden.

Jetzt war sie allein. Wirklich allein. Es war Mittwoch abend, und Richard würde sie vor Montag abend nicht wiedersehen. Fünf Nächte.

Sie schloß die Haustür ab und legte die Sicherheitskette vor. Caesar kam wieder aus der Küche, um zu sehen, was es mit dem Lärm auf sich hatte. «Komm», sagte sie. «Komm, Caesar.» Sie streckte eine Hand aus. Sie brauchte jetzt die Freundschaft des Hundes und bot ihm die ihre als Gegenleistung. Aber Caesar stand nur in der Tür und beobachtete sie.

«Schön, dann eben nicht!» Sie kehrte in den Salon zurück und machte sich daran, das Teegeschirr abzuräumen. Sie mußte endlich aufhören, sich selbst zu bemitleiden, dachte sie. Es gab hunderttausende Frauen wie sie – geschieden oder verwitwet –, die dieses Osterwochenende allein verbringen würden. Und wahrscheinlich Tausende, deren Ehemänner Affären hatten. Was sie so wütend machte, war die Tatsache, daß diese Frau tatsächlich angefangen hatte, ihn hier anzurufen, zu Hause. *Ihr* Zuhause. Während der letzten paar Tage waren es drei Anrufe gewesen. Die Frau hatte nach Richard gefragt, und als Maria antwortete, er wäre nicht da und ob sie ihm etwas ausrichten könnte, da hatte die Stimme schnell verneint, sie könne ihm nichts ausrichten, und am anderen Ende der Leitung war aufgelegt worden.

Denk nicht weiter drüber nach.

In Ordnung, was würden diese Hunderttausende von Frauen tun? Ganz sicher würden sie irgend etwas tun. Aber was?

Würden sie allein ins Kino oder Theater oder in ein Restaurant gehen? Sie war noch nie allein im Theater gewesen. In den letzten Jahren war Richard immer dagewesen, und davor Jack.

Nur daß Jack abgesehen von Sachen wie *Oh Calcutta!* nicht der Typ fürs Theater gewesen war. Aber sie hatten andere Dinge zu tun gehabt, wichtigere Dinge.

Als sie jetzt auf ihr Leben bis zu dieser glücklichen Zeit zurückblickte, bekam sie plötzlich einen Kloß in den Hals. Hatte jeder in seinem Leben so eine Zeit? Auch Jean? Hatte sie einen Liebhaber wie Jack gehabt? Hatte sie mit neunzehn auch ein Faible für Autorennen und Segeln gehabt und war durch sämtliche Nachtclubs gezogen?

Die Leute sagten, Jack Benson wäre ein Bastard. Ja, das stimmte. Aber jedes Mädchen brauchte zu einer Zeit ihres Lebens einen Bastard.

Also, allein keine Kinos oder Theater oder Restaurants. Billard konnte sie allein spielen. Das würde Spaß machen. Oder sie konnte sich in den Wagen setzen und allein lange Ausflüge machen. Oder auch einfach zu Hause bleiben und fernsehen und lesen und sich entspannen. Nur, genau das machte sie immer. Seit sie das Baby verloren hatte, machte sie nichts anderes als sich «entspannen».

«Wieso schonst du dich nicht?» Das waren Richards Worte.

Und Dr. Hartwell hatte gesagt: «Es ist vollkommen normal, wenn Sie jetzt deprimiert sind. Die meisten Frauen, die eine Fehlgeburt hatten, leiden anschließend unter Depressionen. Aber Sie müssen mehr essen. Sie haben zuviel Gewicht verloren.»

Sie hatte abgenommen. Außerdem hatte sie ihr Interesse am Essen verloren. Nicht allerdings am Alkohol. Darauf würde sie dieses Wochenende achten müssen.

Sie machte ihre Runde durch das Haus, überprüfte, ob alle Fenster und Türen richtig verschlossen waren, kehrte dann an den Kamin zurück.

Es war alles so klischeehaft, dachte sie. Ehefrau hockt auf dem Land, Ehemann arbeitet in der Stadt. Ehemann lernt andere Frau kennen und hat eine Affäre.

Vielleicht sollte sie auch ein Verhältnis haben. Denn immerhin, was dem einen recht, ist dem anderen… und so weiter. Das Problem war nur, sie kannte hier unten niemanden, mit dem sie ein Verhältnis anfangen könnte, selbst wenn sie es gewollt hätte.

Sie nahm die Fernsehzeitung in die Hand und studierte die Programme. Es würde ein langes, langes Wochenende werden.

4

«Das Essen ist fertig», sagte Lottie. «Es steht auf dem Tisch. Wo ist dein Vater?»

«Gerade habe ich ihn noch gehört», sagte Leo.

«Seinen letzten Schüler hatte er um fünf. Jetzt ist es halb sieben. Ruf ihn bitte.»

«Wir essen viel zu früh», beschwerte sich Leo. «Warum müssen wir eigentlich immer um halb sieben essen?»

Ohne zu antworten, verschwand seine Mutter wieder in der Küche, aber seine Schwester Ruth, die einige juristische Unterlagen durchgegangen war, sagte: «Du fängst immer wieder damit an.

Dad ißt eben gern früh zu Abend. Und Sidney auch.» Sie schaute zu ihrem Mann hinüber, als wollte sie ihn herausfordern zu widersprechen. «Wie auch immer, Stanley ißt immer früh.»

Stanley war ihr sechsjähriger Sohn, der jetzt auf dem Boden saß und in einem Bilderbuch malte.

«Nur eine kleine Frage, und schon muß ich mir die komplette Predigt anhören», sagte Leo.

Er hatte kürzlich zum zweitenmal *Hay Fever* gelesen, und plötzlich sah er seine Familie in einem Stück von Coward.

Wir befinden uns im Salon der Herrenhauswohnung der Familie SILVER an einem schneereichen Abend in Nord London. Der Raum ist renovierungsbedürftig, besitzt aber eine verblichene Vorkriegseleganz. Das Haus liegt in West Hampstead, auf der falschen Seite der Finchley Road und ist mietpreisgebunden. Die Eigentümer versuchen bereits seit vielen Jahren, die SILVERS zum Auszug zu bewegen, bislang jedoch ohne Erfolg.

Im Salon entdecken wir LEO SILVER, der Ende zwanzig ist. Er trägt eine schwarze Hose, ein schwarzes Polohemd und eine schwarze Lederjacke. Er trägt meistens Schwarz und kann sich gottverdammt sehen lassen, wie er selbst sagt.

Seine Schwester RUTH MARCUS, Rechtsanwältin, ist acht Jahre älter. Sie ist eine kräftige, schwere Frau, die lange Kleider und folkloristischen Schmuck bevorzugt. Ihr Mann, SIDNEY MARCUS, selbständiger Immobilienmakler in Kentish Town, ist untersetzt, hat schütteres Haar und ist, in LEOs Augen, ein ausgemachter Langweiler. Ihr Sohn, STANLEY, ist LEOs einziger Neffe, den er sehr mag. Von Zeit zu Zeit steckt LOTTIE SILVER, eine unordentliche Frau von sechzig Jahren, ihren Kopf durch die Tür, um ihnen zu sagen, daß das Abendessen fertig sei. In der Ferne hören wir das Klimpern eines Klaviers. Welches gespielt wird von dem Pater Familias MANFRED SILVER (richtiger Name SILBERBAUER), der Pianofortelehrer – sein Wort – und Komponist ist. Wir begegnen der Familie in ihrem gewöhnlichen streitsüchtigen Zustand.

Zeit, die Gegenwart.

Auftritt MANFRED SILVER. Er ist klein und hat volles, silbergraues Haar, auf das er ungeheuer stolz ist. Passend zu seinem künstlerischen Lebensstil pflegt er einen kleinen Knebelbart. Bei seinem Erscheinen trocknet er sich gerade die Hände an einer großen Papierserviette ab, die er in einen Papierkorb fallen läßt, der bereits vor ähnlich gebrauchten Servietten überquillt.

Er küßt RUTH und STANLEY. Einen Moment lang glaubt SIDNEY, der Schwiegersohn, daß auch ihm ein Kuß bevorsteht, und setzt eine besorgte Miene auf. Der Augenblick verstreicht ...

«Es ist halb sieben», sagte Manfred. Wie seine Frau hatte auch er immer noch einen deutlichen österreichischen Akzent. Beide waren kurz vor Ausbruch des Krieges als Flüchtlinge mit ihren Familien ins Land gekommen.

«Das Abendessen steht auf dem Tisch», sagte Leo.

«Hat er ...?» sagte Manfred mit einem Blick auf seinen Enkel.

«Ja, Vater», sagte Ruth.

«Ich auch», meinte Leo. «Ich habe meine Hände gewaschen, und auch meine Füße und Ohren. Und Sidney und Ruth genauso.»

«Werd nicht frech, Leo», sagte Manfred.

Ruth funkelte ihren Bruder an, doch Leo tat, als würde er nichts bemerken.

«Möchtest du vielleicht Salmonellen?» fragte Manfred. «Ich komme dich gern im Krankenhaus besuchen.»

«Schon mal was von Dardanellen gehört?» sagte Sidney zu Leo, als sie ihre Plätze am Tisch einnahmen. «Wunderbar.»

Mr. Silver warf ihm einen scharfen Blick zu, und Ruth ebenfalls, aber Sarkasmus oder Heimtücke lag Sidney fern. Er hatte Schwierigkeiten, bei diesen Familienabenden eine passende Persönlichkeit für sich zu finden. Oft genug versuchte er, länger zu arbeiten, doch Ruth holte ihn dann immer im Büro ab und schleifte ihn mit. Leo hatte einmal den Ausdruck «simples Gemüt» verwendet, als er ihn seinem Vater gegenüber charakterisierte. Sein Vater hatte darauf erwidert, daß Sidney eine «Memme» sei, ein Wort, das Leo noch nie zuvor aus seinem Mund gehört hatte.

Mrs. Silver andererseits fand sich mit Sidney ab. Denn immerhin hatte er ihre doch recht unansehnliche Tochter geheiratet und ihr dafür das größte Geschenk gemacht – einen Enkel. Aber nachdem sie nun einen Enkel hatte, wollte sie mehr, und Ruth stellte sich auf die Hinterbeine. Sie und Sidney arbeiteten hart und hatten sich ein eigenes Haus in einem Teil von Kentish Town gekauft, den Sidney im Vokabular der einzigen beschreibenden Literatur, die ihm vertraut war, als «lower Highgate» bezeichnete.

Sie zahlten jetzt eine riesige Hypothek ab, und Ruths Einkommen war unerläßlich. Sie arbeitete in der Kanzlei von Bluestone, Koppel, Motzkin & Bloch in Camden Town, war spezialisiert auf eheliche Krisen.

Eine Weile aßen sie schweigend, dann erkundigte sich Leo: «Was macht die Symphonie, Dad?»

«Besser, du fragst nicht», meinte Mrs. Silver. «Sie wird immer größer und größer. Größer als Mahler. Größer als Bruckner. Größer als dieser Mann, der vor ein paar Jahren gestorben ist. Havergal irgendwas.»

«Bryan», sagte der Ehemann.

«Brian Havergal? Nein, ich glaube nicht.»

«Havergal Bryan, um Himmels willen! Und sie ist nicht so groß wie seine.»

«Komplette Orchestrierung? Zwei Chöre? Hörner? Anderthalb Stunden? Wer braucht in unserer Zeit noch so was? Die Leute wollen Trios, Quartette. Sogar ein Sextett ist noch zu teuer.»

«Dann bist du also jetzt Expertin», sagte Manfred. «Mrs. Lottie Silver. Musikkenner.»

«In Ordnung, Manfy, wir wissen alle, daß schon mal ein Stück von dir aufgeführt worden ist.»

«Ein Stück!» sagte Manfred Silver, nahm sich noch etwas Fisch. «Das ist wirklich nett ausgedrückt.»

1958 war sein «Gog und Magog» für Alt, Harfe und Kesselpauken vor einem vierundzwanzigköpfigen Publikum – ausnahmslos Freunde oder Verwandte – in der Wigmore Hall aufgeführt worden. Die äußerst verhaltene Reaktion, die dieses Stück erntete, hatte einen entscheidenden Wendepunkt in seinem Leben markiert. Danach hatte er seinen Stil geändert. Er hatte Schönberg (vordergründig) und Alban Berg (unmusikalisch) den Rücken gekehrt und die Uhr zurückgedreht. Er hatte basierend auf Brueghels Gemälde *Bauerntanz* und im Stile Goldmarks ein Ballett mit dem Namen «Der glückliche Bauer» geschrieben. Er hatte ein halbes Dutzend Bachscher Kantaten verarbeitet, um ein Oratorium für vier Chöre und zwei Orgeln zu erschaffen. Keines von beiden war je aufgeführt worden. Die letzten fünf Jahre hatte er an seiner großen *Falklands Symphony* gearbeitet, um Mrs. Thatchers Marineangriff auf die Inseln des gleichen Namens zu feiern.

«Ich denke, ich kann ein Haus an der Reddington Road bekommen», sagte Sidney, während er seinem Sohn den Mund abwischte.

«Die Reddington Road!» sagte Lottie. «Das ist doch eine piekfeine Gegend. Wenn du anfängst, dort Häuser zu verkaufen, bist du innerhalb von ein paar Jahren Millionär.»

«Es ist noch nicht ganz sicher», sagte Sidney schnell, nur für den Fall, daß er einen falschen Eindruck erweckt hatte.

«Sidney sagt, die Immobilienpreise steigen wieder», sagte Ruth.

«Aprikosen?» fragte Lottie, reichte die Schale herum. «Möchtest du lieber Sahne oder Vanillesoße, mein Schatz?» fragte sie Stanley.

«Könnte ich beides kriegen?» – Sie aßen ihren Pudding.

«Wo ist Zoe denn heute abend?» erkundigte sich Lottie, richtete ihren Blick auf Leo.

«Arbeiten.»

«Sie arbeitet immer ziemlich lang.»

«Nicht immer. Manchmal.»

«Sieht aber so aus. Sie kommt nie mehr zum Abendessen.» Worüber Lottie ein paar Augenblicke nachgrübelte. Dann sagte sie: «Wann wollt ihr zwei eigentlich heiraten?»

«Wieso? Willst du noch mehr Enkel?» fragte Leo. «Dafür müssen wir nicht heiraten.»

«Werd nicht frech zu deiner Mutter», sagte Manfred.

«Wie auch immer, wer will denn schon einen Polizisten heiraten?» sagte Ruth.

«Es gibt ja auch Leute, die Anwälte heiraten», erwiderte Leo. «Sieh dir nur Sidney an.»

«Jedenfalls ist er nicht nur Polizist», sagte seine Mutter.

«Ja, ich bin nur Polizist.»

«Du bist Detective! Das ist kein Polizist. Und du bist Sergeant.»

«Wow!» sagte Ruth.

«Und eines Tages wirst du Commissioner.»

«Wenn Leo je Commissioner wird, werde ich einen... ich weiß nicht, was ich dann fressen werde», sagte Ruth.

Das Telefon klingelte, und Lottie, die am nächsten saß, stand auf, um abzuheben. Es war für Leo. «Klingt wie dieser Mr. Macrae. Das bedeutet immer Ärger. Er ist kein netter Mensch, Leo. Kannst du nicht für jemanden anderen arbeiten? Dich versetzen lassen?»

«Auf mich hat er den Eindruck gemacht, als wäre er schmutzig», sagte Manfred.

Leo schob sich an ihr vorbei und nahm das Telefon in der Diele ab. Sekunden später war er zurück, zog seine schwarze Lederjacke über.

«Immer mit der Ruhe!» sagte seine Mutter. «Wie willst du da eine normale Verdauung haben?»

«Ich werde im Auto verdauen», sagte Leo, gab ihr einen Kuß.

«Was gibt's denn?» sagte Sidney, dessen Augen plötzlich glänzten. «Ein Mord?»

«Ja», sagte Leo. «Ein Mord.»

Detective Superintendent George Macrae saß auf der Kante seines Bettes und legte den Hörer wieder auf die Gabel. Er war nackt, und sein breiter weißer Rücken war der Frau auf dem Bett zugekehrt.

«Ich muß los», sagte er.

Auch sie war nackt. Sie war Anfang zwanzig, und sie hieß Frenchy, obwohl sie Frankreich nie näher gekommen war als auf dem Strand von Brighton. Der Name war nicht aus nationalistischen, sondern professionellen Erwägungen heraus gewählt. Getauft war sie Sharon.

«Das ist aber blöd. Wir haben doch gerade erst angefangen. Wenn du Lust hast, könnten wir noch schnell einen Quickie machen.»

Er beugte sich vor, um seine Socken zu suchen. In dem Zimmer herrschte ein unglaubliches Chaos, aber andererseits: Das war nie anders. Es roch nach Whisky und kaltem Zigarettenrauch. Sie sah die lange weiße Narbe auf seinem linken Arm und berührte sie leicht mit den Fingerspitzen. Sie spürte, wie er zusammenzuckte, als er seinen Arm fortzog. Er mochte es nicht, wenn sie die Narbe berührte, Grund genug, es immer wieder zu tun.

«Ein andermal», sagte er.

Sie stützte sich auf einen Ellbogen und schaute ihm beim Anziehen zu. Sie war eine üppige Frau mit üppigen Brüsten und einem Hintern, in dem man seine Zähne vergraben konnte. Macrae mochte es, wenn Frauen fleischig waren.

Er stand auf und fühlte sich leicht schwindlig. Himmel, in diesem Zustand wollte er nicht zur Arbeit gehen.

«Wieso machst du uns nicht einen Kaffee?» sagte er. «Stark.»

«Klar.»

Sie wuchtete sich vom Bett und schlenderte, immer noch nackt, nach unten in die Küche.

Er hörte ihre Stimme von unten und ging zur Schlafzimmertür.

«Was ist?» rief er.

«Ich sagte, du solltest hier mal wieder richtig saubermachen, George. Überall schmutziges Geschirr und uraltes chinesisches Essen, und das Stück Käse in deinem Kühlschrank habe ich dort schon letzten Sommer gesehen. Er hat einen Pelz angesetzt.»

«Mir gefällt's so.»

Er zog gerade seine Jacke an, als sie mit dem Kaffee wieder auftauchte. Sie trug seinen seidenen Morgenmantel. Der, den Mandy ihm geschenkt hatte. Als er sah, wie sich ihre Nippel gegen die weiche Seide abmalten, spürte er, daß er wieder erregt wurde, verbannte den Gedanken jedoch schnell aus seinem Kopf. Es würde noch andere Male geben.

Er trank den Kaffee und nahm ein paar Geldscheine aus seiner Brieftasche.

«Nein, George. Das mußt du nicht. Das mußt du *nie*.»

«Ich weiß.» Er nahm ihr Gesicht und drückte ihr in einer überraschend zärtlichen Geste einen Kuß auf den Mund. «Es ist schwer genug, einen Schotten von seinem Geld loszueisen, also nimm's, solange du die Chance hast. Hier.»

Sie sah verärgert aus, nahm die Fünf-Pfund-Noten aber trotzdem. «Du bleibst nicht gern was schuldig, oder?»

«Schließ ab, wenn du gehst. Wirf den Schlüssel in den Briefkasten. Ich rufe dich bald an.»

Er trat in die bitterkalte Nacht und versuchte, wieder einen klaren Kopf zu bekommen. Zu viele Dinge konnten schiefgehen, wenn es um Mord ging.

5

In London hatte es aufgehört zu schneien, aber der Wind, der über die Themse fegte, war eisig kalt. Die South Bank, einschließlich der Festival Hall und des National Theatre, mit ihren Fußwegen und Treppen und Unterführungen und brutalen Betonpfeilern war eine menschenleere Wüste. Die bunten Lichterketten schwankten einsam im Wind.

Die Hungerford Bridge führt genau an dieser Stelle über die Themse. Genaugenommen sind es zwei Brücken, eine Eisenbahnbrücke und eine Fußgängerbrücke. Die Fußgängerbrücke ist schon seit langem die Heimat von Pennern, Wermutbrüdern und, in den letzten Jahren, Streunern und jugendlichen Bettlern.

An einem Ende hatte sich eine kleine Menschenmenge eingefunden. Hier gab es einen Fußweg. Über diesem Fußweg, zwischen den Betonpfeilern und nackten Wänden, lag eine verborgene Stelle von etwa der Größe eines kleinen Zimmers.

Jetzt wurde dieser Raum von zwei Taschenlampen hell erleuchtet. Die eine hielt Detective Superintendent Macrae vom Polizeirevier in der Cannon Row, die andere sein Assistent Sergeant Leopold Silver.

Im Schein der Taschenlampen zeigte sich, daß dieser Raum Menschen als eine Art Bau oder Unterschlupf diente. Außer dem Tropfen von Wasser war kein Laut zu hören. Nebeneinander lagen dort zwei Schlafsäcke, ausgebreitet auf alten Zeitungen und zugedeckt mit Plastikfolien, daneben zwei Kerzen in Plastikflaschen und ein kleiner Stapel Illustrierte.

Die Strahlen der Taschenlampen wanderten über die Wände, fielen auf Kalkflecken, die dem Ganzen den Eindruck verliehen, als hätte der Beton Schuppenflechte bekommen. Wasser tropfte von oben herein, sammelte sich zu einer Pfütze auf dem Boden. Neben dieser Pfütze die Leiche eines schwarzen Mannes, dessen Fuß teilweise im Wasser lag.

Er lag auf dem Rücken, hatte die Beine angewinkelt und beide Hände auf seinen Bauch gelegt; die Stellung von jemandem, der auf einem grasigen Ufer in der Sonne schlief.

Macrae, der etwas über einsachtzig groß war, mußte sich bükken, als er den Lichtstrahl über die Leiche wandern ließ.

«Diese Lederjacke muß ein paar hundert Pfund gekostet haben», meinte er zu Silver. Dann schaute er auf seine Uhr. «Es ist jetzt neun Uhr dreiundvierzig.» Silver machte sich eine entsprechende Notiz.

Macrae rief zu dem Constable hinunter: «Sind die Scheinwerfer immer noch nicht da?»

«Kommen gerade, Sir.»

Praktisch im gleichen Augenblick tauchten starke Scheinwerfer den Fußweg und das Innere des Baues in grelles Licht.

Jetzt war das Gesicht des schwarzen Mannes besser zu erkennen. Seine Lippen waren leicht geöffnet, die Zähne waren zu sehen.

«Ich würde sagen, so was nennt man wahrscheinlich ein gefrorenes Lächeln», sagte Leo Silver trocken.

«Das hast du auf der Universität gelernt, stimmt's?» Macrae

drehte sich zu den Scheinwerfern um. «Schon was vom Arzt zu sehen?»

«Nein, Sir», erklang eine geisterhafte Stimme. «Aber die Spurensicherung ist jetzt da.» Er schwieg einen Moment, sagte dann: «Die Sichtblenden werden aufgestellt, Sir. Sollen wir die Fußgängerbrücke sperren?»

«Was ist mit Schaulustigen?»

«Nicht viele. Zu kalt, Sir.»

«Dann reichen die Sichtblenden.»

Er drehte sich wieder zu der Leiche um und hockte sich neben sie. Vorsichtig hob er das Hemd an. Um den etwa zehn Zentimeter langen Riß befanden sich mehrere dunkle Flecken. Der schwarze Bauch wurde entblößt. Hier wurde aus dem Riß eine tiefe Wunde. Das Blut war bereits geronnen und verkrustet, und es sickerte nur noch eine helle Flüssigkeit daraus hervor.

«Meine Güte!» sagte Silver. «Das ist doch, na, wie heißt er noch gleich... dieser Foster. Henry Foster.»

«Wer zum Teufel ist Henry Foster?»

«Der Fernsehjournalist. Er ist immer im Frühstücksfernsehen.»

«Seh ich mir nie an. Bist du sicher?»

Silver beugte sich tiefer vor und versuchte, sich das Gesicht mit geschlossenem Mund vorzustellen. «Ja, ich bin sicher, Sir. Er hat eine eigene Interview-Sendung. Sie heißt *Focus*.»

«Tja, jetzt wird er jedenfalls keinen mehr interviewen.»

Genau in diesem Augenblick rief eine Stimme von unten: «Der Arzt ist da, Sir.»

Macrae drückte sich gegen die Wand, und jemand half dem Polizeiarzt auf den Betonsims hinauf, der den Boden dieses Unterschlupfes bildete.

«'n Abend, G. D.», sagte Macrae.

«Oh, Sie sind's, George. 'n Abend, Sergeant.»

Der diensthabende Arzt, G. D. Kanwar, war ein Inder von Mitte vierzig, ungefähr in Macraes Alter.

«Hätte mir denken können, daß Sie es sind. Jedesmal, wenn ein Feiertag vor der Tür steht, sage ich mir, daß auf dem Kontinent wieder mal die Fluglotsen streiken und George Macrae an irgendeiner scheußlichen Sache arbeitet. Ist es scheußlich?»

«Werfen Sie selbst mal einen Blick.»

Dr. Kanwar öffnete seine Tasche und nahm ein Stethoskop heraus.

«Mit dem Ding werden Sie außer den Zügen nichts hören», meinte Macrae.

Dr. Kanwar beachtete ihn nicht weiter. Er lauschte kurz auf einen Herzschlag und begann dann mit einer gründlichen Untersuchung. Macrae beobachtete ihn grübelnd. Silver beobachtete beide. Es stimmte schon, dachte er, Macrae zog Verbrechen an wie Marmelade die Wespen. Irgend etwas schien immer zu passieren, wenn er Dienst hatte.

«Ich habe ein neues entdeckt», sagte Macrae zu Dr. Kanwar.

«Ach, ja?»

«Am Hammersmith Broadway. Das *Red Hot Raja*. Oder so ähnlich.»

«Kenne ich nicht.»

«Die haben einen richtigen *tandoori*. Sie haben ein verdammtes Loch in den Küchenboden gerissen und das Ding da reingestellt.»

«Was haben Sie gegessen? Madras? Oder was?» Dr. Kanwar knöpfte das Hemd der Leiche auf.

«Natürlich. Lamm. Und gefüllte *parathas* und *Zwiebel-bhajee*. Gemischtes Gemüse. Pilaw.»

«Scharf genug für Sie?»

«Also, Sie kennen mich ja.»

«Ich nehme an, Sie haben sich wieder Chili-Soße kommen lassen?»

«Nur ein bißchen.»

Dr. Kanwar begann mit einer Untersuchung der Augen und Ohren. Er sagte: «Mein Großvater ist den Curry-Zyklus bis zum Ende gegangen. Konnte es nie scharf genug haben. Am Ende hat er reine Chili-Soße mit etwas normalem Essen als Beilage zu sich genommen. Und eines Tages hat's dann ein scheußliches Geräusch gemacht, als die Kapillargefäße in seinem Abdomen platzten.»

Silver spürte, wie sich ihm der Magen umdrehte. Er hatte noch nicht sehr viele ermordete Männer – oder, was das betraf, auch Frauen – gesehen und mußte sich immer noch dagegen wappnen. Es war absolut nicht der richtige Augenblick für Witze über Essen, fand er.

Dr. Kanwar richtete sich auf. Macrae sagte: «Was würden Sie sagen, wie lange ist er schon tot?»

«Zwei Stunden vielleicht.»

Nach ein paar weiteren Augenblicken sprangen Macrae, Silver und Dr. Kanwar von dem Unterschlupf unter der Brücke auf den Fußweg hinunter.

«In Ordnung», sagte Macrae zu einem uniformierten Sergeant. «Die Spurensicherung kann ihn jetzt haben.»

Er schaute an den Absperrgittern vorbei zu der kleinen Menge hinüber, die im eiskalten Wind stand. Einige von ihnen, die mit den Aktentaschen, mochten Pendler sein, die noch spät unterwegs waren, aber die anderen waren Penner und Streuner.

Er drehte sich zum Chef der uniformierten Polizisten um. «Ich will die Penner und Arbeitsscheuen», sagte er.

«Alle, Sir?» Seine Stimme drückte Überraschung und Widerwillen bei der Vorstellung aus, sie alle auf dem Polizeirevier zu haben.

«Ja, alle. Vielleicht hat einer von denen ja was gesehen. Es hat keinen Sinn, sich ihre Namen und Anschriften zu notieren, weil sie außer irgendwelchen Pappkartons keine gottverdammten festen Adressen haben. Wenn man sie nicht jetzt sofort mitnimmt, werden wir sie später nicht mehr wiederfinden.» Er drehte sich zu Silver. «Komm, Kumpel, machen wir uns an die Arbeit.»

6

Terry war noch nie in die Nähe eines Pferdes gekommen. Jetzt, von seinem Platz im Stroh über ihnen, konnte er auf die breiten Rücken von sechs Pferden hinunterschauen, die in ihren Boxen fraßen.

Es war eine völlig fremde Welt für ihn, und während es ihn einerseits beruhigte, machte es ihn andererseits nervös. Eine komische Mischung. Er hatte Angst vor den Pferden. Sie waren so groß und *gehörten* so offensichtlich an diesen Ort. Aber gleichzeitig beruhigte ihn der intensive Geruch von Mist und Urin und Heu.

Es erinnerte ihn an einen kleinen Zirkus auf dem Land, zu dem sein Großvater ihn einmal mitgenommen hatte. Sie waren auf die Rückseite des großen Hauptzeltes gegangen, und sein Großvater hatte mit einem seiner Freunde gesprochen, der dort arbeitete, und so hatte Terry ganz nah zu den Tierkäfigen gehen können.

Er war nicht sicher, ob dies der gleiche Geruch war, den er damals gerochen hatte, aber es *erinnerte* ihn an diesen Tag mit seinem Großvater. Es war ein schöner, glücklicher Tag gewesen.

Die Pferde bewegten sich beim Fressen unentwegt, stampften und wieherten. Es war dieses Geräusch gewesen, das ihn überhaupt erst auf den Stall aufmerksam gemacht hatte.

Nachdem der Parkangestellte ihn verlassen hatte, war Terry durch die Straßen von Bayswater geirrt, bis er schließlich zur Paddington Station kam. Zu diesem Zeitpunkt hatte er Hunger. Er hatte sich in der Nähe des Ausganges der U-Bahnstation postiert und versuchte zu betteln.

«Entschuldigen Sie, Sir, haben Sie vielleicht etwas Kleingeld für ein bißchen Essen, bitte?»

So hatte Gail es auch gemacht, und nicht selten hatte sie an einem Nachmittag zehn oder elf Pfund eingenommen.

Einmal hatte sie ihn mit in die U-Bahn genommen und war von Waggon zu Waggon gegangen. Sie hatte so getan, als wäre er ihr kleiner Bruder, der unbedingt Geld für eine Eisenbahnfahrkarte brauchte, um wieder nach Hause nach Portsmouth zu kommen.

Auf diese Weise hatte sie einen ordentlichen Batzen kassiert. Auf der Straße konnten die Leute an einem vorbeigehen und einen einfach ignorieren, aber in der U-Bahn, wenn man sich direkt vor ihnen aufbaute und nach Geld fragte, rückten sie oft mit ein paar Münzen raus, nur um einen schnell wieder loszuwerden.

Aber er beschloß, nicht in die Bahn hinunterzugehen. Was, wenn er dort unten in eine Falle geriet? Was, wenn ihn jemand sah? Wie sollte er dann wieder rauskommen? Nein, besser, wenn er auf der Straße bettelte. Allerdings wollten sich die Leute, die an diesem kalten Märzabend auf dem Nachhauseweg waren, nicht von ihrem Geld trennen und schoben sich nur grimmig an Terry vorbei.

Als er mit Gail zusammen unterwegs gewesen war, hatte er mal einen anderen Streuner gesehen, kaum älter als er selbst, der in der Waterloo Station auf die Leute zugegangen war und gesagt hatte: «Geben Sie uns Geld. Geben Sie uns ein bißchen Geld.» Und wenn sie es nicht taten, dann beschimpfte er sie, gab ihnen mit einem Zeichen zu verstehen, daß sie ihn am Arsch lecken konnten, und einmal warf er sogar mit einer leeren Bierdose nach einem alten Mann.

Der Junge hieß Rat, und er hatte zwei Messer und einen Ninja-Stern bei sich gehabt und gesagt, er hätte schon mal einen Nachtwächter aufgeschlitzt.

Wie auch immer, Terry jedenfalls hatte mit seinem Betteln keinen Erfolg. Statt dessen fuhr ihn ein Polizist an, er sollte verschwinden. Was ihm einen Scheißschrecken eingejagt hatte. Er hatte den Cop überhaupt nicht kommen sehen. Er war aus der dunklen Einfahrt getreten, aus der auch die Taxen herausgefahren kamen, und auf einmal war er einfach *da* gewesen, hatte direkt *vor* ihm gestanden.

Terry war schon über die Straße geflitzt, fast noch bevor die Worte aus dem Mund des Cops gekommen waren. Aber nur um zu beweisen, daß er keine Angt hatte, keine richtige Angst, hatte er eine Rebe Weintrauben aus der Straßenauslage eines pakistanischen Supermarktes geklaut und war weitergerannt, nachdem er das Brüllen des Ladenbesitzers gehört hatte. Hundert Meter in

Highspeed und dann über die Sussex Gardens geschwebt – genau wie Arthur Wint.

Und so war er dann in die kleine Seitenstraße gekommen, wo sich die Ställe befanden. So ziemlich das letzte, was Terry erwartet hätte, wären Ställe mitten in London gewesen. Also, wenn Gail, na ja, nicht Gail oder sein Großvater, aber wenn irgendwer ihm so was erzählt hätte, dann würde er nur *Affenscheiße* geantwortet haben.

Zuerst hatte er die Ställe gar nicht gesehen. Aufgefallen war ihm zunächst, daß plötzlich die Geräusche Londons zurückwichen, nachdem er seinen Fuß auf das Kopfsteinplaster der *Mews* gesetzt hatte, und daß er wieder das Tapp-Tapp-Tapp seiner Turnschuhe hören konnte.

Die *Mews* war eine kleine Gasse mit zwei gegenüberliegenden Reihen zweigeschossiger Häuser aus der Zeit, als wohlhabende Londoner noch Kutschen besaßen. Die Gebäude, in denen früher Pferde und Kutschen untergebracht gewesen waren, waren heute schicke und teure Stadtdomizile.

Im Sommer wuchsen Rosen und Klematis an ihren Mauern, und vor den meisten Häusern standen Topfpflanzen neben dem Eingang. Es war vorstädtisch mitten in der Innenstadt, und die *Broadhurst Livery Stables* (wo man stundenweise Pferde für einen Ausritt im Hyde Park mieten konnte) wirkte durchaus nicht fehl am Platz.

Terry hatte den Namen im Licht des Wohnblocks lesen können, der hoch über die Broadhurst Mews aufragte. Dann hatte er das Stampfen und Wiehern gehört und den Zirkusgeruch in die Nase bekommen.

In diesem Augenblick hatte er beschlossen, die Nacht dort zu verbringen. Indem er sich auf einen Trog mit abgestorbenen Geranien stellte, hatte er es geschafft, an ein kleines Fenster heranzukommen, und wenige Augenblicke später war er auf der anderen Seite heruntergesprungen und hatte sich zwischen den Pferden wiedergefunden.

Ein paar von ihnen sprangen zurück und stampften beunruhigt auf, schauten mit großen, ängstlichen Augen in seine Richtung.

Ein paar Sekunden blieb er im Halbdunkel stehen. Eine schwache Glühbirne brachte etwas Licht in den Stall, und schon bald konnte er Sättel, Zaumzeug und Decken erkennen, Striegel und Bürsten, Eimer und Lappen.

«Hallo», begrüßte Terry leise das am nächsten stehende Pferd, einen einssechzig großen Grauschimmel, der ihn mit mäßigem Interesse anstarrte. «Ich bin Huntsman.»

Über den Pferden lag ein Heuboden, und Terry kletterte eine Holzleiter hinauf. Das Heu besaß einen ganz eigenen süßlichen Duft, den er ebenfalls noch nie gerochen hatte. Jetzt konnte er auf die Pferde herunterblicken und sehen, wie sie ihre Flanken beim Atmen hoben und senkten. Auch konnte er das leise Malmen ihrer Zähne hören, als sie den Hafer zermahlten.

Er hatte schon im Fernsehen gesehen, wie Pferde gestriegelt worden waren, und er dachte, daß er das auch gern mal versuchen würde. Nicht jetzt, aber irgendwann später mal. Er würde gern die warmen Leiber und weichen Mäuler berühren. Aber erst später, wenn sie sich an ihn gewöhnt hatten.

Er war froh, daß er beschlossen hatte, die Nacht hier zu verbringen. Ohne den Wind war es gar nicht mehr kalt. In seinem Trainingsanzug und mit seiner Mütze war ihm behaglich warm.

Er aß die Weintrauben. Seine Hände waren klebrig. Unten gab es einen Wasserhahn, also stieg er die Leiter hinunter und wusch sich. Er wußte, daß er dabei auch das Blut wegwusch, und bei der Erinnerung daran, was passiert war, überkam ihn plötzlich wieder eine solche Panik, daß ihm die Knie zitterten. Das spritzende Blut. Das Stöhnen. Denn viel mehr war's nicht gewesen. Nur ein Stöhnen. Er nahm das Messer heraus und wusch es ebenfalls ab. Nicht denken. Nicht hinsehen.

Day... lee... Day... lee... Es war eine rituelle Beschwörungsformel, ein Mantra, aber das wußte Terry nicht.

Und dann schienen die Ställe, die Gerüche, die Pferde seinen ganzen Kopf auszufüllen, ihn zu beschäftigen, zu beruhigen. Ein paar Minuten blieb er neben dem Grauschimmel stehen, fragte sich, ob er wohl einen Namen hatte. Er vermutete, daß Pferde Namen hatten, aber er hatte keine Ahnung, was das wohl für Namen sein könnten. «Ich werde dich Mr. Garner nennen», sagte er leise und legte vorsichtig eine Hand auf die Hinterbacken des Schimmels. Sofort begann die Haut zu zucken, als wollte das Tier eine Fliege verscheuchen.

Schnell wich Terry einen Schritt zurück. «Ich tu dir nichts», sagte er.

Er kletterte wieder auf den Heuboden. Das Heu war zu Ballen gebunden, aber hinter den Ballen hatte sich über die Jahre Stroh zu einem lockeren Haufen angesammelt. Mäuse und Ratten lebten hier, aber Terry verschwendete keinen Gedanken an sie, als er es sich dort bequem machte. Er dachte an überhaupt nichts, und ganz besonders nicht an den nächsten Tag.

Seit vielen Monaten schon hatte er versucht, die Wirklichkeit mit Gedanken an den Zehnkampf auszusperren, wenn er in seinem Bett lag und hörte, wie seine Mutter wieder «Freunde» zu Besuch hatte, entweder in ihrem eigenen Zimmer oder in dem kleinen Wohnzimmer.

Zehn Wettkämpfe in zwei Tagen... das war es, was Daley Thompson gemacht hatte, und das war es, was er, Huntsman Collins, auch noch tun würde.

«Mon, du bist ein bißchen klein für 'n Zehnkampf», hatte sein Großvater gesagt. «Aber du wächst ja noch.»

Jedenfalls, was er machte, war, jede einzelne Disziplin nacheinander durchzugehen, eine pro Nacht, und darüber nachzudenken, bevor er einschlief. Er liebte das Wort *Disziplin*. Sein Großvater hatte es nie benutzt, er nannte es immer nur «Wettkämpfe», aber im Fernsehen, wenn Leichtathletik gebracht wurde, nannten sie es immer Disziplinen.

Die Disziplin dieses Abends war der Weitsprung.

Also, okay, Bob Beamon, Jesse Owens, Ter Ovanesian (*das* war ein Name) und Huntsman Collins. Jeder hatte noch einen Sprung. Sprangen auf Meereshöhe und hatten vor, Beamons Rekord aus Mexico City zu brechen. Und Huntsmans linke Ferse war verletzt und wund...

«Du wirst immer Probleme mit deinen Fersen haben, Mon», hatte sein Großvater gesagt. «Jeder Weitspringer, von dem ich gehört hab, hat Probleme mit den Fersen. Da kannst du nur eins machen, du kannst dir Gummieinlagen in die Schuhe stecken, weil du diese Ferse nämlich auf den Boden *knallen* mußt. Du mußt das Absprungbrett *angreifen*. Da wird nicht lahm der Anlauf runtergezockelt. Du mußt *zuschlagen* und dann ... hoch ... in den *hitch-kick*, die Hacken zusammenschlagen, und du wirst fliegen ... leicht wie ein Vogel ...» Heute interessierte sich kaum noch einer für den *hitch-kick*. Oder den «*hang*». Sie liefen so schnell an und sprangen so weit, daß sie sonst nichts mehr brauchten.

Aber so hatte sein Großvater es erzählt, und er liebte es. Beim Hochsprung war's der «*western roll*» und der «*eastern cut-off*». Das waren tolle Namen, fand Terry, auch wenn heute kein Mensch mehr so sprang.

Jedenfalls, jetzt war Huntsman Collins an der Reihe. Seine Sprungmarkierungen waren rot. Wenn er genau jede einzelne traf, blieb ihm nur ein Millimeter Spiel ... Also, mach dich bereit ... Die Fahne war oben ...

Aber irgendwie kam er heute abend, hier zwischen den mampfenden Pferden und dem Geruch nach Urin und Heu, nicht ganz in die Gänge bei dem großen Wettkampf in White City zwischen ihm und den besten Sportlern der ganzen Welt. Immer wieder schob sich Gails Gesicht zwischen ihn und die Weitsprunggrube. Es war, als würde sie dort stehen, mit einem kleinen Lächeln auf den Lippen die Anlaufbahn zu ihm hinunterschauen. Und wenn er an sie dachte, hätte er am liebsten geweint.

7

Maria saß immer noch in dem kleinen Wohnzimmer. Das Feuer war inzwischen verloschen, und der Fernseher war an, der Ton jedoch abgestellt. Die flackernden Bilder waren nur zur Gesellschaft da. Sie versuchte sich davon zu überzeugen, daß noch ein weiteres Glas auch keinen Unterschied mehr machen, statt dessen der Schlaftablette helfen würde, endlich zu wirken. Aber sie wußte, es war gefährlich. Sie lauschte in das leere Haus. Sie konnte das Ticken der Standuhr im Salon hören. Richard hatte sie von seiner Mutter geerbt, und als sie nach Hampshire gezogen waren, hatte sie immer jede halbe und volle Stunde geschlagen. Aber wenn sie allein war, erschreckten die Schläge der Uhr sie, besonders die Schläge um Mitternacht mit ihrer tiefen Symbolik. Daher hatte sie ihn gebeten, das Schlagwerk nicht mehr aufzuziehen, und jetzt tickte die Uhr nur noch.

Plötzlich erinnerte sie sich an eine Textzeile aus ihrer Schulzeit. «*The clock that clicked behind the door.*» Goldsmith. Ein Beispiel für Lautmalerei. Gott, war das lange her.

Andere Geräusche. Das Holz des Hauses arbeitete arthritisch. Regen gluckerte in den Fallrohren. Der Heizungskessel im Keller schaltete sich ein.

Sie hatte eine *Vision* gehabt, wie es wäre, auf dem Land zu wohnen. Es war eine Vision, die sie aus London fortbringen würde. Sie liebte ein London nicht mehr, wo ihr Wagen dreimal und das Haus zweimal aufgebrochen worden war, und wo sie abends nicht mehr allein in einer U-Bahn fahren wollte. Ihre Mutter hatte ihr oft erzählt, wie London gewesen war, bevor sie Marias Vater geheiratet hatte und nach West-Berlin gezogen war.

Damals war es noch eine Ansammlung kleiner Dörfer gewesen. Auf der King's Road in Chelsea hatte es noch richtige Metzger gegeben, richtige Fischhändler, richtige Gemüsegeschäfte. Hampstead war ein Dorf, genau wie Richmond und Chiswick und Greenwich. Sie alle hatten ihren ganz eigenen Charakter besessen.

Ihre Vision war ganz einfach gewesen: Die Stadt verlassen und aufs Land ziehen – etwas, das Millionen anderer vor ihr auch schon getan hatten.

Sie hatte ihr gemeinsames Leben idealisiert: ein Baby (vielleicht auch zwei), ein Hund, eine Katze, reifende Getreidefelder gesprenkelt mit rotem Mohn. Das war der Sommer. Und im Winter dann lange Spaziergänge an der frischen Luft, gemütliche Abende vor dem knisternden Kamin, der Hund ausgestreckt auf dem Läufer davor, die Katze auf ihrem Schoß, Richard an ihrer Seite. Eine Idylle wie auf einem viktorianischen Gemälde mit dem Titel *The End of a Perfect Day*.

Selbst im günstigsten Fall hätte es nie so gewesen sein können. Aber das war ihre Vision.

Statt dessen hatten sie ein prächtiges, aber düsteres Haus gekauft, sie hatte das Baby verloren, führte ein Leben, das sie haßte und vor dem sie Angst hatte, und jetzt verlor sie auch noch Richard.

Alles, was hatte schiefgehen können, war schiefgegangen. Ihr Kätzchen war an Katzenschnupfen gestorben. Sie waren zum Tierschutzverein gegangen und hatten Caesar bekommen: Instant-Gefährte, Instant-Beschützer. Aber niemand hatte dem Hund gesagt, ein Gefährte zu sein, oder ihn zu einem Beschützer ausgebildet. Später erfuhren sie, daß der Hund von seinen früheren Besitzern sehr schlecht behandelt worden war.

Sie entschloß sich zu einem Kompromiß, einem halben Drink. Also schenkte sie sich einen Whisky ein und drehte den Ton lauter, als die Nachrichten kamen. Es war die Story einer zweiundachtzigjährigen Frau, die in ihrer Wohnung vergewaltigt worden war. Schnell stellte sie die Lautstärke wieder ab.

Sie legte eine CD mit einem Flötenkonzert von Vivaldi auf, um sich ein wenig aufzuheitern. Richard hatte sie ihr einmal zu Weihnachten geschenkt.

Sie wußte, daß sie den Augenblick, ins Bett zu gehen, wegen der Dinge hinauszögerte, die sie vorher würde tun müssen. Sie würde Caesar hinauslassen müssen, und manchmal kam er nicht zurück, wenn sie ihn rief. Heute abend würde sie auf keinen Fall im Dunkeln durch den Garten irren. Wenn er nicht zurückkam, konnte er draußen bleiben.

Und danach würde sie überprüfen müssen, ob auch ja alle Fenster und Türen richtig verriegelt waren. Sie wußte, daß sie das bereits getan hatte, aber sie mußte sich noch einmal vergewissern. Manchmal kontrollierte sie es vier- oder fünfmal.

Außerdem mußte sie sich eine Bettlektüre heraussuchen. Etwas Leichtes, aber auch wieder dick genug, daß sie bis Morgengrauen zu lesen hatte, wenn sie um zwei oder drei Uhr aufwachte. Und sie würde viele Lampen anlassen. Im Erdgeschoß und auch oben. Überall.

Und in diesem Augenblick klingelte das Telefon.

Richard! Diesmal würde er es wirklich sein! Er rief an, um ihr zu sagen, daß er zurück war! Oder morgen nach Hause kommen würde. Sie rannte in die Halle und riß den Hörer von der Gabel.

«Hallo.»

Die Stimme klang weit entfernt, undeutlich hinter einem Sperrfeuer anderer Geräusche.

«Hallo?» sagte sie wieder. «Richard? Bist du es?»

«Maria? Ich bin's, Jack.»

«Ich verstehe nicht besonders gut.»

«Jack Benson.»

«Jack! Mein Gott, tut mir leid, aber es hörte sich gar nicht nach dir an. Wo bist du?»

«Bombay.»

«Oh.» Enttäuschung schlug über ihr zusammen. «Was in aller Welt machst du denn da?»

«Hör zu, ist Richard zu Hause? Ich muß unbedingt mit ihm sprechen.»

«Nein, ist er nicht.»

«Du meinst, er ist in eurem Haus in London? Da habe ich gerade angerufen. Hat sich keiner gemeldet.»

«Nein, da ist er auch nicht. Er ist heute morgen nach Lissabon geflogen.»

«Oh, Scheiße.»

«Wieso, stimmt irgend etwas nicht?»

«Ist er morgen wieder zurück?»

«Nein. Er ist das Wochenende über fort.»

«Das ganze Wochenende? Das *Osterwochenende*?»

«Geschäftlich. Ja, das ganze Wochenende.»

Sie hörte ihn leise lachen. «Armes *Liebchen*.»

Ein Teil von ihr war wütend über sein leises Lachen, aber ein anderer Teil schien dahinzuschmelzen. Vor vielen Jahren hatte er sie *Liebchen* genannt. Es war sein Kosename für sie gewesen, damals, als sie zum Wannsee hinausgefahren waren und in der Sonne gelegen hatten und anschließend, noch voller Sommerwärme und goldenem Riesling, zurück zu seiner Wohnung in der Kurfürstenstraße gefahren waren, um sich im letzten Licht des schwindenden Tages zu lieben. Ihre «Berliner Zeit», wie sie es heute nannte.

«Typisch Richard», sagte er.

«Es ist geschäftlich», wiederholte sie abwehrend.

«Ich hätte auch nie etwas anderes gedacht. Bist du allein?»

«Ja, richtig. Kann ich irgend etwas für dich tun?»

«Nun, also...» Er ließ diese Worte einen Moment im Raum stehen, dann sagte er: «Paß auf, ich bin auf dem Weg nach Hause.»

«Nach Hongkong?»

«Himmel, nein. Nach London.»

«London!» Ihr Herz machte einen Satz. «Wieso? Was ist denn passiert?»

«Ich komme übermorgen an. Warum verabreden wir uns nicht zum Dinner? Dann erzähle ich dir alles. Ich könnte zu dir nach Hampshire runterkommen. Das heißt, natürlich nur, falls du nicht ausgebucht bist.»

«Bin ich nicht.»

«Den Tag über werde ich verschiedene Dinge klären. Wir gehen in die Stadt, falls es da unten eine Stadt gibt.»

«Es gibt keine. Wenigstens nichts, was dich interessieren würde. Aber...»

Sie schwieg einen Moment.

«Bist du noch da?» fragte er.

«Ja, ich bin noch da.»

«Also schön, wie wär's dann, wenn du nach London kommst? Wir könnten zusammen zu Abend essen, ins Theater gehen. Du könntest in eurem Haus übernachten, und ich könnte dich am nächsten Tag nach Hause fahren. Na, wie wär's damit?»

«Ich glaube nicht, daß das eine so besonders gute Idee ist.»

«Warum nicht?»

«Nun... Richard könnte anrufen oder so.»

«Und vielleicht könnte er auch nicht. Hör mal, du kennst doch Richard. Er ist ein echter Workaholic.»

«Ja, ich weiß, aber...»

«Es ist doch nur für einen Abend. Am nächsten Tag bist du wieder zu Hause. Ich möchte dich sehen. Es ist wichtig.»

«Um was geht's denn?»

«Auch das werde ich dir dann erzählen.»

Weitere Einwände tauchten auf, doch sie schob sie schnell zur Seite.

«*Liebchen*? Bist du noch dran?»

«Okay.»

«Okay was?»

«Ich freue mich.»

«Toll.»

«Wieso treffen wir uns nicht gegen sechs bei eurem Haus? Falls du zu spät kommst, ich habe ja immer noch meinen Schlüssel.»

Das Haus würde neutraler Boden sein, dachte sie. Es war teils Büro, teils Wohnraum und wurde häufig von Richards Auslandsrepräsentanten benutzt, wenn sie nach London kamen. Jack selbst hatte es in der Vergangenheit schon mehrfach benutzt.

«In Ordnung», sagte sie. «Also um sechs.»

«Ach, und *Liebchen*, soweit es dich betrifft, bin ich immer noch in Hongkong. Okay? Nur für den Fall, daß jemand danach fragen sollte.»

«Gibt es irgendwelche...? Jack?» Aber die Leitung war tot.

Sie legte den Hörer wieder auf und kehrte langsam ins Wohnzimmer zurück. Ohne nachzudenken schenkte sie sich einen Whisky ein und setzte sich vor den Kamin. Sie spürte ihr Herz heftig klopfen, und sie wußte, daß ihre Wangen gerötet waren, da sie die Wärme spürte.

Ausgerechnet *er* mußte anrufen!

Mein Gott, es war wie eine... Wie sagte man doch gleich auf englisch? Vorsehung?

Sie versuchte, sich ihn vorzustellen. Sie hatte ihn schon eine ganze Weile nicht mehr gesehen. Sie stellte sich sein markantes, attraktives Gesicht vor. Das Gesicht mit diesem zynischen Mund und den ironischen Augen.

«Er benutzt die Menschen», hatte Richard einmal über ihn gesagt.

Es stimmte, dachte sie. Aber Menschen benutzten immer andere Menschen. Wen sollten sie denn sonst benutzen? Und jetzt würde sie Jack benutzen.

Spuren von schlechtem Gewissen regten sich, die sie jedoch mit einem weiteren Schluck Whisky schnell fortspülte. Es war schließlich nicht ihr Vorschlag gewesen, das war die eine Sache. Sie hatte den Satz zwar begonnen, ihn jedoch nicht zu Ende geführt. Jack hatte es vorgeschlagen. Sie hatte Einwände erhoben.

Wie auch immer, was regte sie sich überhaupt auf? Immerhin war er der Partner ihres Mannes. Sein ältester Freund. Er lud sie zum Dinner ein. Half ihr, die Einsamkeit des langen Osterwochenendes ein wenig zu lindern.

Das war auch schon alles. Nein, das war nicht alles. Sie wußte genau, was sie vorhatte. Man nannte es Ehebruch.

8

Das Cannon-Row-Polizeirevier ist eines der ältesten Londons, und heute, nach den Veränderungen der letzten fünfzehn Jahre in der Metropolitan Police Force, ist es wahrscheinlich das Bedeutendste überhaupt.

Mit seinem Komplex neuer und alter Gebäude liegt es strategisch günstig in der Nähe der Houses of Parliament und des New Scotland Yard – das heute weniger eine operative als vielmehr eine administrative Behörde ist –, und sein Reich erstreckt sich von der Themse im Süden bis zur Harrow Road im Norden, umfaßt damit praktisch den gesamten innerstädtischen Bereich Londons.

Es ist Bestandteil der «neuen» Polizei, die die *Met* früherer Zeiten ersetzt hat. Im Zuge der Umstrukturierung sind solch berühmte Namen wie die *Murder Squad* verschwunden. Wenn man heute jemanden in Pimlico vergewaltigt, auf dem Piccadilly halb totschlägt oder in einer Unterführung in Themsenähe ein Messer in den Bauch eines schwarzen Fernsehjournalisten rammt, dann wird nicht «Superintendent Bloggs vom Yard» gerufen, sondern der «Eight AMIP» – der *Area Major Incident Pool.*

London ist, was Verbrechensbekämpfung betrifft, in acht Bezirke aufgeteilt worden; das Revier in der Cannon Row ist für das Zentrum im Herzen der Hauptstadt zuständig.

An diesem kalten Märzabend wimmelte es in der Wache von Obdachlosen und Landstreichern, Streunern, Pennern und Wermutbrüdern – sehr zum Entsetzen des diensthabenden Beamten.

Sämtliche Vernehmungsräume und viele der Büros waren in Beschlag genommen worden, um dieses Strandgut zu verhören. In einem davon sprachen Macrae und Silver mit einem jungen Weißen unbestimmbaren Alters.

«Wie heißt du, mein Junge?» sagte Macrae zum viertenmal.

Der Junge antwortete nicht. Er war damit beschäftigt, mit einem Streichholz seine Fingernägel zu reinigen.

«Früher oder später sagst du's ja doch.»

«Leck mich», brummte der Junge trocken, und Silver schaute zu Macrae hinüber. Manchmal reagierte er auf so etwas, und manchmal reagierte er nicht. Kam ganz drauf an.

Der Junge war mittelgroß. Silver schätzte ihn auf irgendwas zwischen sechzehn und achtzehn. Es war schwer, ihn einzuordnen, da sein junges Gesicht undefinierbar alt wirkte. Wenn er dieses Gesicht anschaute, wußte Silver, daß es schon mehr vom Leben gesehen hatte, als er je sehen würde oder auch nur sehen wollte.

Er trug eine dicke, gefütterte Kampfjacke in braunen und grünen Tarnfarben, Jeans und Nike-Turnschuhe. Sein Kopf war rasiert, und in einem Ohr hatte er zwei Ohrringe. Der kalte Winterwind hatte sein Gesicht gerötet, seine Augen waren hellblau, und das Weiß in ihnen war blutunterlaufen.

«Weißt du, was wir mit kleinen Jungs wie dir machen?» fragte Macrae.

«Ich wette, Sie werden's uns gleich sagen.»

«Ja, ich werd's dir sagen», sagte Macrae.

Der Raum war mit einem Tisch und zwei Stühlen nur mit dem absolut Nötigsten möbliert. Der Junge saß an dem Tisch. Macrae ragte über ihm auf, hatte einen Fuß auf den anderen Stuhl gestellt. Silver stand mit dem Rücken vor der Wand.

«Wir legen dich übers Knie und geben dir eine anständige Tracht Prügel. Genau das machen wir mit kleinen Jungs.»

«Ach, Sie versohlen gern kleine Jungs? Normalerweise verlange ich dafür einen Zehner.»

Macrae schwieg. Dann drehte er, beinahe müde, seinen schweren, bulligen Kopf zu Silver und sagte: «Du kannst ihn eine Weile haben, Kumpel.»

Er verließ das Zimmer, und Silver setzte sich an den Tisch. Anders als Macrae war er mittelgroß und schlank. Sein dunkles Haar war kurzgeschoren, und seine braunen Augen standen weit auseinander. Er sah nicht wie ein Polizist aus, das heißt, falls es so etwas wie das typische Aussehen eines Polizisten gab. Er bewegte sich geschmeidig wie eine Katze. Er hätte alles mögliche sein können, Arzt, Schauspieler, aber seine Freundin Zoe fand schon immer, daß er etwas von einem Fechter hätte; ein Florett zu Macraes stumpfer Waffe.

«Schmeiß mal 'ne Runde Kippen.»

«Ich rauche nicht.»

«Angst vorm großen K, häh?» Der Junge sprach mit starkem schottischen Akzent.

«Genau. Wenn du möchtest, besorge ich dir eine?»

Der junge Mann schürzte seine Lippen und warf Silver einen Kuß zu. «Dann bist du also der gutmütige Typ, häh?»

«Du hast zu viele Filme gesehen.»

«Ach, komm schon! Der andere Kerl möchte mal ordentlich zutreten, das sieht man doch. Und du bietest mir 'ne Kippe an. Gehört nicht normalerweise auch noch 'ne Tasse Tee dazu?»

«Wie heißt du?» sagte Silver.

«Wie heißt *er*?»

«Detective Superintendent Macrae.»

«Macrae. Ich bin auch Schotte.»

«Wäre ich nie drauf gekommen.»

«Kleiner Scherzkeks!» Und wieder schürzte er tuntenhaft seine Lippen. «Wie heißt *du*?»

«Sergeant Silver.»

«Ich kannte mal einen Typen, der hieß auch Silver. Ein Jude. Bist du Jude?»

«Genau.»

«Dann sind wir Kumpel.»

«Wieso?»

«Tja, ethnische Minderheiten, du verstehst. Juden sind eine ethnische Minderheit. Und wir Schotten auch. Oder wenigstens hier in dieser beschissenen Stadt. Jedenfalls, wußte gar nicht, daß Juden Bullen werden.»

«Werden sie auch nicht.»

«Und wieso bist du dann einer?»

«Das ist eine lange Geschichte. Aber wir werden noch jede Menge Zeit haben, darüber zu reden.»

«Wieso?»

«Er wird dich hierbehalten.»

«Aber wegen was denn? Ich hab nichts getan.»

Macrae kehrte zurück. Er hatte einen Becher Tee in der Hand, aus dem er trank.

«He!» sagte der Junge. «Du bist Schotte, Mann. Genau wie ich.»

Macrae beachtete ihn nicht. «Der Name ist Rattray», sagte er zu Silver. «Aus naheliegenden Gründen auch kurz Rat, die Ratte, genannt.»

«He, wie lange wollt ihr mich eigentlich hier festhalten?» wollte der Junge wissen. «Ihr habt nichts, wegen dem ihr mich festhalten könnt!»

«Geh und hol dir einen Tee, Kumpel», sagte Macrae zu Silver. «Und dem da kannst du auch einen mitbringen.»

Jetzt waren nur noch Rattray und Macrae da. Etwas veränderte sich in Rats Augen. Es war nicht viel, aber es war vielsagend, und Macrae bemerkte es.

Macrae nippte an seinem Tee und sagte: «Haben wir das richtig mitbekommen? Du heißt Rattray?»

«Verpiß dich!»

Es sollte tapfer klingen, ging aber um Haaresbreite daneben. Es war beinahe, als wäre sein voraufgegangenes Verhalten durch Silvers Gegenwart bestärkt worden, als wäre alles nur eine Vorstellung für Silver gewesen.

Macrae stellte seinen Tee auf den zerkratzten Tisch und sagte: «Jetzt sind nur noch wir beide hier. Kein Grund mehr, weiter anzugeben.» Und er schlug ihn. Er richtete sich halb auf und holte gleichzeitig aus. Er benutzte seine offene Handfläche und erwischte Rat im Gesicht, hob ihn vom Stuhl, als dieser nach hinten umkippte. Der Junge flog durch den halben Raum.

Blut lief aus seiner Nase. Macrae nippte wieder vorsichtig an seinem heißen Tee, stellte die Tasse auf den Tisch zurück und durchquerte den Raum. Er packte Rattrays Hemd und warf ihn rückwärts gegen die Wand.

«Die Sache ist nur, ich habe keine Zeit für deine albernen Spielchen», sagte Macrae. «Zeit ist Geld, und das Geld geht uns langsam aus. Wenigstens sagt man mir das immer. Ach, du wußtest nicht, daß die Polizei heutzutage von Buchhaltern geleitet wird? Tja, so ist's jedenfalls. Also müssen wir super-effizient sein. So, im Namen der Effizienz habe ich bei dir gerade meine Handfläche benutzt. Super-Effizienz bedeutet meine Faust. Und, was darf's denn nun sein?»

Das Blut lief über Rattrays Gesicht und tropfte auf sein Hemd.

«Denk genau drüber nach, mein Junge. Du bist ein kleiner Stricher, das weiß ich. Aber wenn ich dich mit der Faust bearbeite, wird es Wochen dauern, bis dich einer deiner Freier auch nur schräg von der Seite ansieht. Und vielleicht wirst du danach *nie wieder* so hübsch aussehen wie jetzt.»

Macrae ballte seine Faust und zog seinen Arm zurück. Der Junge wurde zu einem Jungen. Plötzlich wirkte er klein und verängstigt.

Silver kam herein. Macrae beachtete ihn nicht. Der Schlag hatte in seinem Kopf bereits Gestalt angenommen. Silver schaffte es, den Tee auf den Tisch zu stellen. «Um Himmels willen!» sagte er, und umklammerte Macraes Arm.

«Tee», sagte Macrae, schüttelte Silvers Hand ab, als hätte sie ihn nie berührt. «Ganz einfach.»

Silver spürte eine vertraute Woge der Wut und Besorgnis in sich aufbranden. «Was ist hier passiert?» sagte er.

Macrae drehte sich zu ihm um. Nach einem Augenblick nahm er Silver die Tasse ab und stellte sie vor Rattray.

«Ich habe deinem jungen Freund hier erklärt, unter welchem Zeitdruck wir stehen, und er hat beschlossen, mit uns zusammenzuarbeiten. Na, ist das nicht so, mein Junge?» Rattray antwortete nicht. «Man nennt dich also die Ratte?»

Silver reichte ihm sein Taschentuch, und der Junge begann sich das Gesicht zu säubern. «Und?»

«Wie ist dein Vorname?»

Der Junge schaute zu Silver hinüber. «Kannst du mir jetzt diese Kippe besorgen?»

Macrae zog ein Päckchen langer, dünner Zigarren heraus und gab ihm eine.

«Dein Vorname?»

«James. Jamie.»

«Alter?»

«Achtzehn. Siebzehneinhalb.»

«Alles klar, Jamie, die da draußen...» Er deutete vage in Richtung der Wache, wo sich die anderen Obdachlosen befanden. «Die sagen, in dieser Unterführung hätten ein farbiger Junge und ein Mädchen gepennt. Sie sagen, du kennst sie. Fangen wir doch einfach damit an.»

Detective Chief Superintendent Leslie Wilson war Anfang fünfzig. Er hatte ein schmales, spitzes Gesicht, sich lichtendes graues Haar und Augen, die nie länger als nur einen Sekundenbruchteil auf eine Stelle gerichtet blieben. In seiner Jugend hatte man ihn deshalb «Shifty» Wilson genannt.

Er war ein gepflegter Mann und sehr eitel, was seine Kleidung betraf. Vor ihrer Auflösung war er bei der *Murder Squad* gewesen.

Er war bekannt dafür, an seinen Schreibtisch zu gehen, Schuhwichse und Bürsten herauszunehmen und gründlich seine Schuhe zu polieren, wenn der Druck von oben stärker wurde.

Außerdem hatte er einen aufgeräumten Verstand und besaß die Fähigkeit, alle möglichen Dinge in seinem geistigen Computer zu speichern und sie nach Bedarf abzurufen: obskure Fakten über Verdächtige, Alter von Personen, die er 1969 verhaftet hatte, zweite Vornamen, Haarfarben, Telefonnummern, Autokennzeichen.

In späteren Jahren war er in der Lage gewesen, dieses Talent auf den Verwaltungssektor zu richten, und heute war er Chef der Cannon Row.

Fünfundvierzig Minuten zuvor war er zu Hause abgeholt worden, als er gerade zu Bett gehen wollte. Er war nicht gerade bester Laune, ließ sich jedoch nichts anmerken, als er George Macrae jetzt über seinen Schreibtisch hinweg anschaute.

Von allen Männern in der Metropolitan Police, Commander, ja sogar Deputy Commissioner eingeschlossen, war Macrae derjenige, in dessen Nähe Wilson äußerst vorsichtig war. Wie die meisten Menschen respektierte er Macrae. Er mochte ihn beinahe genauso wie er ihn verabscheute, und in seiner Gegenwart fühlte er sich immer ein wenig unwohl.

Sie kannten sich schon seit vielen Jahren, hatten zusammen bei der Polizei angefangen, waren gemeinsam die Karriereleiter hinaufgestiegen und hatten zusammen überlebt. Das schmiedete zusammen. Nach ein paar Drinks war es leicht, sentimental zu werden, leicht, die Probleme zu vergessen, die Macrae aufwarf.

Auch wenn Wilson ihn schon lange kannte, auch wenn sie in der Mordkommission eng zusammengearbeitet hatten, oft mit ihren Frauen ausgegangen waren, Weihnachten im Haus des anderen gefeiert hatten, so wußte Wilson doch immer noch nicht, was Macrae in jedem beliebigen Augenblick jeder beliebigen Situation sagen oder tun würde.

Genau wie Macraes Arbeit bei der Polizei war auch sein Leben unorthodox. Gelegentlich war das Wort «unordentlich» gefallen, und Wilson wußte, daß die hohen Tiere es gerne sehen würden, wenn Macrae seinen Namen frühzeitig auf die Pensionärsliste setzen ließ. Wilson hatte sich immer für ihn eingesetzt, für ihn gekämpft, denn Macrae war in der Branche als guter Ganovenjäger bekannt. Seine Erfolgsquote ließ auch Wilson gut dastehen.

Es war nichts, an dem einer der beiden Männer einen Zweifel hegte. Macrae wußte, daß Wilson von seiner Sachkenntnis und seinem Erfolg profitierte; Wilson wußte, daß Macrae von seiner, Wilsons, Fähigkeit profitierte, ihm den Rücken zu stärken, wenn sein Verhalten ein wenig zu unorthodox wurde.

Sie kannten die Schwächen und Stärken des anderen; sie wußten, daß sie sich eine Existenzberechtigung einfallen lassen mußten – und sie *hatten* sich eine einfallen lassen. Es war eine symbiotische Beziehung – ein Wort, das Macrae, nicht aber Wilson gekannt haben würde. Und schließlich wußten sie beide, daß Macrae heute hinter Wilsons Schreibtisch säße – oder sogar mit einem hochtrabenderen Titel hinter einem noch imposanteren Schreibtisch –, hätte er sich über die Jahre eingefügt.

«Das ist eine ganz schöne Scheiße, George», sagte Wilson. «Passiert immer wieder an diesen langen Feiertagswochenenden.»

Macrae hatte dem Raum den Rücken zugekehrt, schaute auf den Parkplatz hinaus, der im Schein der Natriumlampen feucht schimmerte.

«Wie geht's der... äh... Familie?» erkundigte sich Wilson.

Das Wort war ganz bewußt gewählt, denn bei zwei Ex-Frauen und drei Kindern würde es seine Zeit gedauert haben, bis die verschiedenen Beziehungen abgehandelt und nach den verschiedenen Einzelpersonen gefragt worden wäre.

«Es geht ihnen gut», erwiderte Macrae. «Und Beryl?» Beryl war Wilsons Frau. Sie war klein, untersetzt, blond und ging, das erzählte man sich wenigstens, mit eingecremten Händen und Baumwollhandschuhen ins Bett.

«Die ist nicht gerade begeistert», sagte Wilson. «Sie war gerade erst eingeschlafen. Wie auch immer. Was hast du bislang?» Er blickte auf einen Vorbericht hinab. «Muß dir gleich sagen, daß ich noch nie was von diesem Burschen gehört habe, diesem Fernsehfritzen.»

«Ich auch nicht», sagte Macrae. «Er kommt im Frühstücksfernsehen.»

«Aha. Um die Uhrzeit ist bei uns die Flimmerkiste noch nicht an. Ziemlich beschissener Ort, die Hungerford Bridge. Für Überfälle, meine ich.»

«Ich glaube nicht, daß es ein normaler Raub und Überfall war.»

«Ach, ja?» Wilsons Augenbrauen hoben sich langsam und zauberten tiefe Falten auf seine Stirn. «Ein Mann, bei üblem Wetter unterwegs zur Waterloo Station? Nur leider zur falschen Zeit am falschen Ort?»

«Er war nicht auf dem Nachhauseweg. Zumindest sieht's nicht danach aus. Er wohnt in Sussex. In der Nähe von Chichester. Wenn er einen Zug nehmen wollte, wäre er von der Victoria Station abgefahren.»

«Um Himmels willen, George, hier steht's doch. Wenn es kein Raubüberfall war, was ist es dann...?»

«Das ist nur der vorläufige Bericht, auf den sich die offizielle Pressemitteilung stützen wird. Das gibt mir etwas Zeit.»

«George, er ist eine gottverdammte Fernseh-Persönlichkeit! Die kommen direkt nach der königlichen Familie. Wenn einem von denen irgendwas zustößt, macht das direkt Schlagzeilen. Du mußt in diesem speziellen Fall ganz besonders sorgfältig vorgehen. Und um Himmels willen, hier steht das Wort ‹schwarz›.» Er tippte mit einem Finger auf das vor ihm liegende Blatt.

«Tja, er ist schwarz.»

«Na und? Wenn er weiß wäre, würdest du ja auch nicht ausdrücklich ‹weiß› in deinen Bericht schreiben. Unsere Chefs haben zur Zeit eine gottverdammte Paranoia, was Rassenfragen angeht. Jedesmal, wenn sich irgendein schwarzer Bruder wegen irgendwelcher Polizeischikanen beschwert, findest du es sofort überall in den Zeitungen, und dann gibt es Anfragen im Parlament, und der Commissioner kriegt wieder seine Gastritis. Die Parole lautet: kein Ärger. Keine große Sache daraus machen. Du brauchst ihn nicht schwarz zu nennen, weil die Leute Fotos von ihm im Fernsehen und in den Zeitungen sehen werden, und dann werden sie's schon wissen...»

«Ich glaube, er wurde von einem Schwarzen erstochen.»

«Oh, Scheiße!»

Wilson zog die oberste Schublade seines Schreibtisches auf, wühlte darin herum, schloß sie wieder, öffnete eine andere. «Hast du irgendwas zu rauchen?»

«Ich dachte, Beryl hätte dafür gesorgt, daß du damit Schluß machst?»

«Nur zu Hause.» Er nahm eine von Macraes schlanken Zigarren und paffte kräftig. «Was erzählst du mir da, George? Schwarze ermorden Schwarze. Es ist kein Raubüberfall. Sind sie miteinander verwandt? Befreundet? Es sind doch keine Drogen im Spiel, oder?» Jetzt lag echte Besorgnis in seiner Stimme. Jeder wußte doch von den Crack-Kriegen in New York und Los Angeles. Jeder rechnete mit etwas Vergleichbarem auch hier in London.

«Beruhige dich, Les. Nicht, soweit wir das im Moment sagen können.»

«Was weißt du überhaupt über diesen verdammten Henry Foster?»

«Im Moment noch nicht besonders viel, aber wir arbeiten dran. Muß ziemlich intelligent gewesen sein, um dorthin zu kommen, wohin er es geschafft hat.»

«Und penetrant», sagte Wilson. «Man kommt beruflich nicht besonders weit, wenn man nur schwarz und intelligent ist. Okay, also ist er nicht überfallen worden. Was hat er um diese Uhrzeit überhaupt dort draußen zu suchen gehabt? Für die Festival Hall oder das National Theatre war es schon zu spät. Ich vermute, er könnte auf dem Rückweg von dort gewesen sein.»

«Nur, wenn er in der Pause gegangen ist.»

«Nun, *was auch immer* er dort zu suchen hatte, jedenfalls hat ihm irgendwer auf der Brücke ein Messer in die Rippen gestoßen.»

«Nicht direkt auf der Brücke, Les. An einer Stelle darunter. Eine dieser Stellen, wie Penner und Streuner sie immer wieder finden. Ich vermute, man könnte es wohl einen Unterschlupf nennen.»

«Was ist mit diesem anderen Schwarzen? Derjenige, der ihn erstochen hat. Hast du schon einen Namen?»

«Er nennt sich Huntsman. Aber das klingt nicht wie ein echter Name. Er ist noch ein Junge.»

«Hast du eine Personenbeschreibung?»

«Sie liegt vor dir.»

«Ah, ja. Schwarz, grüner Trainingsanzug. Was, eine grüne Bohne? Ah, Beanie soll das heißen. Eine dieser Wollmützen, oder was?»

«Genau.»

«Wie alt?»

«Um die fünfzehn. Plus minus ein Jahr.»

«Jesus, die werden immer jünger!»

«Und es gibt auch noch ein Mädchen. Er und dieses Mädchen haben sich den Schlafplatz geteilt. Sie heißt Gail.»

«Huntsman. Gail. Die werden langsam richtig originell. Zu meiner Zeit hieß es noch Bert und Sally. Na ja, dürfte jedenfalls nicht allzuschwer sein, dieses Mädchen aufzutreiben.»

«Sie könnte inzwischen überall sein.»

«Könnte auch sein, daß er woanders erstochen und seine Leiche dort nur versteckt wurde.»

«G. D. hat die Untersuchung durchgeführt. Er glaubt es nicht. Wie auch immer, dieser Unterschlupf befindet sich beinahe in Kopfhöhe. Man brauchte zwei richtig kräftige Typen, um ihn dort hinaufzuwuchten.»

«Was meinst du, George?»

«Ein paar der Penner sagen, Foster wäre zur Brücke gekommen und hätte nach dem Jungen gefragt.»

«Vielleicht ist er sein lange verloren geglaubter Sohn.»

«Ja, vielleicht.»

«Was ist mit Fosters Familie?»

«Er hat eine Frau in Sussex. Man wird sie noch heute abend verständigen. Ich werde selbst runterfahren und mit ihr sprechen.»

«Wenn Silver die Adresse des Verdächtigen ermitteln kann, wird uns das sehr weiterhelfen. Wir dürfen diesen Jungen nicht noch länger mit einem Messer in der Gegend herumlaufen lassen. Was ist er für ein Typ, George?»

«Wer, Silver? Wieso?»

«Ich weiß nicht, du und Silver... es ist nur, nun... er scheint nicht ganz deine Kragenweite zu sein. Ich habe mir schon immer so meine Gedanken über ihn gemacht. Ich meine, er ist Jude. Und dann bei seiner Ausbildung. Er ist überqualifiziert, wirklich. Was zum Teufel will er bei der Met?»

«Commissioner werden.»

«Oh.» Wilson lächelte. Dann runzelte er die Stirn. «Ist das dein Ernst?»

«Das will seine Mutter.»

Der Bericht vor ihm beunruhigte Wilson noch immer. «Die Medien werden uns wegen dieser Sache keine Ruhe lassen. Einer von ihnen, und so weiter und so weiter.»

«Scheiß auf die Medien.»

«Um Himmels willen, George, sei nicht kindisch. Und dabei fällt mir ein, da ist noch etwas, das ich erwähnen wollte.»

Sein Blick streifte kurz Macraes Gesicht, wanderte dann schnell zum Fenster, zu einem Stuhl, dem Schreibtisch.

«Ich glaube, ich weiß schon, was jetzt kommt.»

«Beförderung.»

«Dachte ich mir.»

«Hör zu, ich muß einen Bericht über dich schreiben. Du weißt ebensogut wie ich, daß du die Stelle eines Chief Super haben könntest, aber ich muß etwas Definitives von dir hören. George. Du mußt Bereitschaft signalisieren. Daß du den Job willst.»

«Aber ich will ihn nicht. Ich habe keine Lust, hinter einen Schreibtisch verbannt zu werden und den ganzen Tag nur beschissene Papiere herumzuschieben.»

Wilson bekam einen roten Kopf. «Du meinst, das wäre alles? Laß dir von mir gesagt sein...»

«Ich bin ein Ganovenjäger. Ich will auf den Beinen sein, draußen auf den Straßen, und nicht in einem Büro hocken.»

«Zwei Dinge. Erstens, ist es nicht verdammt viel besser, Befehle zu geben, als sie entgegennehmen zu müssen? Ich meine, du hast das Zeug dazu, gar keine Frage. Wenn du... wenn du nur... du weißt schon, was ich meine. Wir hätten dann den gleichen Rang.»

Macrae lächelte leicht, was Wilson nicht entging.

«Aber du würdest es nie wirklich versuchen. Du bist nicht gerade der diplomatischsten Männer einer, George, oder?»

«Und?»

«Ich meine, in Beziehung auf die höhere Managementebene.»

«Himmel, da siehst du's. Höhere Managementebene! Wir sind eine gottverdammte Polizei und keine Lackfabrik.»

«Die Dinge haben sich geändert. Es ist nicht mehr wie früher. Früher, das ist vorbei, George. Geschichte. Verschwunden. Weg. Aus und vorbei. Wir haben einen neuen Mann an der Spitze, der...»

«Der alles in Begriffen von Kosten ausrechnet. Wir werden zu einer Acht-Stunden-Fünftagewoche-Polizei. Wir sollten gottverdammte Plakate aufhängen.» Er gestikulierte. «An alle Kriminellen. Um die Polizei bei ihren Ermittlungen zu unterstützen, begehen Sie bitte sämtliche Straftaten ausschließlich montags bis freitags.»

«George...»

«Es ist doch wahr, Les, oder vielleicht nicht? Sie wollen nicht, daß wir Überstunden machen. Wir müssen für jeden einzelnen Job einen exakten Etat ausarbeiten. Überprüfen, ob es auch ja *rentabel* ist, die Ermittlung durchzuführen. Du weißt selbst, daß es dort draußen Tausende Bürger gibt, die sich gar nicht mehr die Mühe machen, uns zu verständigen. Das Auto ist geknackt worden? Ins Haus eingebrochen? Sorry, Sir oder Madam, wir sind leider viel zu beschäftigt. Rentabilität! Kein Wunder, daß unsere Aufklärungsquote heute geringfügig besser aussieht. Wir ermitteln nur noch in den Fällen, bei denen wir eine Chance sehen. So war's früher nicht.»

«Es hat keinen Sinn, in Erinnerungen an alte Zeiten zu schwelgen. Die Dinge *haben* sich geändert, und wir müssen uns mit ihnen verändern. Du bist so etwas wie ein Dinosaurier, George. Wenn du dich nicht änderst, wirst du aussterben.»

«Dinosauriern ging es verdammt gut, solange sie da waren.»

«Und dieser Fahrer, den du immer benutzt. Twyford. Du deckst ihn mit Bürokram ein, und jedesmal, wenn *du* ihn haben willst, ziehst du ihn einfach ab. So geht das nicht, George. Wir haben heute keine persönlichen Fahrer mehr.»

«Laß Eddie aus dem Spiel! Das hier ist mein Revier, und...»

«George, verstehst du nicht, daß wir heute auch keine persönlichen ‹Reviere› mehr haben? Alles ist heute zentralisiert und...»

«Was wir haben, sind nur noch beschissene Abkürzungen. AMIP! Den AMIP kommen lassen! Jesus. Das klingt doch wie irgendeine arabische Terroristentruppe. Was war mit der *Serious Crime Squad*, dem Dezernat für Schwerkriminalität, nicht in Ordnung? Und wir haben es auch nie SCS genannt! Das ist doch Veränderung nur um der Veränderung willen, Les, und nichts sonst.»

«Himmel, ich weiß wirklich nicht, wieso ich mir überhaupt die Mühe mache! Es ist einfach nur...»

«Und zweitens?»

Wilson holte tief Luft. «Wenn du als Chief aus dem Dienst ausscheidest, würdest du eine bessere Pension erhalten, wie du weißt.»

«Ich werde auch so zurechtkommen.»

«*As long as you have us*. Nicht ganz das, was in dem Lied gemeint ist, aber du verstehst schon, was ich meine. Was zum Teufel wirst du machen, wenn du nicht mehr bei der Met arbeitest? Du hast es selbst gesagt: Du bist ein Ganovenjäger. Was willst du tun, in die Sicherheitsbranche gehen? Dich selbständig machen? Glaubst du, damit würdest du glücklich? Du bist ein Bulle, George. Ein Bulle, wie er im Buch steht. Man muß dir nur einen hübsch gräßlichen Mord geben, und schon bist du quietschvergnügt. Ich habe mit dir zusammengearbeitet. Ich weiß es.»

Macrae wurde allmählich wütend. «Komm, hören wir mit der Predigt auf. Du hast damit angefangen. Schreib in deinen Bericht, was immer du willst.»

Wilson atmete aus. Zuckte mit den Achseln. Blickte wieder auf seinen Schreibtisch. Macrae ging zur Tür.

Es klopfte, und Silver trat ein. «Foster hatte eine Wohnung in der Stadt», sagte er.

«Gute Arbeit, Kumpel. Wo?»

«Fulham. Ich habe die Adresse. Und wir haben Schlüssel bei der Leiche gefunden.»

«Also, gehen wir und sehen mal nach», sagte Macrae.

«Was ist mit der Presse?» fragte Wilson. «Die werden warten.»

«Übernimm du das, Les, du bist bei solchen Sachen sowieso besser als ich.»

Ein erleichterter Ausdruck trat auf Wilsons Gesicht. Mit Ausnahme von ein oder zwei Reportern war Macraes Verhältnis zur Presse saumäßig.

«Okay, George, wenn du es so willst.»

Auf den Strohballen und im intensiven Landgeruch der Broadhurst Mews-Ställe schlief Terry Collins. Er träumte von seinem Großvater.

Auf dem regnerischen Land in Hampshire lag Maria Dunlap wach in ihrem Bett und starrte unter die Decke – war viel zu aufgeregt, fürchtete sich viel zu sehr vor dem, auf das sie sich einließ, um einschlafen zu können.

9

Der Tagesanbruch, ein grauer Tagesanbruch mit Schneeregen und einem Wind, der die Oberfläche der Themse kräuselte, hatte schon vor mehr als einer halben Stunde eingesetzt, als Leo Silver die Tür seines Hauses in Pimlico aufschloß. Es war eines von tausend ähnlichen Reihenhäusern, die zwischen der Buckingham Palace Road und dem Fluß lagen. Die meisten besaßen zwei Säulen und einen Portikus, die meisten waren während der letzten paar Jahre renoviert worden und heute teure Eigentumswohnungen. Abgesehen von gelegentlich einem Auto bewegte sich um diese frühe Uhrzeit nichts in Pimlico.

Das vierstöckige Haus, in dem Silver lebte, war in den sechziger Jahren in einzelne Wohneinheiten aufgeteilt worden. Er und Zoe Bertram bewohnten die beiden oberen Etagen, die zu einer Maisonette zusammengefaßt worden waren.

Es hörte sich toll an, dachte Silver, als er das Treppenhaus hinaufstieg, bis einem bewußt wurde, daß das Haus sehr schmal war und die Wohnung lediglich aus drei Zimmern bestand. Die obere Etage war zu einem einzigen großen Raum umgebaut worden, der Wohn- und Eßbereich sowie eine Kochnische enthielt. Auf der darunter liegenden Etage befanden sich zwei Schlafzimmer und ein Bad.

Er erreichte seine Wohnungstür. Er war hundemüde, so müde, daß er sich einen Augenblick gegen die Wand lehnte, bevor er einen Schlüsselring aus seiner Tasche zog. Er öffnete das erste von drei Schlössern der besonders verstärkten Tür. Es klang, dachte er immer, als würde Blaubart das Zimmer aufschließen, in dem die Leichen seiner Frauen hingen.

Das hatte er Zoe gegenüber nie gesagt, nicht mal im Scherz. Keine Witze über Dinge zu reißen, die ihr Angst machen könnten, war ein Teil des Preises, den sie für das zu zahlen hatten, was passiert war.

Er betrat die Wohnung, schloß die Tür wieder ab und legte eine massive Sicherheitskette vor. Ihre Schlafzimmertür war zu, und er öffnete sie leise. Sie lag auf dem Rücken, die Arme über dem Kopf und den Mund leicht geöffnet. Das Zimmer lag im Halbdunkel, doch er konnte den Zettel sehen, der auf seinem Kopfkissen lag. Er zog die Schuhe aus und schlich auf Zehenspitzen lautlos durch den Raum.

Sie sah aus wie ein Kind mit ihrem unschuldigen, glatten Gesicht. Er beugte sich über sie, roch den Körperpuder, den sie nach dem abendlichen Bad benutzt hatte, und nahm vorsichtig den Zettel vom Kissen. Dort stand: «Was hast du mit Dr. Millmoss gemacht?»

Er lächelte. Sie hatte ihn mit James Thurber bekanntgemacht. Sie war so etwas wie ein Experte für seine Cartoons und Kurzgeschichten, und Leo hatte sich so sehr davon anstecken lassen, daß er nicht nur alles mögliche gelesen hatte, was Thurber je geschrieben hatte, sondern auch noch mehrere Biographien des großen Mannes. Er nahm seinen Kugelschreiber heraus und schrieb: «Er ist bei der Eule auf dem Dachboden», und legte den Zettel behutsam auf ihre Brust.

Er beschloß, Frühstück zu machen, sie zur Arbeit zu bringen und dann ins Bett zu gehen. Er ging nach oben in den großen offenen Raum und setzte den Wasserkessel auf, stand dabei vor dem Fenster und starrte auf die kalte, nasse Straße hinaus. Sein Blick fiel auf die Häuserzeile gegenüber und die hohen Kamine der alten Battersea Power Station. Kein besonders großartiger Ausblick, aber besser als manche andere.

Das Merkmal der Wohnung, das sie letzten Endes veranlaßt hatte, mehr Geld aufzunehmen, als sie sich eigentlich leisten konnten, war das Flachdach und ein Oberlicht, das darauf hinausführte. Im Frühjahr würden sie das Projekt in Angriff nehmen, einen Dachgarten anzulegen. Ruth sagte, daß Sidney gesagt hatte, sie müßten vorher erst noch das Dach verstärken. Was zum Teufel verstand Sidney von solchen Dingen? Er war genau wie Leos Vater. Er konnte nicht mal eine Glühbirne auswechseln.

Silver hatte verschiedene Morgenzeitungen mitgebracht und warf jetzt einen Blick auf die Schlagzeilen. Alle nannten den Todesfall einen Raubmord.

Er machte sich Kaffee und ließ sich in einen der alten Sessel sinken, die sie auf einem Flohmarkt gekauft und neu bezogen hatten. Auf dem Couchtisch vor ihm lag eine von Zoes Arbeitsmappen. Sie war Werbetexterin bei Runcorn, Friar und De Groote und brachte häufig Arbeit mit nach Hause.

Auf dieser Aktenmappe lag ein weiterer Zettel für ihn. «Wir brauchen einen guten Slogan für eine neue Produktreihe Konservenbohnen. Mach dir mal ein paar Gedanken drüber – aber bitte nichts mit Fürzen, okay?»

Er dachte einen Augenblick nach und schrieb, dabei Remarque zitierend: «Jedes Böhnchen gibt ein Tönchen.»

Er trank einen Schluck Kaffee und spürte, wie die Wärme in seinen Magen strömte und sich von dort ausbreitete. Er wußte, daß er weitere Zettel finden würde, wenn er einen Spaziergang durch die Wohnung machte. Das war ihre Art, dachte er, sich zu beschäftigen, wenn er bis tief in die Nacht arbeitete, sich bei Laune zu halten, unangenehme Gedanken zu verscheuchen. Unter der Oberfläche, unter den Schichten von Humor und Kultiviertheit, von plötzlicher Aggressivität und gleichermaßen plötzlicher Reue, unter all dem, das wußte er genau, war sie immer noch wund und empfindlich.

Wie lange war es schon her? Er arbeitete sich zurück. Letzten September. Sechs Monate.

In den ersten Wochen, nachdem es passiert war, hatte es eine Zeit gegeben, während der sie jeden Tag darüber redeten. Für Zoe war es ein innerer Zwang gewesen. Es war, als könnte sie die Gespenster der Erinnerung vertreiben, indem sie darüber sprach. Aber seit einigen Monaten war dieses Thema nicht mehr angeschnitten worden.

Eine Zeitlang hatte er geglaubt, sie könnte vielleicht drüber weg sein, aber er hatte viel darüber gelesen und wußte, daß das Trauma manchmal so groß war, daß manche Frauen es niemals wirklich bewältigen konnten.

Erst kürzlich hatte er von einer neuen Schule der Psychiatrie gelesen, die in Israel aus der Arbeit mit Überlebenden des Holocaust entstanden war. Ihre These lautete, daß man ein glücklicheres, psychisch weniger gestörtes Leben führen konnte, wenn man in der Lage war, seine traumatischen Erinnerungen tief genug zu vergraben. Was Freud auf den Kopf stellte. Er fragte sich, ob es das war, was Zoe jetzt machte – es vergraben.

Er saß da, im grauen Licht des frühen Morgens, trank seinen Kaffee, und nach und nach fügte sich der Ablauf der Ereignisse in seinem Kopf wieder zusammen.

Es war so ein schöner Tag gewesen. Einer dieser goldenen Tage Mitte September. Es war der sechste Geburtstag seines Neffen Stanley, und Leo hatte versprochen, mit ihm in Hampstead Pizza essen zu gehen. Ruth hatte sich den Tag freigenommen, und Leo, Ruth und Stanley hatten beschlossen, in der Hampstead Heath einen Spaziergang durch das Vale of Health rauf zum Whitestone Pond und dann zurück zum *Pizza Express* zu machen.

Jeder hielt Stanley an einer Hand, als sie die menschenleere

Straße hinuntergingen, die zum Vale of Health führte. Es ist eine merkwürdige Gegend, ein eigenes kleines Dorf innerhalb der Heath, durch Bäume und Unterholz von den umliegenden Häusern abgeschirmt, etwa so, als wären ein paar Dutzend dieser typischen roten Sandsteinhäuser Manhattans aus ihrer normalen Umgebung herausgerissen und in den unzugänglicheren Teil des Central Parks geknallt worden.

Es ist eine teure Londoner Wohngegend. Sehr ruhig. Nur wenig Verkehr. Es führt seine eigene abgeschiedene und elitäre Existenz, und an diesem Septembertag mitten in der Woche war kaum ein Mensch unterwegs.

«Wieso heißt es eigentlich Health?» wollte Stanley wissen. Er war ein kleiner, dicker Junge und hatte fürchterlich schlechte Eßgewohnheiten. Er mochte praktisch nichts außer Junkfood, aber Leo hatte eine Schwäche für ihn.

Sie erreichten die ersten roten Ziegelhäuser.

«Weil es gesund ist», sagte Ruth.

Ihr dunkles Haar war kurzgeschnitten, auf ihrer Nase saß eine starke Brille, und sie trug ein langes Kleid und altmodische, an den Zehen offene Sandalen.

«Es war einmal», begann Silver, und Stanley schaute seinen Onkel mit glänzenden Augen an. «Es war einmal eine Zeit, da wurde London von einer schrecklichen Krankheit mit dem Namen Pest heimgesucht, und die Menschen starben zu Tausenden, und...»

«Wir sprechen nicht über Elend und Qualen», zischte Ruth ihn an, schüttelte verärgert ihren Kopf.

«Warum nicht? Das gehört auch zum Leben.»

«Zu deinem Leben vielleicht. Vielleicht ist das alles, was du noch siehst. Ich hätte mir gleich denken können...»

«Und alle Menschen sind gestorben...» sagte Stanley. «Weiter.»

«Tja, die Leute, die hier oben lebten, starben nicht», fuhr Silver fort. «Deshalb wird es das Vale of Health genannt.»

«Und warum sind sie nicht gestorben?»

«Ich weiß wirklich nicht, wieso du unbedingt dieses Thema anschneiden mußtest», sagte Ruth. «Er hat heute Geburtstag. Wir wollen nicht darüber reden.»

«Ja, du hast recht, der Tag ist viel zu schön.»

«*Warum* sind die Leute nicht gestorben?» sagte Stanley hartnäckig und zerrte an seinem Arm.

«Siehst du?» meinte Ruth.

«Ich erzähl's dir später mal», versprach Silver. «An deinem siebenten Geburtstag.»

«Nein.» Der Junge riß wieder an Silvers Arm. «Jetzt.»

«Pst...» machte Silver. «Was ist das?»

Sie blieben auf der schmalen kleinen Straße stehen und lauschten. Stille. Dann ein eigenartiges Geräusch. Es hörte sich an, als würde jemand gurgeln. Unvermittelt hörte es auf. Dann folgte eine Art langgezogenes Stöhnen.

Die Laute kamen von der Rückseite eines der Häuser links von ihnen. Ein schmaler Fußweg führte hinter das Haus.

«Was zum Teufel...?» sagte Silver.

«Du bist nicht im Dienst», sagte Ruth.

«Was ist das, Onkel Leo?»

«Ich weiß nicht.»

«Leo!»

Aber er hatte Stanleys Hand schon losgelassen. «Geh mit dem Jungen dort drüben hin», sagte er, zeigte auf einen Pub etwa fünfzig Meter entfernt.

«Leo, um Himmels willen, was immer das sein mag, du...»

Schnell ging er den Weg hinunter. Noch hatte er keine Angst. Er stellte sich irgend etwas mit einem Tier vor. Ein angebundener Hund. Irgendeine Tierquälerei. Er spürte, wie das Adrenalin durch seine Muskeln jagte. Er fühlte sich leicht. Er hatte nichts dabei, keine Waffe. Auf dem Boden unmittelbar hinter dem Zaun sah er den Stiel eines Spatens, dessen Kopf abgebrochen war. Das Stück Holz war schwer und massiv, und er hob ihn auf. Falls es ein Hund war, könnte er möglicherweise aggressiv sein.

Die Geräusche waren jetzt lauter und schienen aus einem kleinen Schuppen am Ende des überwucherten Gartens zu kommen.

Selbst jetzt, sechs Monate später, brachte er es nicht fertig, sich das Bild in allen Einzelheiten vorzustellen. Die vor seinem geistigen Auge vorbeiziehende Szene wurde wie durch ein Stroboskop in einzelne psychedelische Bilder zerrissen... Ihr Körper, halbnackt, ausgestreckt auf einem alten Gartentisch... Das Oberteil eines Jogginganzuges... Turnschuhe an den Füßen... Das schwarze V ihres Schamhaares, und die feine rote Linie darüber... Die Blutperlen, die sich in winzigen Bächen sammelten... Ihr tränenüberströmtes Gesicht... Ein alter Lappen, in ihren Mund gestopft... Dieser Mann, in der einen Hand ein Messer, in der anderen sein Penis...

Und in diesem Augenblick erstarrte alles in Silvers Kopf. Es war wie ein Foto aus einem Porno-Magazin. Ein sorgfältig inszeniertes Bild für die SM-Fangemeinde.

Silver behielt nur einen vagen Eindruck von diesem Mann: schmales Gesicht, lange Haare, Jeans, Anorak. Etwa dreißig Jahre alt.

Als der Mann seinen Mund aufmachte und «Neeeeeeeiiiiin...» brüllte, schlug Silver mit dem Spatenstiel zu. Er spürte und hörte das Krachen des Holzes, als es auf den Wangenknochen traf und zerschmetterte. Dann schlug er wieder zu... und wieder.... Er konnte von Glück reden, daß er ihn nicht umgebracht hatte.

Ruhelos stand er auf und ging zum Fenster, starrte wieder hinaus, sah jedoch nichts. Allein der Gedanke daran zerfetzte seine Nerven, und doch wußte er, daß er es nicht einfach verdrängen konnte. Gerade, wenn er dachte, es wäre fort, sprang ihn das Bild wieder aus dem Hinterhalt an.

Am Anfang waren sie es so viele Male durchgegangen, weil ihr Psychologe gesagt hatte, es würde ihr helfen. Das erste Mal war noch im Krankenhaus gewesen, als er sie besucht hatte. Er hatte ihr Blumen mitgebracht. Sie sah winzig aus in dem Bett. Ihre schwarzen Haare lagen ausgebreitet auf dem Kopfkissen, ihre verletzten Hände waren dort, wo sie nach dem Messer gegriffen hatte, dick verbunden.

«Ich habe Ihnen das hier mitgebracht», hatte er gesagt, während er sich nach irgend etwas umschaute, wo er die Blumen hinstellen konnte.

«Danke», sagte sie, meinte nicht die Blumen. «Danke...» Dann fing sie an zu weinen.

Weinen war auch Teil ihrer Therapie gewesen. Er hatte sie mehrere Male im Krankenhaus besucht, und sie hatte jedesmal geweint.

Nachdem sie das Krankenhaus verlassen hatte, zog sie zu ihrem Vater nach Surrey. Silver ging sie besuchen und fuhr mit ihr zum Dinner nach Guildford. Dann begann sie darüber zu sprechen, hastig und wie unter einem Zwang, und noch bevor sie ihr Essen angerührt hatte, weinte sie wieder.

Nach ein paar Wochen hörten die Tränen auf. Aber sie redete trotzdem immer wieder davon: der herrliche Tag, der Entschluß, in der Hampstead Heath zu joggen. Der Mann, der im Garten gearbeitet hatte, als sie vorbeigelaufen war. Sie nach der Uhrzeit fragte. Sie packte, als sie stehenblieb, um auf ihre Uhr zu schauen.

Und dann die vielen «Wenns». Wenn sie nicht gejoggt hätte, wenn es ein kalter, feuchter Tag gewesen wäre, wenn sie eine andere Strecke genommen hätte, wenn sie...

Das hatte etwa eine Woche gedauert. Es fiel mit ihrer wachsenden Abhängigkeit von ihm zusammen. Sie rief ihn von Surrey aus an und fragte bei den einfachsten Dingen um seinen Rat: Sie wollte ihre Bank wechseln, welche könnte er ihr empfehlen? Bei welcher war er? Sie wollte ihrem Vater ein Geschenk kaufen, was könnte er ihr da vorschlagen? Die Anrufe regneten auf ihn herab.

Dann hatten sie plötzlich eines Tages aufgehört. Er hörte eine Woche oder länger nichts von ihr. Er begann sie zu vermissen. Er rief an und erreichte nur ihren Vater. Sie ging wieder arbeiten. Sie teilte sich mit drei anderen jungen Frauen eine Wohnung in Wandsworth. Silver dachte ein, zwei Tage an sie. Er konnte sie einfach nicht aus dem Kopf bekommen. Wohin er auch ging, immer sah er sie: klein, dunkelhaarig, hohe Wangenknochen, weit auseinanderstehende, braune Augen. Sie erinnerte ihn irgendwie immer an eine Spanierin, und er fand, sie müßte eigentlich eines dieser engen, die Figur betonenden Kleider von Tänzerinnen tragen. Und so sehr daneben lag er damit auch gar nicht, denn ihre Mutter war zur Hälfte Spanierin.

Er hatte sie angerufen. Sie klang forsch, gefaßt. «Ich habe einen Narren aus mir gemacht», sagte sie.

«Wieso?»

«So wie ich dich belästigt habe, dir dein Leben vermiest habe.»

«Ach, das ist nicht wahr.»

«Doch, es stimmt wohl. Aber ich möchte, daß du weißt, wie dankbar ich dir bin. Und ich möchte auch, daß du weißt, daß ich jetzt Gott sei Dank endlich drüber weg bin.»

«Wann kann ich dich sehen?» fragte er.

«Leo, ich halte das für keine besonders gute Idee. Wenn ich sage, ich bin drüber weg, dann meine ich, ich hab's zur Hälfte geschafft. Ich habe einen neuen Job, eine neue Wohnung, eine neue Umgebung. Ich denke, es könnte ein Fehler sein.»

«Du meinst, mich zu sehen, könnte ein ...»

«Das würde in mir nur wieder alles wachrufen.»

«Ja. Ich verstehe. Ich vermisse dich. Ach, verdammt, vermissen ist ein blödes Wort. Ich glaube, ich habe mich in dich verliebt. Nein, ich glaube es nicht nur, ich weiß es.»

Dann sagte sie irgend etwas, das er nur halb mitbekam, aber das Wort «vermissen» kam deutlich rüber. Und dann war die Leitung tot.

Zwei Tage später, an einem Dezemberabend kurz vor Weihnachten gegen sechs Uhr, rief ihn der diensthabende Revierleiter in der Cannon Row von seinem Schreibtisch und sagte, da wäre jemand im Wartezimmer, der ihn sprechen wollte. Sie saß auf einer alten Holzbank, die meistens nur von den Hintern irgendwelcher Krimineller gewärmt wurde. Sie trug ein schwarzes Kostüm mit einer roten Bluse und um den Hals eine zweireihige Perlenkette. Einen Augenblick lang raubte sie ihm einfach den Atem.

«Ich bin gerade zufällig vorbeigekommen», sagte sie.

«Vorbeigekommen?»

«Ja, auf dem Nachhauseweg. Ich nehme immer den langen Weg. Das macht das Leben erheblich interessanter.»

«Wie wär's mit einem Drink?»

«Na, klar.»

«Wo? Im West End?»

«Nein, irgendwo, wo wir uns unterhalten können. Wo es ruhig ist.»

Sie gingen Whitehall hinunter, überquerten den Parliament Square und betraten Petty France, gingen in den ersten Pub, den sie sahen, und fanden einen ruhigen Tisch in einer Ecke. Er holte zwei Gläser Weißwein von der Theke.

Sie plauderten über Belanglosigkeiten, umkreisten einander verbal. Sie erzählte ihm von ihrer Wohnung, von den Frauen, mit denen sie sie teilte, von ihrer neuen Arbeit. Sie tranken noch ein paar weitere Gläser, und dann sagte sie: «Ich sollte jetzt wohl besser gehen.»

«Ich werde dich fahren.»

«Wieso nehme ich nicht einfach eine Flasche mit?» Sie ging zur Theke und kehrte mit zwei Flaschen rotem Rioja zurück. «Nur für alle Fälle.»

«Ist das vielleicht eine Einladung zum Abendessen?»

Er konnte sehen, daß sie nervös war. Im Wagen wirkte sie fröhlich und aufgekratzt, gestikulierte heftig. Ihre Mitbewohnerinnen waren übers Wochenende fort, und sie hatten die Wohnung ganz für sich allein. Sie trank hastig und redete genauso schnell.

Er setzte sich neben sie auf die Couch. Sofort stand sie auf und durchquerte das Zimmer, setzte sich auf einen der schwarzen Leder-und-Chrom-Stühle, mit denen die Wohnung möbliert war.

Sie schenkte sich immer wieder nach, und er sagte: «Soll ich irgendwas zu essen besorgen? Hier in der Gegend muß es doch irgendein Lokal geben, wo man sich was zum Mitnehmen holen kann.»

Sie fand ein paar Erdnüsse und schüttete sie in eine Schale. «Der erste Gang», sagte sie, bot sie ihm an.

Sie setzte sich, stand aber praktisch sofort wieder auf. «Ich glaube, in der Küche sind noch irgendwo ein paar Chips.»

«Nur keine Mühe.»

Sie ging. Kehrte zurück. «Sorry.» Sie bot ihm wieder die Erdnüsse an, und er nahm ihr Handgelenk.

«Setz dich», sagte er. «Du machst mich nervös.»

Sie versuchte zu lächeln, aber ihr Gesicht war erstarrt.

«Entschuldige mich einen Moment», sagte sie.

Als sie zurückkam, trug sie nur einen kurzen Seiden-Kimono. Sie setzte sich neben ihn auf das Sofa, nahm seine Hand und legte sie auf ihre Brust. Sie war klein und fest. «Hast du den Eindruck, daß ich versuche, dir irgendwas zu sagen?» fragte sie, zwang einen heiteren Tonfall in ihre Stimme.

«Ich habe den Eindruck, daß das hier so was wie ein Experiment ist», sagte er.

Sie hielt seine Hand und führte ihn in ihr Schlafzimmer. «Ich möchte dich ausziehen», sagte sie. Ihre Stimme war belegt und sie sprach leicht schleifend.

Er spürte ihre Finger auf den Knöpfen und Reißverschlüssen seiner Kleider. Er wollte sie, aber nicht so.

Sie legten sich aufs Bett. Er nahm sie in die Arme. Sie fühlte sich kalt an. Es war, als würde er ein Stück totes Fleisch umarmen.

Der Messerschnitt war eine dünne weiße Linie auf dem sanften Braun ihres Bauches. Er beugte sich vor, küßte die Narbe und spürte sofort, wie sie sich noch mehr verkrampfte. Sie legte eine Hand auf die Narbe. Er nahm die Hand und küßte sie ebenfalls.

«Jetzt», sagte sie.

«Ich kann nicht.»

«Bitte.»

«Tut mir leid.»

«Erzähl mir, wie du's magst.»

Er spürte, wie ihre Lippen seinen Bauch hinabwanderten, und er rollte sich fort.

«Ich habe Angst, Leo.»

«Es wird seine Zeit dauern. Du bist wie jemand, der einen Autounfall hatte. Du glaubst, du müßtest wieder in einen Wagen zurück.»

«Leo, ich möchte, daß du etwas weißt. Er hat nie... Er hatte nicht die Zeit...»

«Ist es das, was dir zu schaffen macht?»

«Ich wollte, daß du es weißt.»

Er stützte sich auf die Ellbogen und schaute zu ihr hinab. «Ich liebe dich», sagte er. «Ich werde nicht fortgehen. Ich bin hier. Laß es uns einen Schritt nach dem anderen machen. Wir haben alle Zeit der Welt.»

«Was ist der erste Schritt?»

«Wieso versuchen wir's nicht einfach mal damit, uns zu küssen?»

So war es gewesen. Langsam. Vorsichtig. Hauptsächlich am Anfang funktionierte es für keinen von ihnen. Aber sie ließen sich das Tempo von ihrer Liebe diktieren, und am Ende waren sie in der Lage, sich auch körperlich zu lieben. Sie mußte sich vorher nicht mehr betrinken.

Silver, der gedankenverloren am Fenster seiner Wohnung stand, hörte etwas und drehte sich um. Sie war aus dem Schlafzimmer die Treppe heraufgekommen. Sie trug den gleichen seidigen Kimono ohne etwas darunter. Ihre Augen wirkten noch ganz verschlafen. Ohne ein Wort kam sie durch den Raum und legte ihre Arme um seine Taille. Den Kopf lehnte sie gegen seine Schulter.

Mit belegter, gedämpfter Stimme sagte sie: «Wo zum Teufel bist du so lange gewesen, Silver?»

Sie tranken eine zweite Tasse Kaffee und er erzählte es ihr, während sie nach und nach richtig wach wurde.

10

Keine zwei Meilen entfernt, auf der anderen Seite des Flusses in Battersea, schloß Macrae seine Haustür auf. Es war eine kleine viktorianische Villa, zwei Zimmer oben, zwei Zimmer unten, in einer Straße exakt gleicher Reihenhaus-Villen. An der Wand eines Hauses waren die Worte WOODBURY COTTAGES 1889 eingemeißelt. Jedes besaß zur Straße hin ein kleines Stück Rasen, jedes hatte ein Erkerfenster, jedes eine in eine Nische zurückgesetzte Haustür. Früher waren dies die Wohnungen angesehener Büroangestellter gewesen. In den Fenstern des zur Straße liegenden Salons würden damals hinter Spitzengardinen Schildblumen gestanden haben. Die Vorgärten wären voller früh blühender Krokusse und Schlüsselblumen gewesen.

Heute boten die Häuser nur noch einen Blick auf Verfall. Die Straße war übersät mit den Skeletten ausgeschlachteter und verrostender Autos; die Vorgärten waren unter Betondecken verschwunden. Wo früher Blumen geblüht hatten, wucherte heute Unkraut, und jeder Garten war von seinen Nachbarn durch dürre, buntgescheckte Ligusterhecken getrennt, deren Blätter im grauen Morgenlicht krank und schmutzig aussahen.

Macrae registrierte die Straße kaum noch. Für ihn war es ein Niemandsland, ein Ort, durch den man einfach hindurchmußte, um auf sein eigenes Territorium zu gelangen. Und dieses Territorium hieß, im Jargon der brutalen Schule der Architektur, weder Heim noch Haus, noch Wohnung, sondern «zu verteidigender Raum».

Das Haus war dunkel und durchdrungen von Kochgerüchen, doch die Ruine, die er hinterlassen hatte, war aufgeräumt worden. Die Küche war sauber, das Geschirr abgewaschen und in die Schränke geräumt, das Stück Käse, an dem Frenchy solchen Anstoß genommen hatte, in den Abfall geworfen worden.

Er machte sich einen Becher Kaffee, warf drei Stücke Zucker hinein und ging ins Wohnzimmer. Die dunkelroten Vorhänge – eine Hinterlassenschaft seiner zweiten Frau – waren zugezogen, und er ließ sie so, wie sie waren. Auf dem Boden neben dem Sofa, wo er und Frenchy ferngesehen hatten, entdeckte er eine Flasche Whisky, schenkte sich einen Schluck ein und stürzte ihn hinunter.

Frenchy war schon in Ordnung. Wenigstens hatte sie sich ihr Geld verdient. Sie war eine dieser Frauen, die Unordnung nicht ertragen können, oder doch zumindest nicht sehr lange. Genau wie seine Mutter. Sie hatte einen ständigen Krieg gegen den Schmutz geführt und jeden Tag eine Schlacht verloren.

Er schenkte sich einen weiteren Whisky ein und trank ihn in einem Schluck. Genauso hatte ihn sein Vater auch immer getrunken. Als wäre es eine Medizin, hatte er den Geschmack gehaßt, sich aber dennoch nach der Wirkung gesehnt. Macrae hatte andere Alkoholiker gesehen, die ebenfalls so tranken. Sie bestellten einen Drink und ließen ihn auf der Theke stehen, fixierten das Glas eine lange Zeit, nahmen es schließlich in die Hand und leerten es, mit einem Schaudern, in einem Zug.

Nun, er war kein Alkoholiker, sagte sich Macrae. Er genoß den Geschmack ebenso wie die Wirkung. Er würde nicht werden wie sein Vater. Nicht jetzt. Niemals. Gleichgültig, was auch immer passieren mochte.

Als er noch ein kleiner Junge war, war sein Vater Oberaufseher auf dem Morile Estate in Inverness-shire gewesen. Es war eine wilde, unzugängliche Berg- und Heidelandschaft mit einem kleinen Fluß. Der Gutsherr besaß ein paar Schafe, doch im wesentlichen diente das Anwesen der Jagd. Im Sommer konnte man den Fluß zum Lachsangeln mieten, und ab dem zwölften August wurden die Moore für die Jagd auf das Moorhuhn vermietet. Im November waren die Hirschkühe zum Abschuß freigegeben und etwas später die Hirsche. Hamish Macrae erledigte all diese Aufgaben äußerst tüchtig. Oft nahm er George als Helfer mit.

Damals begann George dann auch die zwei Seiten seines Vaters zu sehen. Den reichen Kunden gegenüber, die zum Angeln und zur Jagd kamen, hieß es immer nur *Ja, Sir* und *Nein, Sir*, und *Sir* hinten und vorne. Oft hatte der kleine George sich geschämt, wenn er beobachtete, wie sie seinen Vater herumkommandierten. Er hatte sich gewünscht, sein Vater würde sich wie ein Mann verhalten, ihnen sagen, sie sollten sich zum Teufel scheren, oder daß er doch wenigstens soviel Würde wie einige der anderen Aufseher besäße, die er kannte.

Aber so war er nicht. Er verbeugte sich und katzbuckelte vor Leuten, denen George noch nicht einmal guten Tag gesagt hätte – reiche Fabrikbesitzer aus Birmingham und Leicester, die mit näselnden Stimmen redeten und mit teuren Purdeys schossen. Die wirkliche Gentry ließ sich praktisch nie blicken.

Doch wenn Hamish Macrae abends vom Berg herunterkam, entwickelte er sich zu einem echten Tyrann. Gerade wenn seine Frau geputzt hatte, brachte er Matsch an seinen schweren genagelten Schuhen herein. Er zog über die Menschen her, vor denen er gerade erst einen Kotau gemacht hatte, und ließ all die Demütigungen an seiner Frau und seinem Sohn aus.

Bei solchen Gelegenheiten ging George ihm aus dem Weg. Seine Mutter hatte diese Möglichkeit nicht. Sie stritten sich unentwegt, nicht selten ging es dabei um George.

Er kam in der Schule gut zurecht, war der Intelligenteste seiner Klasse. Als er ein Stipendium für die *Academy* in Aberdeen gewann, war seine Mutter außer sich vor Freude. Sein Vater sagte nein. Welchen Sinn hatte denn schon eine höhere Bildung? Wie sagte einem das, ob ein Moorhuhn Bandwürmer hatte oder wie man eine Fliege auswerfen mußte, um einen Fisch anzulocken? Er wollte, daß sich George so bald wie möglich seinen eigenen Lebensunterhalt verdiente. Und das war das.

Nach einer halben Flasche Whisky war es nicht leichter, mit ihm auszukommen, sondern ganz im Gegenteil. Einmal verprügelte er seine Frau so schlimm, daß er ihr einen Arm brach. Es dauerte sehr lange, bis sie sich wieder erholt hatte, nicht so sehr von der körperlichen Verletzung, sondern vielmehr von der seelischen Wunde, die er ihr zugefügt hatte.

Als er sie das nächste Mal schlug – nicht einfach nur die Ohrfeigen und Schläge, die zu ihrem alltäglichen Leben gehörten, sondern als er sie wieder wirklich übel verprügelte –, wurde sie anschließend im Home Pool treibend von einem der Mieter gefunden, der dort hinuntergegangen war, um vor dem Frühstück eine Forelle zu angeln.

Die gerichtliche Untersuchung gelangte zu dem Ergebnis, daß ein Unfall als Todesursache anzusehen sei, auch wenn jeder genau wußte, daß sie sich umgebracht hatte.

Sechs Monate später hatte George mit dem Boxtraining begonnen. Er stellte sich vor, daß er eines Tages gegen seinen Vater antreten und ihn zu Boden schlagen würde. Die Eberesche bewahrte ihn davor, und das Boxtraining befreite ihn von einer aufgestauten Aggression, von der er manchmal glaubte, sie würde ihm noch die Schädeldecke wegblasen.

Als er jetzt in seinem verdunkelten Wohnzimmer auf dem Sofa

saß, beschloß er, in Erinnerung an seinen Vater, nicht noch ein weiteres Glas zu trinken, sondern statt dessen nach oben und ins Bett zu gehen.

Eine Weile lag er einfach da und starrte an die Decke. Ein Teil von ihm wollte, daß Frenchy an seiner Seite lag. Oder wenn schon nicht Frenchy, dann doch irgend jemand, irgendein warmer Körper. Er wollte einfach nur mit seinen Fingerspitzen das Fleisch berühren, um zu wissen, daß er noch lebte.

Statt dessen begann er über den Toten nachzudenken und wie er dort hingekommen war, wo man ihn gefunden hatte, und wer ihn wohl ermordet haben mochte. Sein Verstand begann den Fall Schritt für Schritt durchzugehen, bis schließlich der Schlaf kam. Doch unmittelbar bevor er eindöste, sprang ihm ein weiterer Gedanke in den Kopf. Es war etwas, das Wilson gesagt hatte, und Macrae wußte, daß er recht hatte. Ein solches Leben, wie er es führte, ohne die *Met* im Rücken, würde ihn zu einem Abziehbild seines Vaters machen – und das wäre das Ende.

11

Terry wachte früh auf. Licht fiel durch die staubigen Scheiben in den Stall. Er schaute von seinem Nest im Stroh nach unten. Zwei der Pferde lagen, die anderen schienen im Stehen zu schlafen. Er suchte in seinem begrenzten Vokabular nach einem Wort, um zu beschreiben, wie er sie sah. «Freundlich» war das einzige, was ihm einfiel. Sie schliefen und waren ruhig, aber hauptsächlich wirkten sie freundlich auf ihn.

Er wünschte, Gail könnte sie sehen, sie vielleicht sogar streicheln, wie er es getan hatte.

Er lag zusammengerollt im Stroh, hatte die Arme um die Knie geschlungen, denn es war kalt. Er wußte, daß er diesen Ort würde verlassen müssen, hatte aber keine Ahnung, wohin er gehen sollte.

Schon bald würde jemand kommen und tun, was auch immer morgens mit den Pferden getan werden mußte, sie vielleicht füttern, ihnen Wasser geben. Vielleicht würden sie auch das Stroh brauchen, das ihm jetzt Schutz bot. Er wollte nicht mehr dort sein, wenn jemand kam.

Er dachte an die Einkaufspassage, wo er die letzte Woche mit Videospielen verbracht hatte. Dorthin konnte er nicht. Er dachte an die Touristenläden und Geschäfte für Armeerestbestände, in denen er und Gail Kleider und Süßigkeiten geklaut hatten. Auch das würde jetzt zu gefährlich sein. Er konnte auch nicht zur Hungerford Bridge zurück, und auch nicht zu den Stufen auf dem Piccadilly, und ebenfalls konnte er nicht den ganzen Tag mit der Circle Line durch die Gegend fahren. London, das er als ungeheuer große und ausgedehnte Stadt kannte, schien auf einmal sehr klein und gefährlich geworden zu sein.

Plötzlich sah er das Gesicht des Mannes, und wieder stieg panische Angst in ihm auf.

Day... lee... Day... lee...

Okay, also, es sind Daley Thompson und Jürgen Hingsen und Huntsman Collins. Der erste Tag des Zehnkampfes vorbei, und nur dreißig Punkte trennte sie. Und jetzt der erste Wettkampf des zweiten Tages – «der vornehme Wettkampf», wie sein Großvater es genannt hatte –, Hürdenlauf über einhundertundzehn Meter.

Aber der Zauber funktionierte nicht mehr. Huntsman Collins und der Weltrekord schienen seinen Verstand nicht mehr vor dem verschließen zu können, was mit Terry Collins passierte. Gail war der Schlüssel. Sie würde wissen, was zu tun war. Das einzige Problem mit Gail war nur, daß sie möglicherweise total abgedreht war.

Einmal war Terry dabei erwischt worden, wie er auf der Schultoilette Pattex geschnüffelt hatte. Die Lehrerin hatte ihn nach Hause gebracht. Seine Mutter war nicht da gewesen, also hatte sie es seinem Großvater erzählt. Sie sagte, wenn es noch einmal passierte, würden sie ihn der Polizei melden.

Terry hatte Angst davor gehabt, wie sein Großvater reagieren würde. Er hatte keine Angst vor Prügel. Er hatte schlicht und einfach Angst vor dem Ausdruck in den Augen des alten Mannes.

Garner Maitland hatte nur genickt und gelächelt, und keine Schwierigkeiten gemacht und gesagt, er würde sich darum kümmern und es würde nie wieder passieren. Schließlich war die Lehrerin gegangen.

Der alte Mann war, immer noch ohne ein Wort zu sagen, zu Terrys Schrank gegangen und hatte die Spikes herausgeholt, sie ihm zugeworfen und gesagt: «Komm mit.»

Sie waren in den Park gegangen. Mütter und Kinder traf man heute dort nicht mehr, da die Schaukeln und Karussells von Rowdies zerstört worden waren und es schon zu mehreren Vergewaltigungen durch Gangs gekommen war. Teile des Parks dienten als Abladeplatz für alte Bettgestelle und Autoreifen.

In einer Ecke des Parks gab es einen Sandkasten, in dem früher Kinder gespielt hatten. Garner Maitland hatte einen Anlauf ausgemessen, und Terry hatte ihn schon so oft benutzt, daß die Markierung kaum noch zu erkennen war.

«Jetzt bringe ich dir den *hitch-kick* bei.»

Die nächsten beiden Stunden verbrachten sie in diesem entlegenen Winkel des Parks, und Terry gab sich die größte Mühe, den *hitch-kick* zu lernen, aber irgendwie machten seine Beine nicht, was sein Gehirn ihnen befahl, bis sein Großvater schließlich sagte: «Du mußt es dir in deinem Kopf genau vorstellen, Mon, bevor du anfängst.»

Terry hatte sich in seinem Kopf ein Bild dessen gemacht, was er tun wollte. Und dieses Mal funktionierte es – Anlauf nehmen, abspringen, mit den Beinen in der Luft strampeln.

«Das ist es, Mon! Du hast es!»

Auf dem Nachhauseweg erwähnte sein Großvater zum ersten und einzigen Mal Drogen. «Wir brauchen keine Drogen, Terry. Wir sind besser als das.»

Terry war nie sicher gewesen, was genau er damit gemeint hatte. Waren Schwarze besser? Das konnte nicht sein, nicht nach allem, was er in seiner eigenen Siedlung gesehen hatte. Oder Sportler? Und auch das klang irgendwie nicht richtig, nicht bei all den Anabolica. Vielleicht meinte er, daß Terry und er selbst besser waren als das.

Gail nahm alles. Speed, H, PCP, Acid, Crack. Alles, was turnte. Und manchmal auch einen Cocktail davon. Dann haßte er sie. Aber wenn sie nicht auf Drogen war, dann war's genau andersherum. Er war nicht sicher, was Liebe war. Da war so ein ganz besonderes Gefühl, das er für seinen Großvater empfunden hatte. Das gleiche verspürte er für Gail, nur ein klein wenig anders.

Kennengelernt hatte er sie durch die Ratte. Es war seine erste Nacht auf der Straße, und er war zum Centrepoint gegangen, dem Obdachlosenheim für Jugendliche in Soho. In der Nähe des Einganges hatten eine Reihe anderer Kids rumgelungert. Die Ratte war auf ihn zugekommen und war freundlich gewesen. Er hatte ihm einen Schluck aus seiner Dose Heineken angeboten. Damals war Terry noch sehr verletzbar gewesen. Er hatte Angst gehabt, auch wenn er seine Angst hinter einem tapferen Gesicht versteckte. Er hatte noch nie auf der Straße geschlafen und wußte nicht, was er machen sollte. Aber vom Centrepoint hatte er schon gehört, also war er dorthin gegangen.

«Nie im Leben bist du sechzehn», hatte die Ratte gesagt. «Du mußt aber sechzehn sein, bevor sie dich aufnehmen. Andernfalls rufen sie die Polizei.»

Das war so ziemlich das letzte, was Terry wollte, besonders nach dem, was er in der Schule mit dem Klassenzimmer gemacht hatte.

«Ich kann dir Geld besorgen», hatte die Ratte gesagt.

«Wie denn?»

«Siehst du den Freier da hinten?» Er deutete auf einen gutgekleideten Banker-Typen mit einer Aktentasche, der in der Nähe des Centrepoint-Einganges stand, immer wieder auf seine Uhr schaute und so tat, als würde er auf jemanden warten. «Der gibt dir einen Zehner.»

«Für was denn?»

«Das zu tun, was er will.»

Terry zögerte. Natürlich hatte er schon davon gehört. Man konnte nicht aufwachsen wie er, ohne etwas davon zu wissen. Aber die Vorstellung gefiel ihm nicht. Andererseits wollte er das Geld.

«Wahrscheinlich könnte ich fünfzehn für dich rausschlagen. Zwei Freier pro Tag, vielleicht auch drei oder so, und du schwimmst in der Knete.»

«Fünfzehn?» Er war nervös, ließ sich aber nichts anmerken. Es kam nur darauf an, sich nie was anmerken zu lassen.

Aber was würde Großvater dazu gesagt haben? Er konnte es sich nicht mal vorstellen. Doch, er konnte. Aber sein Großvater war nicht mehr da. Eine diffuse Wut keimte in ihm auf. Er war weg, und Terry war hier. Auf sich allein gestellt. Denn seine Familie zählte er nicht mit. Das würde eine Lektion für seinen Großvater sein. Ihnen allen würde das eine Lektion sein.

Und dann war Gail zu ihnen gekommen und bot Terry eine Dose Bier an. «Hab dich hier noch nie gesehen», sagte sie.

«Bin auch noch nie hier gewesen.»

Er trank einen Schluck. Er mochte den Geschmack von Bier nicht wirklich, aber das war jetzt nicht der richtige Augenblick, sich lang und breit darüber auszulassen.

«Ich erklär ihm gerade, wie er's machen muß», sagte die Ratte.

Gail war klein und schlank und hatte kurze braune Haare. Sie trug, wie anscheinend jeder hier, einen Trainingsanzug und Turnschuhe. Sie hatte ein pickliges Gesicht, aber ihr Lächeln war offen und herzlich.

«Wie er's machen muß? Wie du vielleicht? Du bist doch gottverdammt positiv!» Sie drehte sich zu Terry um. «Er ist positiv. Macht's schon, seit er zwölf ist.»

Da verstand er noch nicht, was sie meinte, aber später erfuhr er, daß «positiv» HIV-positiv bedeutete, und er hatte sich Mund und Lippen abgewaschen, weil er von der Bierdose der Ratte getrunken hatte.

«Ich hab in der U-Bahn einen Fünfer gemacht», sagte sie. «Willst du was essen?»

Terry hatte Hunger. «Nichts dagegen», antwortete er.

Später fragte sie ihn, wo er pennen wollte, und als er sagte, er hätte keine Ahnung, meinte sie: «Da draußen krepierst du. Besser, du kommst mit mir.»

Sie führte ihn fort aus dem West End in die dunklen leeren Straßen von Westminster in der Nähe der Tate Gallery. Dort, in den Kellern eines Blocks alter Patrizierhäuser, die abgerissen wurden, zeigte sie ihm ein kleines Versteck, wo früher mal die Mülltonnen gestanden hatten.

In dieser Nacht fand er kaum Schlaf. Jedesmal, wenn er aufwachte, spürte er, daß Gail ebenfalls wach war. Ein- oder zweimal drehte er sich zu ihr um und schaute sie an. Jedesmal beobachtete sie ihn.

Den nächsten Tag verbrachten sie zusammen. Stillschweigend, ohne lange Diskussion, gingen sie davon aus, daß es so bleiben würde. Sie zeigte ihm die richtigen Geschäfte, in denen man gut klauen konnte, und schon bald trug er einen nagelneuen Jogginganzug und Turnschuhe. Zum ersten Mal, seit er von zu Hause fortgegangen war, war ihm jetzt warm.

Sie war mit ihm auch in einen Campingladen gegangen, wo sie einen Schlafsack und eine Plastikplane geklaut hatten, und dann hatte sie ihn zu ihrem Schlupfwinkel unter der Hungerford Bridge mitgenommen.

Es war gemütlich dort, viel gemütlicher als der Abstellraum für die Mülltonnen. Ihm war nicht mehr kalt. Und er war ganz aufgeregt. Er steckte mitten im Leben. Das war viel besser als zu Hause, das heißt, es war so lange besser, bis sie eine Handvoll Pillen einschmiß und fast sechzehn Stunden abgetreten war.

Als sie wieder zu sich kam, zeigte sie ihm, wie man in den U-Bahnen und U-Bahn-Stationen und den schmalen Durchgängen zwischen den verschiedenen Bahnsteigen bettelte, wo es schwierig für die Leute war, sie zu ignorieren.

Am Anfang war er nicht sicher, warum Gail ihn mitgenommen hatte. Später wurde ihm klar, daß sie jemand haben wollte, dem sie vertrauen konnte, wenn sie stoned war. Jemand, der dann auf ihren Kram aufpaßte. Es hatte vor ihm schon jemanden gegeben, ein Mädchen aus dem Norden, aber sie war nach Hause zurückgegangen.

Er brauchte Gail jetzt. Sie würde wissen, wo er sich verstecken konnte, wo er in Sicherheit sein würde.

Er stieg von seinem Nest herunter und verabschiedete sich von den Pferden, dann kletterte er zum Fenster hinauf, drückte es auf und schwang sich hinaus. Es war immer noch früh und niemand in der Nähe.

Er schlenderte Richtung Paddington Station die Mews hinunter, als er den Streifenwagen sah. Er parkte auf der anderen Straßenseite.

Terry geriet in Panik. Er drehte sich um und rannte zu den Ställen zurück, wuchtete sich hinauf und war blitzschnell durch das Fenster. Die Pferde bewegten sich unruhig in ihren Boxen, richteten ihre großen Augen auf ihn. Er stürmte die Leiter hinauf und warf sich ins Stroh.

Er war erst fünf Minuten zurück, als er hörte, wie unten aufgeschlossen, Ketten gehoben und die große Stalltür weit aufgezogen wurde. Ein junges Mädchen, kaum älter als er selbst, nahm eine Gabel von einem Ständer und begann, eine nach der anderen die Boxen auszumisten. Während sie das machte, redete sie leise auf die Pferde ein.

Bald würde sie neues Stroh brauchen, dachte er. Schon bald würde sie die Leiter raufkommen. Er drückte sich tiefer und tiefer in das alte Stroh, bis er sich schließlich an die Wand zwischen Stall und dem angrenzenden Haus drängte. Vorsichtig schob er sich die Wand entlang, arbeitete sich lautlos so weit wie möglich vom Kopfende der Leiter fort. Er lag jetzt beinahe begraben unter dem Stroh und versteckt hinter Ballen und altem Zaumzeug, das über die Jahre hier heraufgeworfen worden war.

Seine Hand berührte etwas. Er schob das Stroh zur Seite. Er sah eine kleine Tür, nicht größer als eine Falltür. Gesichert wurde sie durch einen Riegel und ein Vorhängeschloß. Aber beides war viele Jahre nicht benutzt worden, und das Holz war morsch. Er wartete, bis das Mädchen auf die Gasse hinausging, um einen Eimer Wasser auszukippen, dann riß er einmal kurz und kräftig an dem Vorhängeschloß. Die Schrauben lösten sich leicht. Er öffnete die kleine Tür und schlängelte sich hindurch. Er fand sich auf dem Dachboden des Nachbarhauses wieder. Die Falltür zog er hinter sich zu.

12

Das Klingeln des Telefons zerschmetterte Silvers Traum. Wie eine Rakete, die ihr Silo verließ, brach er aus dem Schlaf hervor und war schlagartig hellwach. Da war noch eine schwache Erinnerung an einen wohligen, goldenen Augenblick, doch auch sie ging in der Wucht seines Aufwachens unter.

Kerzengerade saß er im Bett, sein Herz hämmerte wie verrückt, sein Magen verkrampfte sich.

«Bist du's, Kumpel?»

«Ja.»

«Habe ich dich geweckt?»

Silver warf einen Blick auf die Wanduhr. Es war zehn Uhr fünfundvierzig. Er hatte drei Stunden geschlafen. «Ja», sagte er.

«Die Vermißtenabteilung hat einen heißen Kandidaten ausgegraben. Eddie holt dich in einer Dreiviertelstunde ab.» Die Leitung war wieder tot.

Langsam ließ Silver sich wieder aufs Kopfkissen zurücksinken. Kaltes Morgenlicht sickerte durch die gelben Vorhänge herein. Die ganze Wohnung war in Gelb- und Orangetönen gehalten: Teppichboden, Couch- und Sesselbezüge. Sie hatten ihren Kreditrahmen bis an die äußerste Grenze ausschöpfen müssen. «In London ist man drinnen und schaut nach draußen», hatte Zoe gesagt. «Das Drinnen muß gut sein.»

Fünfundvierzig Minuten. Er mußte sich nicht beeilen. Duschen, anziehen und noch eine Tasse Kaffee. Immer mit der Ruhe.

Eine Zeile von Thomson kam ihm plötzlich in den Kopf: *Es war ein angenehmes Land der Schlafmützen*... Es hatte irgendwas mit seinem Traum zu tun gehabt.

Hatte er von Zoe geträumt? Er träumte oft von ihr. Manchmal träumte er, sie würden sich lieben, und dann wachte er auf und fand sie neben sich, und dann machten sie es wirklich. Und danach, falls die Sonne durch die gelben Vorhänge fiel, waren es goldene und wunderbar wohlige Augenblicke.

Vor ein paar Stunden erst hatte jeder das genaue Gegenteil des anderen gemacht. Er hatte sich ausgezogen und war ins Bett gegangen, und sie war zur Arbeit aufgebrochen. Er hatte im Bett gelegen und zugesehen, wie sie sich anzog. Ihre Brüste waren klein und fest und hoch, und sie brauchte keinen BH. Sie setzte sich aufs Bett, um ihre Strumpfhose anzuziehen, und er hatte seine Hand auf eine ihrer Brüste gelegt und sie gestreichelt.

«Wie Zitronen», hatte er gesagt. «Wie diese großen, saftigen italienischen Zitronen.»

Sie hatte seine Hand fortgeschoben und war zum Wandschrank gegangen. «Laß die Finger von den Früchten, wenn du nicht auch kaufen willst.»

«Willst du mich auf die Probe stellen?»

«Du bist ziemlich mutig, wenn du genau weißt, daß du in Sicherheit bist. Laß uns das für heute abend aufheben.»

«Falls es ein heute abend gibt. Der Himmel allein weiß, was Macrae mal wieder in petto hat.»

Sie zog eine Bluse über und knöpfte sie zu.

«Er ist ein Bastard», sagte Silver.

«Ach?» Ihre Stimme verlor etwas von ihrer Verspieltheit.

«Wir hatten einen Jugendlichen zum Verhör da. Er hat mich rausgeschickt, um eine Tasse Tee zu holen. Als ich zurückgekommen bin, war das Gesicht des Jungen blutverschmiert. Und es war auch nicht das erste Mal.»

Sie reagierte nicht. Es war beinahe, als wollte sie weder an Macrae noch der Polizei im allgemeinen Kritik hören, dachte er. Sie war absolut und hundertprozentig überzeugt, daß Kriminelle all das verdienten, was sie bekamen, und wenn die Leute dabei ein bißchen aufgemischt wurden, nun, dann war das wirklich zu schade. Polizisten waren Engel, und sie stand eindeutig auf der Seite der Engel.

Das Warum war nicht schwer zu verstehen, aber es bewirkte, Silvers eigene Einstellung ambivalent werden zu lassen, und er wollte nicht von Zweifeln zerfressen werden. Seine Familie war, mit Ausnahme seiner Mutter, gegen die Polizei. Besonders Ruth.

Meine Tochter Ruth, die Anwältin. Mein Sohn Leo, der Police Sergeant.

Nicht ganz derselbe Klang, dachte er.

Er wollte die Polizei verteidigen, keine Mängel und Fehler finden, und doch schaffte es Zoe auf eine Art, daß er sich gegen sich selbst wendete.

«Du hast mal gesagt, daß man Abkürzungen nehmen müßte. Wenn man es nicht täte, würde man nie irgendwas erreichen.»

«Nein, das bin nicht ich. Das ist Macrae. Er hat's auf die Stirn tätowiert.»

«Nein, es ist das, was du gesagt hast. Ich erinnere mich genau.»

Sie wanderte geschäftig durch den Raum und ging dann ins Bad, um sich zu schminken. Als sie wieder herauskam, sagte sie: «Wenn du ihn nicht magst, wieso unternimmst du dann nichts dagegen?» Sie gab ihm einen Kuß. «Was hältst du von einer kleinen Orgie heute abend?»

«Ich will's hoffen.»

Er hörte, wie die Sicherheitskette ausgehängt, Schlüssel gedreht, die Tür zugezogen und wieder abgeschlossen wurde. Genau so hörte es sich in den Arrestzellen in der Cannon Row an, wenn sie einen Schwung Häftlinge beherbergten.

Um elf Uhr fünfundzwanzig hatte Silver sich angezogen und trank seine Tasse Kaffee aus. Er musterte sich in dem großen Spiegel im Schlafzimmer. Er sah einen schlanken Mann, etwas größer als der Durchschnitt, ganz in Schwarz gekleidet. Das gehörte zu seinem Stil, den er während des Studiums entwickelt hatte. Schwarzer Rollkragenpullover, schwarze Feincordhose und schwarze Halbschuhe.

Er schloß die Wohnung ab und trat auf den kalten, stürmischen Bürgersteig hinaus. Um exakt halb zwölf hielt ein unauffälliger Ford Granada vor ihm. Eddie Twyford saß hinter dem Steuer. Macrae neben ihm. Silver stieg in den Fond. Sie begrüßten sich mit einem knappen Brummen. Das Auto fädelte sich in den Verkehr ein.

«Caesar! Caesar! Wo bist du?»

Maria ging zwischen den Lorbeerhecken die Zufahrt hinunter

und rief den Hund. Schnee und Schneeregen der vergangenen Nacht waren einem stürmischen Wind und über den Himmel rasenden Wolken gewichen, und sie trug einen dicken Schafsfellmantel.

«Caesar!»

Sie war wütend auf den Hund, und doch wußte sie gleichzeitig, daß sie ihn nur als Sündenbock benutzte. Sie war wütend auf sich selbst; und sie hatte Angst und war von Schuldgefühlen hin- und hergerissen, und das alles wurde von dem Kater nur noch verstärkt, den sie durch die Mischung aus Schlaftabletten und Alkohol bekommen hatte.

Zuerst hatte sie nur schlecht und dann tief geschlafen und war vor einer Stunde aufgewacht, um zu entdecken, daß es bereits nach zehn war.

«Braver Junge!» Sie versuchte einen schmeichelnden Ton in ihre Stimme zu legen.

Sie ging bis zum Ende der Zufahrt hinunter, wo sie auf eine kleine Landstraße einmündete. Andere Zufahrten zu anderen Häusern zweigten von dort ab, und am Ende jeder Zufahrt standen Mülltonnen, die für die Müllabfuhr herausgestellt worden waren, die irgendwann später am Tag kommen würde. Caesar war damit beschäftigt, ein Stück weiter die Straße hinauf einige dieser Tonnen zu untersuchen.

«So, mein Junge!» rief sie.

Der Ausdruck sickerte in den Kopf des Hundes, da er häufig in Verbindung mit Futter benutzt wurde. Schwanzwedelnd kam er zurück und nahm einen Hundekuchen aus ihrer Hand, während sie schnell die Leine an seinem Halsband befestigte. Dabei bemerkte sie einen Mann am Ende der Straße. Er hatte in ihre Richtung geschaut, drehte sich jetzt schnell um, ging ein paar Meter zurück und stieg in einen kleinen weißen Wagen.

Mit Caesar an der Leine fühlte sie sich erheblich sicherer. Er war ein großer Hund. Sie vermutete, wenn jemand nicht wußte, was für ein ausgemachter Feigling dieser Hund war, könnte er durchaus abschreckend wirken.

Sie kehrte zum Haus zurück und steckte Caesar in die Küche.

Sie wollte ins Dorf fahren und einkaufen, bevor die Geschäfte für das Wochenende schlossen. Plötzlich dachte sie: *Ich muß mich nicht mit Jack treffen!* Sie brauchte nur gegen sechs Uhr in ihrem Londoner Haus anzurufen und ihm einfach absagen.

Andererseits wollte sie aber *irgend etwas* tun. Sie *wollte* nicht allein zu Hause sitzen. Sie ging ins Schlafzimmer und holte ihre Handtasche.

Sie könnte das Osterwochenende auch in einem Hotel verbringen. Doch dann mußte sie an die leicht angestaubten Landhotels der näheren Umgebung denken. Eher Altersheime als Hotels voller Leben. Nichts würde deprimierender sein, als bei gedämpfter Musik und in Gesellschaft eines halben Dutzends alter Jungfern/geschiedener Frauen/Witwen allein an ihren eigenen Tischen vor ihrem eigenen Ketchup und ihren eigenen Serviettenringen in der Ecke irgendeines Speiseraumes zu sitzen.

Zur Hölle damit.

Sie schloß die Haustür ab und fuhr einkaufen. Der kleine weiße Wagen war noch dort, doch weit und breit keine Spur von dem Mann.

Während der Fahrt durch London stritten sich Macrae und sein Fahrer Eddie Twyford wie üblich über die beste Strecke.

Eddie sagte: «...über die Euston Road, dann die Caledonian Road runter und in die Holloway Road...»

Er war sehr empfindlich, was seine Kenntnis der besten Strekken betraf. Früher war er Polizeichauffeur gewesen und hatte, sehr zu Wilsons Verärgerung, die letzten paar Jahre ausschließlich für Macrae gearbeitet. Wenn Macrae von ihm sprach, dann sagte er: «Es gibt zwei Dinge, von denen Eddie Twyford wirklich etwas versteht, und das sind Autos und Routen. Genau deshalb will ich ihn.»

Aber, dachte Silver, da war noch eine dritte Sache. Zimmerpflanzen. Eddie und seine Frau lebten in einer kleinen Sozialwohnung in Tooting, und man benötigte praktisch eine Machete, wenn man in ihr Wohnzimmer wollte. Silver war mehrere Male dort gewesen. Das Blätterwerk von Gummibäumen, Ficus Benjamini, Farnen, Philodendren, hängenden Körben voller Geranien war so üppig, daß er auch nicht überrascht gewesen wäre, Affen zwischen den Blättern zu entdecken oder das entfernte Schlagen von Trommeln zu hören.

Eddie war dünn und kahlköpfig und hatte einen grau werdenden Schnurrbart. Er war zur gleichen Zeit wie Macrae zur Polizei gekommen, war aber nie vielversprechend gewesen. Außer als Fahrer. Besser als die meisten Taxifahrer fand er sich überall in London zurecht und war stolz darauf. Zweimal schon hatte Macrae ihn davor bewahrt, arbeitslos zu werden. Das Resultat war, daß Eddie für Macrae über heiße Kohlen gelaufen wäre. Aber nicht, wenn sie sich über die beste Strecke stritten.

«Der beste Weg führt durch den Regent's Park, dann weiter über die Camden Road», sagte Macrae.

«Die Camden Road war verstopft, als wir das letzte Mal auch nur in ihrer Nähe gewesen sind, Guv'nor.»

«Das lag nur daran, daß eine Hauptwasserleitung geplatzt war.»

Eddie riß das Steuer herum und sie rasten die Baker Street Richtung Park Road hinauf. Praktisch umgehend steckten sie im dichten Verkehr fest. Macrae starrte mürrisch aus dem Fenster.

«Was soll ich jetzt machen, Guv'nor?» fragte Eddie wütend.

«Fahren Sie, wie Sie wollen.»

Und so endete es immer, dachte Silver, und wieder fragte er sich, wieso Macrae sich überhaupt noch die Mühe machte.

Eddie gab normalerweise ständig einen Kommentar zu den Fahrstilen anderer Leute ab. «So ist's richtig, bloß nicht blinken...» oder «Was glaubst du eigentlich, wozu du Bremsen hast...?»

Meistens nahmen weder Macrae noch Silver davon Notiz.

Jetzt sagte Eddie: «Sieh sich nur einer diesen Bastard an!», zeigte dabei auf einen Schwarzen auf einem Fahrrad, der sich zwischen den Autos durchschlängelte. «Ist den ganzen weiten Weg von Trinidad gekommen, nur um hier bei uns in London einen Verkehrsstau zu verursachen.»

«Halten Sie einfach Ihre Augen immer schön auf der Straße»,

sagte Macrae, als Eddie sich umdrehte, um dem Radfahrer irgendwas zuzubrüllen.

Silver schaltete ab. Etwas beschäftigte ihn. Zoe? Nein. Seine Familie? Die beunruhigte ihn immer, aber im Augenblick auch nicht mehr als gewöhnlich. Dann fiel es ihm wieder ein. Es war die Wohnung des Toten.

Sie lag am stadtauswärts gelegenen Ende der Fulham Road, ein Apartment in einem Block von Nachkriegswohnungen, die aus Wohnzimmer, Schlafzimmer, einer kleinen Küche und einem Bad bestanden.

Vor der Tür hatte ein Police Constable Wache geschoben, als sie irgendwann nach Mitternacht dort eingetroffen waren. Auf Macraes Fragen hin sagte der PC, daß die Spurensicherung noch nicht dort gewesen wäre.

Sie waren hineingegangen. Macrae hatte seinen Kugelschreiber gezückt und damit das Licht angeknipst.

«Irgendwas an Fosters Wohnung läßt mir keine Ruhe», sagte Silver zu Macrae.

«Ach?»

«Sie war zu aufgeräumt, zu ordentlich.»

«Wie meinst du das?»

«Also, ich habe darüber nachgedacht, wie es wohl aussehen würde, wenn es meine gewesen wäre.»

«Und?»

«Sie wäre nicht so ordentlich gewesen.»

Macrae und Silver dachten das gleiche. Sie dachten an Macraes Haus. Silver erinnerte sich an das letzte Mal, an dem er dort gewesen war. Macrae war so betrunken gewesen, daß er kaum noch stehen konnte, und Silver hatte ihn ins Bett bringen müssen. Das war keine Seltenheit, und Silver hatte jedes einzelne Mal gehaßt. Er haßte es, Macrae – den guten Ganovenjäger – so paralysiert zu sehen, daß er nicht mal mehr den Weg in sein eigenes Zimmer finden konnte.

Als Silver das Haus zum erstenmal betreten hatte, drehte sich ihm der Magen um, als er das schmutzige Geschirr in der Küche sah.

«Schön, fahr fort», sagte Macrae.

Silver dachte an Fosters Wohnzimmer mit den strengen Büromöbeln, an den Textverarbeitungs-Computer, den Fotokopierer, das Bücherregal mit fünfzig oder sechzig Video-Cassetten. Dann das Schlafzimmer. Ein Doppelbett. Ein Standspiegel. Wandschränke. Das Bett ordentlich gemacht, alles an seinem Platz.

«Es kommt mir einfach irgendwie nicht...»

«Man ermordet niemanden, nur weil er ordentlich ist.»

«Mensch, fahr endlich! Mach schon!» brüllte Eddie den Fahrer des Wagens vor ihnen an.

Macrae hatte sich zu Silver umgedreht und wartete jetzt darauf, daß er fortfuhr. Macrae schnappte die Ganoven, weil er gute Kontakte hatte. Die Psychologie des Verbrechens war für ihn nur von geringem Interesse. Wenn ein Verbrechen begangen wurde, klemmte er sich ans Telefon. Es sprach sich herum. Er traf jemanden in einem Pub in der Nähe von King's Cross und hatte den Fall schon zur Hälfte gelöst.

Aber die letzten beiden Jahre hatte er Silver bei der Arbeit beobachtet. Es war eine andere Methode als seine eigene, doch das bedeutete nicht, daß sie nicht funktionierte. Nur, daß sie die meiste Zeit nicht funktionierte.

«Es war nicht nur die Ordnung», sagte Silver. «Ich werde sie mir noch mal ansehen.»

13

Die Siedlung hieß Douglas Garden Estate, was eine bittere Ironie war. Sie lag im Londoner Norden unmittelbar hinter der Grenze zum vornehmen Islington. Erbaut worden war sie gegen Ende des neunzehnten Jahrhunderts von dem reichen Philanthropen Sir Gavin Douglas für die neue Generation Industriearbeiter, die aus dem verarmten Umland nach London gezogen wurden.

Sir Gavin hatte jene Art Dorf vorgeschwebt – mit Gemüsegärten und Rosenbüschen um die Türen –, an die sie gewöhnt waren oder von denen er glaubte, sie wären daran gewöhnt, und nicht die Slums von Shoreditch und Whitechapel.

Sein Traum hielt bis in die sechziger Jahre dieses Jahrhunderts, als die Stadtplaner die alte Siedlung abrissen und an ihre Stelle eine Reihe hoher und niedriger Wohnhaus-Blocks umgeben von Grünflächen und Bäumen und mit Betonwegen und Betonspielplätzen setzten.

Auf dem Papier hatte es phantastisch ausgesehen. Und heute, keine dreißig Jahre später, litt die Siedlung unter Vernachlässigung, Vandalismus, Braunfäule und dem Ergebnis einer billigen Massenbauweise.

Silver war noch nie in der Douglas Garden Estate gewesen, und mit einem wachsenden Gefühl der Empörung schaute er sich nun um, während Eddie Twyford langsam tiefer in den Stadtteil hineinfuhr.

Zuerst sah es aus, als wäre dieser Ort Schauplatz irgendeiner Schlacht des Ersten Weltkrieges gewesen. Die Bäume waren ihrer Äste beraubt, das Gras hatte sich in Matsch verwandelt, die grauen Wände eines Wohnblocks waren rußgeschwärzt, und viele der Fenster waren mit Wellblechplatten vernagelt.

«Nett hier, was?» kommentierte Macrae.

«Sieht aus, als wäre eine Bombe eingeschlagen», meinte Silver.

«Ist auf eine Weise auch so», sagte Eddie. «Sie erinnern sich an 1986?»

Silver wußte, daß es hier zu Krawallen gekommen war, die in einer Schlacht zwischen den hiesigen Jugendlichen und der Polizei gipfelten und in deren Verlauf ein Polizist getötet worden war.

Langsam rollte der Wagen eine der Betonstraßen hinauf, die die einzelnen Wohnhaus-Blocks miteinander verbanden.

«Du siehst hier ein Sperrgebiet vor dir, mein Freund. Wir sagen allen, so etwas gäbe es in London nicht. Tja, das hier ist jedenfalls eines. Die Briefträger kommen nicht mehr her. Die Milchmänner liefern nicht nach hier. Und auch sonst niemand.

Und falls du einen Herzinfarkt bekommst, kannst du schon mal beten, denn ohne Polizeischutz kommt kein Krankenwagen hier raus.»

Als Silver sich umschaute, konnte er nicht eine lebende Seele entdecken.

Macrae las seine Gedanken. «Oh, sie beobachten uns. Täusch dich da nur ja nicht.» Er deutete auf die grauen Betontürme. «Jedes Fenster ist wie ein Auge. Hier wird mehr Crack verkauft als an irgendeinem anderen Ort in London.»

«Wie war noch gleich der Name? Thack-irgendwas?» fragte Eddie.

«Thackeray.»

Die Blocks waren nach berühmten Schriftstellern benannt: Thackeray House, Trollope House, Eliot House, Austen House und Dickens House. Silver bezweifelte, daß im Douglas Garden Estate viel gelesen wurde.

«So, da wären wir, Guv'nor», sagte Eddie, hielt an. «Thackeray House.»

Macrae und Silver stiegen aus. Nichts rührte sich. Der kalte Wind blies Papierfetzen in einen Maschendrahtzaun.

«Es ist wie auf einem beschissenen Friedhof», sagte Macrae.

Und noch während er das sagte, landete irgend etwas mit einem fürchterlichen Krachen hinter ihnen.

Nicht mehr als ein paar Fuß entfernt lag ein Betonbrocken von der Größe eines Ziegelsteines. Er war beim Aufprall auseinandergebrochen, und kleinere Splitter hatten den Wagen getroffen. Sofort sprang Eddie heraus. «Jesus Christus!»

Silver lief bereits in den Eingang des Hauses. An den offenen Türen des Fahrstuhles hing ein Außer Betrieb-Schild, und er rannte drei Stufen auf einmal die Treppe hinauf.

In den Filmen im Fernsehen war das jetzt der richtige Moment, um die alte Police Special zu zücken, aber alles, was Silver auf irgendwen richten konnte, war sein Finger.

Das Gebäude war vier Stockwerke hoch und besaß eine fest installierte Leiter, die auf das Dach führte. Silver schaute sich nach irgendeinem Werkzeug um. Auf dem Treppenabsatz stank es nach

Lösungsmitteln, und überall lagen leere Kleber-Tuben herum. Aber nichts, das er als Waffe benutzen konnte. Er stieg die Stufen hinauf und drückte die Tür aufs Dach auf.

Es war flach mit einer niedrigen Brüstung. Auch das Dach war übersät mit leeren Tuben und Plastiktüten, und da waren auch einige Injektionsnadeln. Davon abgesehen war es leer. Auf der Brüstung lagen drei weitere Betonbrocken von genau der gleichen Größe wie dieser erste. Griffbereit und wartend. *Pfadfinder, seid bereit*. Kein Wunder, daß sich kein Mensch hier hertraute, dachte er.

Er ging runter und erstattete Macrae Bericht. «Tja, viel können wir nicht tun. Welche Nummer hat ihre Wohnung?»

«Achtundzwanzig. Das ist auf der zweiten Etage.»

Die Tür der Nummer achtundzwanzig war genau wie alle anderen Türen im Block. Sie führte auf einen langen offenen Korridor, der an der Außenseite des Hauses entlanglief. Der malvenfarbene Anstrich war rissig und blätterte ab, ein Fenster war zerbrochen und mit Brettern zugenagelt, das zweite mit viel Maschendraht gesichert worden.

Macrae drückte auf die Klingel, doch auch die war kaputt. Er versuchte, an der Briefkastenklappe zu rütteln, doch die war festgeklemmt worden. Er hämmerte ein paar Sekunden gegen die Tür und legte dann sein Ohr dagegen. «Es ist jemand da. Ich kann Stimmen hören. Kommt schon! Macht auf!»

Er rüttelte am Türknauf und hämmerte wieder. Nach einer kleinen Ewigkeit hörte Silver, wie ein Schlüssel gedreht wurde. Die Tür öffnete sich einen Spalt an einer dicken Sicherheitskette.

Zuerst konnte Silver nichts erkennen, dann ließ er seinen Blick nach unten wandern. Ein kleines Mädchen starrte sie durch den Spalt an.

«Ist deine Mutter zu Hause?» fragte Macrae.

«Sind Sie ein neuer Freund?» sagte das kleine Mädchen. Silver schätzte sie auf etwa sieben oder acht Jahre.

«Wir sind von der Polizei.»

Das kleine Mädchen starrte sie an.

Silver ging in die Hocke. «Wie heißt du denn?» fragte er.

«Sharlene.»

«Das ist ein hübscher Name. Wir möchten mit deiner Mummy sprechen. Läßt du uns rein?»

«Darf ich nicht.»

Hinter ihr konnte Silver Stimmen hören, dann Musik. Er erkannte, daß es der Fernseher war.

«Wir sind neue Freunde», sagte Macrae. «Deine Mummy wird bestimmt mit uns reden wollen.»

Sharlene schloß die Tür und zog die Kette fort. Als Macrae sie öffnete, rannte das Mädchen zurück ins Wohnzimmer. Sie schnappte sich einen alten Teddybär und hockte sich auf einen kaputten Sessel vor den Bildschirm.

«Laß sie in Ruhe», sagte Macrae, schloß die Wohnzimmertür.

Es gab zwei Schlafzimmer. Sie warfen einen Blick in das erste. Es enthielt zwei Betten mit verwühlten billigen Bettdecken. Auf dem Boden eine solide Schicht schmutziger Wäsche und kaputter Spielsachen. Sie gingen weiter zum anderen Schlafzimmer. Macrae klopfte an und öffnete die Tür. Die Luft war zum Schneiden dick: eine Mischung aus abgestandenem Parfum und Marihuana.

Die Wände waren schwarz gestrichen, und die zugezogenen Vorhänge waren dunkelrot. Mobiles aus Papier hingen von der Decke, und als Macrae das Licht anknipste, bemerkte Silver, daß der Lampenschirm eine japanische Laterne war.

Auf der anderen Seite des Zimmers lag eine Doppel-Matratze auf dem Boden. Jemand schlief darauf. Macrae ging hinüber und schüttelte den Schlafenden an der Schulter.

«Aufwachen.»

Silver merkte, daß er sich in die Mitte des Zimmers gestellt hatte, nichts berühren wollte für den Fall, daß, was immer für die Patina auf den Möbeln verantwortlich war, womöglich an seinen Fingern haften blieb.

«Sind Sie Mrs. Collins?»

Diesmal war Macrae etwas gröber. Die Frau stöhnte und drehte sich um. Macrae sagte: «Zieh die Vorhänge auf, Kumpel.»

Hartes, graues Märzlicht flutete ins Zimmer.

«Was wollen Sie?» Die Stimme war ein heiseres Krächzen.

«Mit Ihnen sprechen», sagte Macrae.

Was ein paar Augenblicke dauerte, um einzusickern. «Sehen Sie nicht, daß ich schlafe?»

«Mrs. Collins? Mrs. Delilah Collins?»

«Was?»

Macrae zog seinen Ausweis und hielt ihn ihr vor die Nase.

«Polizei? Wie sind Sie überhaupt reingekommen?»

«Ihre Tochter hat uns reingelassen.»

«Scheiße! Ich sage ihr immer wieder, sie darf niemanden reinlassen!»

«Wir sind neue Freunde», meinte Macrae trocken.

«Scheiße auch.»

Mrs. Collins wuchtete sich auf die Knie, zog eine Decke um sich und stand dann langsam auf. Sie war eine hellhäutige Farbige mit einer Hautfarbe wie Buchenblätter im Winter. Das schwarze Haar war schulterlang. Sie stemmte sich hoch, und während sie das tat, verrutschte die Decke, und Silver sah, daß sie nackt war. Sie hatte große Brüste, die schlaff zu werden begannen, aber ihr Körper war immer noch ziemlich gut in Form.

Sie hatten sie überprüft, bevor sie von der Cannon Row aufgebrochen waren. Neunundzwanzig Jahre, mit einem langen Vorstrafenregister kleinerer Bagatelldelikte. Verheiratet mit einem Lastwagenfahrer namens Wayne.

«Was wollen Sie?»

«Es geht um Terence.»

«Um wen? Ach, Terry. Hören Sie, ich...» Sie rieb sich mit den Händen über das Gesicht, als wollte sie so einen klaren Kopf bekommen.

«Vielleicht möchten Sie sich erst anziehen», sagte Silver. «Wir könnten im Wohnzimmer warten.»

«Wollen Sie sich anziehen, Mrs. Collins?»

«Wie spät ist's?»

«Fast Mittag.»

«Haben Sie Terry gefunden?»

«Ziehen Sie sich an», sagte Silver.

Sie gingen ins Wohnzimmer. Sharlene saß ungefähr einen Meter vor dem riesigen Fernseher. Der Teddybär lag auf ihrem Schoß, und sie lutschte an einem Daumen. Sie schaute sich eine alte Schwarzweiß-Dokumentation über den Zweiten Weltkrieg in Frankreich an. Sie starrte wie ein Zombie auf die Mattscheibe, und Silver bemerkte, daß sie überhaupt nichts wirklich mitbekam. Nach ein paar Augenblicken kam Mrs. Collins in den Raum. Sie trug eine unechte Leopardenhose und eine weiße, durchsichtige Bluse.

«Geh ins Schlafzimmer», befahl sie Sharlene.

Sofort verschwand das Mädchen mit ihrem Teddy auf dem Arm.

«So, was wollen Sie von mir wissen?»

«Wie viele Kinder haben Sie, Mrs. Collins?» fragte Silver.

«Wozu wollen Sie das denn wissen? Fragen Sie mich nach Terry und nach sonst gar nichts.»

Sie hatte sich wieder im Griff, und ihr tief sitzendes Mißtrauen und ihr Haß auf die Polizei standen ihr deutlich ins Gesicht geschrieben. Zuerst hatte Silver sich gefragt, ob sie vielleicht dealte, doch dafür sah sie nicht clever genug aus. Er war Frauen wie ihr schon oft begegnet. Arm, vom Ehemann sitzengelassen, konnte wahrscheinlich nicht richtig lesen und schreiben, beinahe absolut sicher nicht in der Lage, rechnen zu können – sie würde nicht fähig sein, auch nur mit der bescheidenen Komplexität des Drogenhandels fertigzuwerden.

Viel wahrscheinlicher war sie eine Nutte, und die «neuen Freunde», die Sharlene herein- und wieder hinausließ, waren Freier.

«Wo ist Terry? Wo ist mein Junge? Sie hatten mehr als eine Woche Zeit.»

Sie stapfte durch das Zimmer, fand ein Päckchen Zigaretten und steckte sich eine an.

«Erzählen Sie uns von Terry», sagte Macrae.

«Was soll ich Ihnen groß erzählen?» Die Wut brodelte jetzt dicht unter der Oberfläche. «Er ist vierzehn Jahre alt. Er ist weggelaufen. Was gibt's da noch zu sagen?»

«Irgendwelche Fotos?» fragte Silver. «Haben Sie welche?»

«Nein... Doch.» Sie wühlte in der Schublade eines verkratzten Sekretärs und fand schließlich ein verknittertes Foto. Es zeigte einen Jungen in Turnhemd und Shorts, der einen kleinen Silberpokal in den Händen hielt. Neben ihm stand ein etwa sechzigjähriger Farbiger, der seinen Arm um Terrys Schultern gelegt hatte.

«Er ist Sportler», sagte sie.

«Wer ist der Mann bei ihm?» wollte Macrae wissen.

«Sein Großvater. Er hat ihm alles beigebracht.»

«Wann ist Terry weggelaufen, Mrs. Collins?»

«Vor einer Woche. Sagte ich doch schon!»

«Es ist schon fast zwei Wochen her», sagte Macrae. «Oft können Sie ihn nicht gesehen haben.»

«Das geht nur mich was an, wie oft ich Leute sehe.»

«Was hatte er an, als Sie ihn das letzte Mal gesehen haben?»

«Hemd... einen braunen Pullover... Jeans...»

«Was ist mit einer Mütze?» fragte Silver.

«Eine Mütze?»

«Hat er nicht eine grüne Wollmütze?»

«Ach, die. Ja. Sein Großvater hat sie ihm geschenkt.»

«Warum ist er fortgelaufen?» fragte Silver.

«Ja, warum?» zischte sie. «Er hat ein gutes Zuhause hier. Er hat alles. Fernseher. Sie fragen, warum er weggelaufen ist? Finden Sie's raus und sagen Sie's mir. Ich werde ihm eine ordentliche Tracht Prügel verpassen, wenn ich ihn finde.»

«Schlagen Sie ihn oft?» fragte Silver.

«Wieso wollen Sie das wissen? Was geht's Sie an?»

«Werden Sie nicht frech!» sagte Macrae scharf. «Ich weiß alles über Sie. Ich weiß, was Sie sind. Ich weiß, womit Sie Ihre Brötchen verdienen. Ich weiß, womit Sie Ihre Tage und Nächte verbringen. Wenn Sie anfangen, unverschämt zu werden, fange ich an, Fragen über Sharlene zu stellen. Wieso sie nicht in der Schule ist. Wieso sie in einer für die Entwicklung des Kindes ungesunden Umgebung aufwächst.»

«Ungesund?» Ihre Stimme wurde lauter.

«Um Himmels willen!» sagte Macrae. «Beantworten Sie einfach die Fragen!»

«Was meinen Sie damit, er hat es ihm beigebracht?» fragte Silver. «Sie sagten, sein Großvater hätte ihm alles beigebracht. Was? Lesen? Schreiben?»

«Nein. Das nicht. Laufen. Springen. Sie waren dauernd im Park.»

«War Ihr Vater Sportler?»

«Ja, auf Jamaika. Er hat den Leuten immer was erzählt. Groß rumgeprahlt.» Sie spuckte die Worte verächtlich aus, und Silver bemerkte, daß ihr Zorn von ihnen auf ihren Vater übergegangen war.

«Wo ist Ihr Vater jetzt?»

«Er ist tot.»

«Wann ist er gestorben?»

«Vor zwei Monaten.»

«Hat er hier gewohnt?»

«Er hat hier geschlafen, auf der Couch da.»

«In Ordnung, Mrs. Collins», sagte Macrae. «Kommen wir zu Terry zurück. Warum ist er Ihrer Meinung nach fortgelaufen?»

«Vielleicht wegen dieser Sache in der Schule?»

«Und welche Sache war das?»

«Sie wissen es nicht?»

«Sagen Sie es uns.»

«Er hat versucht, sie abzufackeln.»

«Was, die ganze Schule?»

«Sein Klassenzimmer.»

«Warum?»

«Woher soll ich das wissen? Sie stellen mir Fragen, ich antworte, aber kein Mensch weiß, was im Kopf von diesem Jungen vorgeht.»

«Wo ist seine Schule?» fragte Macrae. Sie sagte es ihm. «In Ordnung, wir werden einige Nachforschungen anstellen und zurückkommen.»

«Wohin? Hierhin?»

«Genau. Und wenn wir zurückkommen, will ich Sharlene nicht mehr hier sehen. Ich will hören, daß sie in der Schule ist. Haben Sie mich verstanden?»

Sie antwortete nicht, stand einfach nur mit beiden Händen in die Hüften gestemmt da und starrte ihn an.

«Ich rate es Ihnen im Guten», sagte er.

14

Terry war in dem Haus. Er war in Sicherheit. Es war ein Klacks. Das hatte sein Großvater immer gesagt, wenn er meinte, irgendwas wäre leicht. *Ein Klacks.*

Als im neunzehnten Jahrhundert diese Häuser einen Gasanschluß erhielten, waren die Rohre über die ganze Länge der kleinen Gasse auf den Dachböden verlegt worden. Die Häuser hatten alle die gleiche Höhe, sahen alle gleich aus.

Als Terry aus den Ställen durch die Wand gekrochen war, war er auf dem Dachboden des Nachbarhauses herausgekommen. Er hatte sich über die schmalen Dielen weiter geschlängelt, und die Geräusche der Pferde waren allmählich schwächer geworden und der Geruch war verschwunden. Er lag auf dem Speicher, in den nur durch ein trübes Dachfenster Licht fiel, und versuchte sich klarzuwerden, was als nächstes zu tun war.

Er hatte Angst, und in diesen ersten Augenblicken half der abgeschlossene Raum. Es war eine Art Höhle, ein Schlupfwinkel, ein Bau – wie der, den sie unter der Hungerford Bridge gehabt hatten. Wenn Gail dagewesen wäre, wäre alles in Ordnung gewesen.

Er wußte, daß er über den Zimmern eines Hauses war, denn es gab kleine Löcher in der Decke, durch die er auf ein Bett und eine Badewanne hinunterschauen konnte. Aber er wußte nicht, ob das Haus auch bewohnt war.

Eine lange Zeit lag er ganz still da. Wenn er so liegenblieb, würde ihn nie ein Mensch finden. Er würde dort sterben. Er hatte schon Leichen und Skelette in Horrorfilmen gesehen, wie sie seine Mutter und ihre Freunde manchmal ansahen. Genau das würden sie eines Tages hier oben finden. Und wenn sie ihn dann berührten, würde sich alles zu Staub verwandeln, und niemand würde je erfahren, wer er gewesen war.

Er hatte keine Ahnung, wie lange er an diesem engen und kalten Ort blieb, aber schließlich versuchte er sich zu strecken und Pläne für die Zukunft zu schmieden. Nicht die Zukunft, für die andere Leute planten, sondern die nächsten paar Minuten.

Er hatte gelauscht und gelauscht, von unten aber nichts gehört. Als er sich jetzt hin und her bewegte, fand er hinter einem Wassertank ein paar staubige alte Koffer und einen Golfsack mit einem halben Dutzend uralter Schläger. Außerdem entdeckte er eine kurze Leiter.

Wenn jemand hier Koffer gelagert hatte und wenn es eine Leiter gab, dann mußte es auch einen Weg herauf und einen Weg hinunter geben. *Er dachte nach.* «Streng deinen Kopf an, Mon», hatte sein Großvater ihm immer gesagt. «Denk nach.»

Aber er konnte beim besten Willen nicht sehen, wie man die Leiter benutzen sollte, bis er erkannte, daß sie an einer Falltür befestigt war. Er drückte gegen die Leiter. Langsam schwang die Falltür herab, und man konnte über die Leiter in die oberste Etage des Hauses hinunter.

Er lag eine lange Weile auf dem Speicher und lauschte und schaute nach unten. Er konnte zwei Türen sehen, die von einem winzigen Treppenabsatz abgingen. Alles an diesem Haus war winzig. Der Boden war von Wand zu Wand mit blauem Teppich ausgelegt, und die Wände waren weiß gestrichen. Das Haus wirkte irgendwie kalt.

Er stieg die Leiter hinab. Jeder Schritt war eine kleine Entdekkungsreise. Er warf einen Blick in die Räume im oberen Stock und erkannte das Doppelbett in einem der Zimmer als dasjenige wieder, das er durch das Loch in der Decke gesehen hatte. Er schaute kurz ins Bad. Keinerlei Anzeichen dafür, daß es in letzter Zeit benutzt worden war.

Langsam ging er die Treppe hinunter und merkte auf einmal, daß er das Messer in der Hand hielt. Hastig steckte er es wieder fort.

Die Zimmer waren in sanftes graues Licht getaucht, das durch die Jalousien vor den Fenstern hereinfiel. Im Erdgeschoß gab es zwei Räume. In dem einen standen ein Sofa, Sessel, ein Aktenschrank und ein Schreibtisch. Durch dieses Zimmer gelangte man in eine kleine Küche. Er bemerkte, daß auf allem eine feine Staubschicht lag, und er nahm auch den muffigen Geruch eines Hauses wahr, das lange nicht gelüftet worden war.

Er stand in der Mitte des Zimmers, während seine Ohren auf das leiseste Geräusch warteten. Plötzlich war hinter ihm etwas. Er wirbelte herum. Er blickte in die Küche. Doch sie war leer. Der Kühlschrank hatte sich eingeschaltet. In seiner Hand lag wieder das Messer. Die Klinge ragte aus seiner Hand. Er hatte keine Ahnung, wie es dorthin gekommen war.

Er öffnete den Kühlschrank. Abgesehen von ein paar Eisschalen war er leer. Er öffnete einen langen Vorratsschrank für Lebensmittel. Dutzende Dosen und Pakete. Er wußte jetzt, daß das Haus seit einiger Zeit nicht mehr benutzt worden war. Er lächelte. Beinahe fühlte er sich sogar überheblich. Er hatte ein Haus in London. Er hatte zu essen. Er machte eine Büchse Bohnen auf und aß sie mit einem Löffel, dann öffnete er ein Glas Aprikosenmarmelade und aß auch das. Für den Augenblick war sein Hunger gestillt.

Er ging ins Wohnzimmer, zog Schubladen auf und schaute in Schränke. Nichts, was ihn weiter interessierte. Auf einem länglichen Beistelltisch stand ein geschnitztes Holzkästchen mit Zigaretten. Sie waren alt und bröcklig, aber er steckte sich eine an und rauchte.

Zum ersten Mal seit vielen Stunden fühlte er sich sicher.

«So sind sie nun mal», sagte Howard Smith. «Nennen Sie es Pubertät, schlechten Umgang, die moderne Gesellschaft – nennen Sie es, wie immer Sie wollen. In der einen Woche sind es kleine Jungs. Gehorsam. Ja sogar reizend. Und in der nächsten sind sie gottverdammte Monster.»

Macrae und Silver waren in einem kleinen Vorzimmer in der Eduard VII Comprehensive School in North London. Der Schulkomplex bestand zum Teil aus alten Ziegelbauten, zum Teil aus

Beton-Fertigbauteilen der sechziger Jahre. Es gab auch einen eingezäunten asphaltierten Spielplatz, der, dachte Silver, in Auschwitz natürlicher gewirkt hätte. Abgesehen von den Gebäuden gab es auch noch einen Flecken mit erschöpftem Gras, der eingezwängt zwischen einer Plastikfabrik und einem Frachtdepot der British Rail lag.

Als sie dort vorgefahren waren, hatte Macrae gesagt: «Kein Wunder, daß sie am Ende Messerkünstler werden.»

«Ich war auch auf einer Schule wie dieser», sagte Eddie Twyford, während er an den Straßenrand fuhr.

Silver hatte an seine eigene Schule gedacht. Ebenfalls viktorianische Ziegelbauten, aber eine ganze Welt von dieser hier entfernt.

Howard Smith war Terry Collins' Klassenlehrer – oder besser, er war es gewesen, je nachdem, wie man die Sache sah. Er war Mitte Zwanzig, hatte ein schwammiges Gesicht, schütteres Haar und eine Brille mit einem massigen Gestell, die ihm das Aussehen eines Technokraten verlieh. Und genau das würde er bald sein.

Er hatte ihnen praktisch mit seinem ersten Satz gesagt, daß er den Lehrerberuf an den Nagel hängen würde. «Sie haben selbst gesehen, wie trostlos hier alles ist», sagte er, umfaßte mit einer ausholenden Handbewegung die gesamte Schule, «und von uns wird erwartet, daß wir Tag für Tag herkommen und für einen Hungerlohn unterrichten. Wie würde es Ihnen gefallen, wenn Sie gerade mal soviel verdienten, daß...»

«Wir sind nicht hier, um uns eine Rede über das Gehalt von Lehrern anzuhören», sagte Macrae, immer noch wütend wegen Sharlene. «Wir sprechen von einem Jungen.»

Smith errötete. «Ja, das weiß ich. Sie müssen aber trotzdem nicht diesen Ton anschlagen. Ich sage Ihnen doch nur, warum ich diesen Beruf aufgebe. Warum ich in die freie Wirtschaft gehe. Und damit sollten Sie eigentlich in der Lage sein, schon einen Teil des Grundes zu verstehen, warum Terry so ist, wie er ist, warum er getan hat, was er getan hat. Oh, ich will den kleinen Bastard durchaus nicht in Schutz nehmen. Sie denken, ich sollte nicht so über die Jugend unseres Landes sprechen? Nun, lassen Sie sich von mir etwas über die Jugend unseres Landes erzählen. Sie sind...»

«Hat er sich je Huntsman genannt? Oder einen ähnlichen Namen benutzt?» fragte Macrae, unterbrach Smith brutal.

«Was?»

«Huntsman.»

«Nicht, daß ich wüßte. Sein Name war Terence. Terry.»

«Haben Sie irgendwann gesehen, daß er ein Messer hatte?» sagte Silver.

«Nicht, daß ich mich erinnere. Aber er kam aus dem Douglas Garden Estate. Da würde mich gar nichts überraschen.»

Macrae sagte: «Erzählen Sie uns etwas über den Brand.»

«Es war vor etwa zwei Wochen. Er hatte gerade ein Projekt beendet. Es war seine eigene Idee. Er hatte ein Leichtathletik-Stadion gebaut. Die Tribünen waren aus Pappmaché, das Gras aus grünen Plastikmatten und die Aschenbahn aus einer Art Gummi, das er hellbraun angemalt und anschließend mit Bahnen versehen hatte. Das ist alles, an was er denkt. Leichtathletik.»

«Nun, das ist doch schon mal was, oder?» sagte Silver. «Wer hat ihn trainiert? Sie?»

«Ich? Himmel, nein!» Er warf seine Hände hoch. «Ich habe absolut keine Ahnung vom Laufen. Selbst wenn es anders wäre, käme nur ein Blindgänger dabei heraus. Nicht bei dem Gehalt, das man uns zahlt. Sie wollen, daß wir den Kindern etwas beibringen? Wir bringen ihnen etwas bei. Sie wollen, daß wir Sportwettkämpfe beaufsichtigen, dann müssen sie uns auch dafür bezahlen, Sportwettkämpfe zu beaufsichtigen.»

Einen Moment nahm Silver einen altjüngferlichen Ton wahr, und er sah Smith schärfer an.

«Wer hat ihn trainiert? Ich habe ein Foto gesehen, auf dem er einen Pokal hielt.»

«Ich weiß nichts von einem Pokal, aber falls er überhaupt von irgendwem trainiert worden ist, dann dürfte es wohl der Sportlehrer gewesen sein. Ich weiß nur, daß er auch schon früher in Schwierigkeiten geraten ist. Hat Pattex geschnüffelt. Aber das machen sie ja alle. Ich hatte ein Gespräch mit ihm. Hat aber zu nichts geführt. Also habe ich mit unserem Sozialdienst gesprochen, und die haben jemanden zu ihm nach Hause geschickt. Dann starb einer seiner Angehörigen. Ein Onkel oder Großvater, glaube ich. Ich erinnere mich daran, weil er damals aufgehört hatte, weiter an seinem Projekt zu arbeiten. Ich habe ihn immer wieder daraufhin angesprochen und ihm schließlich gesagt, wenn er es nicht zu Ende führte, würde ich ihm keine Noten geben und er würde dieses Jahr nicht versetzt.»

«Und?»

«Und dann hat er es verbrannt. Und dabei gleich die ganze Klasse mit angesteckt. Und die Bücher und Tische. Es ist wirklich ein Wunder, daß dabei nicht gleich die ganze Schule abgebrannt ist.»

«Und?»

«Er ist verschwunden. Wir haben den Sozialdienst verständigt, und die sind dann zu seiner Mutter gegangen. Eine ganz schöne Type, wie ich höre. Und das war's dann.»

«Was meinen Sie damit, das war's dann?» fragte Silver.

«Ich meine, das war's. Ende. Aus. Zumindest, soweit es mich betrifft.»

«Wann gehen Sie?»

«Morgen. Gott sei Dank! Eines noch: Ich wußte gar nicht, daß die Polizei soviel Zeit für einen Vermißten aufwendet. Ich dachte, so etwas würden Sie einfach nur in irgendein Buch schreiben, und das war's dann.»

«Bei Ihnen heißt es ziemlich oft ‹das war's dann›, was, Sir?» sagte Macrae. Das «Sir» kam heraus wie ein Schimpfwort. «Nun, jetzt wissen Sie's ja. Sie sollten mir Ihre Privatanschrift geben.»

«Wozu das denn?»

«Für den Fall, daß wir uns noch einmal mit Ihnen unterhalten müssen.»

Als sie wieder in der Cannon Row eintrafen, wurde das Wetter allmählich besser. Es war immer noch kalt, aber über London stand ein blauer Himmel, und das alte Ziegelgebäude erstrahlte.

Macrae steckte kurz seinen Kopf in die Wachstube. Wegen der Prominenz des Opfers waren dieser und noch einige andere Räume voller Detectives, die an Telefonen hingen, Leute vernahmen, die meinten, sie hätten sachdienliche Aussagen zu machen, und Berichte schrieben. Um den Druck durch die Medien, und dieser war beträchtlich, kümmerte sich die Pressestelle im Scotland Yard. Detective Sergeant Laker, der diensthabende Beamte, kam zur Tür herein.

«Wie geht's, Harry?» fragte Macrae.

«Das reinste Irrenhaus, Guv'nor.»

«In Ordnung, setzen Sie mich ins Bild.»

Macrae ging, gefolgt von Laker, in sein eigenes Büro. Auf seinem Schreibtisch lag ein Stapel Aktennotizen, und er begann sie durchzublättern, während Laker redete.

«Er ist praktisch überall gesehen worden», sagte Laker. «Wir hatten sogar Anrufe aus dem gottverdammten Schottland. Sogar aus Irland. Natürlich trägt da jeder eine grüne Mütze, wenigstens sagt man mir das so.»

«So ist es immer, wenn wir Einzelheiten an die Medien herausgeben.»

«Ein Typ aus Liverpool behauptet, er hätte ihn geschnappt und in seine Garage gesperrt. Aber wir haben bei den Kollegen da oben nachgefragt, und die sagen, er hätte nicht mehr alle Tassen im Schrank.»

«Die Kriminaltechnik?»

«Müßte dabeiliegen, Guv'nor», sagte Laker, deutete auf den Stapel Unterlagen. «Da ist es ja. Wie auch immer, außer Fosters eigenen Fingerabdrücken haben sie nichts gefunden.»

«Sonst noch was?»

«Das Büro des Gerichtsmediziners hat sich gemeldet. Die Autopsie ist für morgen nachmittag angesetzt.»

Macrae schaute gerade auf ein Blatt normales Briefpapier mit einer persönlichen Nachricht. «Mrs. Macrae hat angerufen. Bittet um Rückruf.»

Laker sagte: «Und der Chief möchte Sie sprechen, Guv'nor.»

«Ich habe immer noch kein Mittagessen gehabt. Sehen Sie doch mal, ob Sie Silver irgendwo finden. Sagen Sie ihm, er soll jetzt essen gehen. Später werden wir nicht mehr allzuviel Zeit dafür haben.»

Macrae stand ein paar Augenblicke allein in seinem Büro. Neben Silver machte er immer eine altmodische Figur. Genaugenommen tat er das neben den meisten Beamten. Bomberjacken waren bei den jungen DCs und Sergeants in, aber Macrae bevorzugte eine etwas förmlichere Kleidung. Er trug einen dicken schwarz-grauen Mantel mit aufgestelltem Kragen. Was ihn noch kräftiger aussehen ließ. Er ließ sich ein Amt geben und wählte die Nummer seiner Ex-Frau.

15

Terry stand am Schlafzimmerfenster und starrte auf die Mews hinab. Indem er die Jalousien verstellte, konnte er hinaussehen, ohne von draußen gesehen zu werden. Bis letzte Nacht war er noch nie zuvor in einer Mews gewesen. Er fand, es sah ziemlich hübsch aus. Die Straße war gepflastert, und jedes kleine Häuschen war in einer anderen Farbe gestrichen, die meisten waren pink oder pastellgrün. Dennoch besaßen viele Häuser Garagen im Erdgeschoß, und auf Schildern wurden die Leute gebeten, dort nicht zu parken.

Es standen mehrere Wagen in der Mews. Sie sahen teuer und gepflegt aus. Auf der anderen Seite, ein paar Häuser weiter, arbeitete ein Mann an einem großen Toyota-Kombi. Die Kühlerhaube war aufgerichtet, und er beugte sich in den Motorraum.

Plötzlich war Terry wieder in der Douglas Garden Estate, schaute aus dem Fenster seiner eigenen Wohnung, beobachtete seinen Großvater, der an seinem Auto arbeitete.

Mit seinem inneren Ohr konnte er seine Mutter hinter sich treten und sagen hören: «Ich erwarte Besuch. Geh runter und hilf deinem Grampa.»

So hatte er das erste Mal erfahren, was sie machte. Dadurch und durch die heftigen Diskussionen zwischen ihr und Großvater. Es waren Fortsetzungen der Streitereien, die seine Mutter und sein Vater immer gehabt hatten.

An seinen Vater konnte er sich nicht mehr deutlich erinnern. Er war vor ein paar Jahren gegangen. Um die Wahrheit zu sagen, Terry war das ziemlich egal gewesen. Sein Vater war Fernfahrer, und die meiste Zeit war er unterwegs. Manchmal spät nachts oder früh morgens ging die Tür auf und er kam herein. Und Terry hatte das Gefühl, daß die Streitereien praktisch in dem Moment begannen, in dem er seinen Fuß in die Wohnung setzte.

Und dann war er einfach irgendwann nicht mehr nach Hause gekommen, und sie sahen und hörten nie wieder etwas von ihm. Statt dessen war Garner Maitland gekommen und hatte das Sofa im Wohnzimmer in Beschlag genommen, und Terrys Leben hatte sich verändert.

Die Streitereien gingen weiter, aber anders als die zwischen seinen Eltern klangen sie nicht bedrohlich. Sie gingen einfach auf eine gedämpfte, irgendwie hoffnungslose Weise immer weiter.

Sie stritten sich über alles mögliche, über Geld, Essen, das Fernsehen, die Erziehung der Kinder, bis Garner Maitland schließlich aufzugeben und den Status quo zu akzeptieren schien.

Was Terry nie hatte verstehen können, war, wie ein Mann wie sein Großvater, ein berühmter Vierhundert-Meter-Läufer, ein Mann, der nur um Haaresbreite nicht in die Staffelmannschaft Jamaikas für die Olympiade von 1948 aufgenommen worden war – das beste Team der ganzen Welt –, wie ein Mann wie er bei der Londoner U-Bahn hatte arbeiten können.

Terry hatte Schwarze in den U-Bahnhöfen gesehen, und sie schienen immer nur untergeordnete Arbeiten wie Putzen und Kehren zu machen.

Eines Tages hatte er seinen Großvater gefragt, und der alte Mann hatte einen Augenblick geschwiegen, während er über die Frage nachdachte, und dann hatte er mit leiser Stimme geantwortet: «Irgendwo muß jeder von uns arbeiten. Ich mag eben Züge.»

Dann war er pensioniert worden, und seine Rente war niedrig, und das war ein weiteres Thema, über das er und seine Tochter sich stritten. Er gab ihr nicht genug Geld für Unterkunft und Verpflegung, sagte sie. Sie warf ihm vor, mehr Geld für seinen alten Wagen auszugeben.

Es stimmte, er gab viel Geld für den Wagen aus. Er liebte das Auto. Es war ein kleiner Morris Minor. Er hatte ihn schon besessen, bevor sie zu Sammlerstücken geworden waren. Er arbeitete jeden Tag daran, putzte und polierte ihn und stellte den Motor ein. Das Auto hatte Fellschonbezüge und spezielle Fußmatten und zusätzliche Rücklichter in der Heckscheibe, die brannten, wenn man auf die Bremse trat. Das Lenkrad hatte einen Lederbezug, und dann gab es eine Spezialantenne und eine Menge anderer Kinkerlitzchen.

Terry hatte noch nie ein Auto gesehen, das so geglänzt hatte. Sogar die Außenseiten der Reifen waren geschwärzt, damit sie wie neu aussahen.

Wegen des Risikos, den Wagen im Freien stehen zu lassen, gab der alte Mann einen Teil seiner Rente für die Miete einer Garage aus. Eines Nachts wurde die Garage aufgebrochen und der Wagen gestohlen. Die Polizei fand ihn auf der anderen Seite des Flusses in Rotherhithe wieder. Abgesehen vom Chassis war praktisch nichts mehr übrig. Die Reifen waren fort, Karosserieteile waren abgeschraubt worden, das Radio herausgerissen und sogar die Maschine war gestohlen worden. Das war das Ende von Garner Maitlands Leben als Autobesitzer.

Aber sie mußten immer noch aus der Wohnung verschwinden, also hatten sie angefangen, in den Park zu gehen. Am Anfang war es einfach nur eine Stelle gewesen, wo man hingehen konnte. Und dann hatte der alte Mann eines Tages ein Stück Kordel an einen Baum gebunden, das andere Ende in der Hand gehalten und zu Terry gesagt: «Probier mal, ob du da drüber springen kannst, Mon.»

Und so war Terry der beste Leichtathlet der Welt geworden. Also, der zweitbeste. Nur Daley war besser.

Er wurde es müde, den Mann in der Mews zu beobachten, der an dem Auto arbeitete, und legte sich auf das Bett und starrte unter die Decke. Er schaute sehr lange hinauf, dachte dabei an Gail, fragte sich, wo sie jetzt wohl steckte, was sie machte. Er wünschte sich, sie wäre bei ihm. Das hier war es, was sie immer gewollt hatten, über das sie so oft geredet hatten.

Aber dieser Mann war zwischen sie getreten. Der Mann und das Messer. Und dann spürte er, wie ihm Tränen in die Augen kamen. Er hatte ihn nicht *verletzen* wollen. Es war nicht seine Schuld. Aber wer würde ihm das schon glauben? Schließlich besiegte ihn seine Erschöpfung, und er schlief ein.

«Einmal Lamm-*tikka*», sagte Macrae zu dem Kellner. «Einmal Rindfleisch Madras. Zweimal Reispilaw. Zweimal *chappatis.*» Er sah seine Ex-Frau an. *«Poppadums?»*

«Okay.»

«Zweimal *poppadums.* Zwiebel *bhajee.* Gemischtes Gemüse. Und etwas Mango Chutney und eingelegte Limonen und...»

«Ich werde Ihnen alle Gewürze bringen, Sir», sagte der Kellner.

Er bestellte ein Glas Weißwein für Linda und ein Lager und einen Whisky für sich, und dann, als der Kellner gerade gehen wollte, sagte er: «Ach, und bringen Sie mir bitte auch noch eine kleine Schale Chilli-Soße.»

Linda Macrae hatte das alles mit jener leichten Nervosität verfolgt, die sie immer überkam, wenn George mit ihr in ein Restaurant ging. Er war so ein großer, schwerer Mann, und er war immer so davon überzeugt, daß die Kellner großen Respekt vor ihm hatten. Er dachte sich nichts dabei, es war nur einfach seine Art. Aber sie war immer erleichtert, wenn der Kellner lächelte und in die Küche verschwand.

«Nun...» sagte sie, blickte auf ihre Hände und wünschte sich, sie hätte schon ihr Glas Wein, mit dem sie spielen könnte.

Macrae steckte sich eine seiner dünnen, langen Zigarren an und inhalierte gierig den Rauch. «Wie lange ist es schon her?» fragte er.

«Du meinst, seit wir uns das letzte Mal gesehen haben oder seit wir das letzte Mal zusammen essen waren?»

«Ich weiß nicht. Beides.»

«Gesehen haben wir uns ein Jahr nicht mehr, und Gott allein weiß, wann wir zum letzten Mal zusammen gegessen haben.»

Sie saßen in einem kleinen indischen Restaurant am Rande von Battersea. Sie hatte sich kürzlich eine Eigentumswohnung in Clapham gekauft. «Dann sind wir also praktisch Nachbarn», sagte sie. «Ich hätte nie gedacht, daß ich je wieder so nah am West End wohnen würde.»

Sie und ihre Tochter hatten draußen in Tooting gewohnt, aber seit Susan das Haus verlassen hatte, um bei ihrem Freund zu wohnen, war Linda rastlos geworden.

«Eine kleinere Wohnung ist besser für dich», sagte er.

«Das war aber nicht der Grund, warum ich sie gekauft habe.»

Sie sah sehr gut aus, dachte er. Wie eine dieser Frauen, die man im West End gegen sechs Uhr abends aus dem Büro kommen sehen konnte. Gut gekleidet. Gepflegt. Smart. Himmel, wer hätte gedacht, daß so etwas aus Linda geworden wäre?

«Du hast zugenommen», sagte sie. Er machte den Mund auf, doch sie kam ihm zuvor. «Oh, ich weiß. Ich auch.»

«Es steht dir gut.»

«Vielen Dank, aber mit zehn Pfund weniger wäre ich glücklicher.» Es stand ihr wirklich gut, dachte er. Sie war dünn gewesen, als sie geheiratet hatten. Und hatte zugenommen, als sie schwanger wurde. Er erinnerte sich noch genau an ihr Gesicht. Nicht wirklich rundlich, aber auf eine glatte Art strahlend. Und dann hatte sie ihr Gewicht wieder verloren. Besonders während der Zeit ihrer Scheidung. Da hatte sie sehr ausgezehrt gewirkt. Und jetzt, jetzt war sie genau richtig.

Sie war mittelgroß, hatte hellbraunes Haar und ein Gesicht, das früher einmal glatt und hübsch gewesen und immer noch sehr attraktiv war, nur nicht mehr so glatt. Es war ein Gesicht mit Charakter. Ihre Brüste, das hatte er bemerkt, als er ihr aus dem Mantel geholfen hatte, waren voller als er sich erinnerte, und ihre Beine waren immer noch gut. Er mußte sich daran erinnern, daß sie dreiundvierzig und nicht dreiunddreißig war, und daß sie eine einundzwanzigjährige Tochter hatte.

«Warum hast du es getan?» fragte er.

«Was?»

«Dir eine neue Wohnung gekauft, wenn die andere nicht zu groß für dich war?»

«Ich dachte, ich brauchte mal eine Veränderung.» Er sah überrascht aus. «Nun, Susan ist aus dem Haus.» Sie lächelte ihn steif an. «Ist flügge geworden.»

Der Kellner brachte ihre Getränke, und sie nahm ihr Glas Wein. Sie wußte nicht, was ein Glas Wein war, als sie geheiratet hatten, dachte Macrae. Zu Weihnachten trank sie ein Glas Sherry, und das war's dann auch schon. Gott, all die vielen Male, die er sie mit zu Büroparties genommen hatte, und sie hatte einfach nur dagesessen und an Orangensaft und Limonade genippt, während die jungen PCs versuchten, ihr unter den Rock zu gucken. Es war etwas, über das man grinsen konnte: Macrae, der knallharte Ganovenjäger, und seine unschuldige kleine Frau. Und hier saß sie jetzt und trank trockenen Weißwein.

Ihre Kleidung war ihm aufgefallen. Sie trug einen Rock und eine Bluse. Die Bluse sah nach Seide aus, und der Rock war einer von denen, wie man sie in den Schaufenstern von *Simpsons* am Piccadilly sah. Wahrscheinlich verdiente sie einen schönen Haufen Geld, dachte er. Er hatte gehört, daß Chefsekretärinnen gut versorgt waren. Er fragte sich, ob sie sich von ihrem Chef anmachen ließ, und spürte einen kurzen Augenblick... was? Neid? Eifersucht?

«Du hast am Telefon gesagt, du wolltest mit mir über Susan reden», sagte er. «Schlechte Neuigkeiten?»

«Nein. Eigentlich nicht. Möchtest du jetzt darüber sprechen?»

«Laß uns zuerst essen.»

«Wie auch immer, das ist jedenfalls der Grund, warum ich die neue Wohnung gekauft habe. Ein neues Leben. Wenigstens aber ein neuer Lebensabschnitt. Es ist so was wie Facelifting.»

«Sie wird dir fehlen.»

«Oh, ja, das tut sie. Man denkt, wenn man die Wohnung für sich allein hat, wenn man nicht mehr ihr schmutziges Geschirr spülen und ihre schmutzige Wäsche einsammeln muß, man denkt, das Leben würde ein wenig leichter. Aber dann, nach einer Weile, fängt man an, es zu vermissen. Heute ist die Wohnung immer blitzsauber.»

«Du hast schon immer einen sauberen und ordentlichen Haushalt geführt», sagte Macrae. «Du warst die Nummer eins der Nestbauer.»

Ihr Essen kam, und er löffelte etwas Chilli-Soße über seinen Reis. Innerhalb von ein, zwei Minuten tauchten kleine Schweißperlen auf seiner Stirn auf. Er bestellte eine neue Runde Getränke und konzentrierte sich auf sein Essen. Er aß schnell. Die Chilli-Soße legte sich über seine Magenwände wie brennender Schwefel.

«Ich weiß wirklich nicht, wie du das Zeug essen kannst», sagte sie.

«Angeblich befinde ich mich kurz vor dem Ende von etwas, das Curry-Zyklus genannt wird. Beim nächsten Mal explodiere ich.»

Sie lächelte. Er machte nicht oft Witze.

Er war lange vor ihr fertig und starrte brütend auf seinen leeren Teller. Um Konversation zu machen, sagte sie: «An was arbeitest du gerade?»

«An einem Mord.»

«Etwa dieser Fernseh-Mensch?»

Er nickte.

«Ich hätte es mir denken können. Du hast schon immer an den langen Feiertagswochenenden gearbeitet. Und Weihnachten. Erinnerst du dich noch an dieses Weihnachten, als wir drei ins Holiday Inn wollten? Wo war das noch gleich? Ich kann mich nicht mehr erinnern.»

«Portsmouth.»

«Genau. Und wir hatten unsere Koffer gepackt. Susan und ich wollten gerade zum Bahnhof. Du wolltest dich dort mit uns treffen. Und dann hast du angerufen und gesagt, daß irgend etwas dazwischengekommen wäre.»

Er zog kräftig an seiner Zigarre und inhalierte den Rauch. Er erinnerte sich sehr gut. Damals hatte er Bereitschaftsdienst gehabt. Sie hatten einen Tip bekommen, daß ein paar Gangster einen Tunnel durch eine Reinigung in der Nähe der King's Cross Station in die benachbarte Bank bauen wollten. Sie hatten die Reinigung für mehr als achtundvierzig Stunden observiert. Die Gangster sollten an Heiligabend hineingehen. Also hatte er Linda angerufen und es ihr gesagt. Und dann, praktisch sofort danach, hatte sich ihr Informant gemeldet und gesagt, das Ding wäre abgeblasen worden.

Sie waren ins Scotland Yard zurückgefahren, hatten sich ein paar Drinks genehmigt, und dann war eine Weihnachtsparty daraus geworden, und er und Mandy waren in dieser Nacht in einem Hotel gelandet. Gegen Mittag des folgenden Tages war er nach Hause gegangen.

«Ja, ich erinnere mich», sagte er.

Er bestellte Kaffee und fragte, ob sie noch etwas anderes zu trinken wollte, und sie schüttelte den Kopf. Für sich selbst bestellte er einen großen Brandy, sagte dann: «Komm, trink auch einen Schnaps. Es kommt immerhin nicht jeden Abend vor, daß wir beide ausgehen.»

«Das stimmt. Ich nehme einen Calvados.»

Seine dichten Augenbrauen zuckten hoch. Er sah den Kellner an. «Haben Sie Calvados?»

«Jawohl, Sir.»

Als der Kellner gegangen war, sagte er: «Seit wann trinkst du denn Calvados?»

«Es gibt eine Menge Dinge, die du nicht von mir weißt, George.»

«Ja, das sehe ich.»

«Ich vermute, auf eine Weise werden wir für uns beide wahrscheinlich immer die kleine Linda Brown und der große George Macrae bleiben. Ich habe dir das nie gesagt, aber auf der Schule mochte ich dich nie.»

«Du kanntest mich kaum. Ich war ein paar Klassen über dir.»

«Wir haben trotzdem über dich geredet. Du warst als der Schläger bekannt, weil du geboxt hast. Manche der Mädchen hielten nicht viel vom Boxen.»

«Andere schon.»

«Boxen war ein wichtiger Teil davon, oder?»

«Ein Teil von was?»

«Was du aus dir machen mußtest.»

«Ja, ich vermute.»

Sie wußten beide, was sie meinte.

«Es kam ganz sicher in der Nacht raus, in der du mich gefunden hast», sagte er. «Aber nicht so, wie es hatte sein sollen.»

Zu dieser Zeit hatte er die Schule bereits verlassen und boxte für einen Verein. Manche sagten, er könnte vielleicht der nächste englische Halbschwergewichts-Meister werden. Er hatte gegen den Champion eines Clubs in Hackney knapp nach Punkten gewonnen, und einige der Typen dort mochten entweder George oder die Entscheidung des Ringrichters nicht besonders, also hatten sie ihn zusammengeschlagen und in der Nähe seines Hauses auf den Bürgersteig geworfen. Und genau dort hatte Linda ihn dann gefunden.

«Fast hätte ich dich in dieser Nacht nicht mitgenommen», sagte sie. «Ich habe dich kaum erkannt, so verquollen war dein Gesicht.»

«Ich habe in dieser Nacht verdammt viel gelernt.»

«Zum Beispiel?»

«Wenn man kämpft, dann kämpft man, um zu gewinnen. Dabei spielt es keine Rolle, ob es sauber ist oder nicht. Deinem Vater hätte das nicht gefallen, oder? Ich meine, wenn ich das so sage.»

Sie nippte an ihrem Calvados. Er wurde nicht gut alt, dachte sie. Er hatte etwas Schäbiges an sich, etwas, das sie auch schon bei anderen alleinstehenden Männern beobachtet hatte. Die Hälfte der Polizei schien aus geschiedenen Männern zu bestehen.

«Nein. Es hätte ihm nicht gefallen.»

Damals hatte sie bei ihrem Vater gelebt. Er war kurz zuvor wegen Dienstunfähigkeit aus der Polizei entlassen worden. Als George ihn kennenlernte, lag er bereits im Sterben. Mit seinem weißen Haar und weißen Bart sah er aus wie ein Prophet aus dem Alten Testament. Er hatte irgend etwas in George gesehen, und George hatte etwas in ihm gefunden, das er bei seinem eigenen Vater nie kennengelernt hatte. Er war nur ein kleiner Sergeant. Er hatte nie höher hinaus gewollt. Sergeant Joseph Brown. Er war derjenige gewesen, der Macrae dahingehend beeinflußt hatte, zur Polizei zu gehen.

Mehr als einmal hatte er gesagt: «Du mußt dir nur zwei Worte einprägen. Selbstdisziplin und Selbstachtung. Vergiß sie nicht, und du wirst nie weit vom richtigen Weg abkommen.»

In jenen Tagen hatte Macrae bei einer Bank gearbeitet, und er war abends immer vorbeigekommen, um Linda und ihren Vater zu besuchen. Dann unterhielten sie sich über die Polizei. Der alte Mann schwelgte gern in Erinnerungen. Linda war immer mit irgend etwas beschäftigt: flickte die Kleider ihrer beiden Brüder, kochte, machte den Abwasch. Und dann war da all die zusätzliche Arbeit gewesen, als ihr Vater bettlägerig wurde.

Selbstdisziplin. Selbstachtung. Beides war mit all dem anderen Gepäck seines Lebens irgendwann auf der Strecke geblieben, dachte Macrae.

«Weißt du, George, ich habe dir das nie gesagt, aber als du... Als wir uns getrennt haben... Ich dachte, mein Leben wäre vorbei...»

Er rutschte unbehaglich auf seinem Stuhl und trank einen Schluck Brandy.

«Ich war wie benommen. Sehr lange Zeit wußte ich nicht mehr, welcher Wochentag es war. Wenn ich Susan nicht gehabt hätte, um die ich mich kümmern konnte, ich glaube, ich hätte... nun, ich weiß auch nicht, was ich dann getan hätte. Weißt du, ich habe mich immer um irgend jemanden gekümmert. Nach dem Tod meiner Mutter habe ich mich um meine Brüder gekümmert, dann um meinen Vater. Daher war es völlig natürlich, alles auf dich zu übertragen. Ich vermute, wahrscheinlich werde ich auch die Vater-Tochter-Beziehung auf dich übertragen haben. Das war es wahrscheinlich, was es schwerer für dich gemacht hat.

Aber ich bin nie so glücklich gewesen wie damals, als wir in dieser Polizeiwohnung in Norwood gelebt haben. Die mit den feuchten Wänden im Wohnzimmer. Es machte mir eigentlich wirklich nichts aus, wenn du Nachtdienst hattest oder Wechselschichten oder wenn du auch über die Feiertage arbeiten mußtest. Ich wußte, du würdest immer wieder zurückkommen. Du hast recht. Es *war* Nestbauerei. Und als du dann... Als wir uns trennten, da hat es mich beinahe fertiggemacht.»

«Warum erzählst du mir das?»

«Weil du glaubst, du würdest mich kennen, und dabei tust du das gar nicht. Du scheinst überrascht zu sein, daß ich Weißwein trinke. Überrascht, daß ich weiß, was Calvados ist. Ich habe bemerkt, wie du meine Kleider angesehen hast. Mich. Ich bin nicht mehr dieselbe Linda Brown, die du kanntest. Nicht einmal mehr dieselbe Linda Macrae.» Sie schwieg einen Augenblick, sagte dann: «Ich habe dich gehaßt, George, habe dich wirklich gehaßt.»

«Um Himmels willen!»

«Nein, nein, das ist lange vorbei. Heute bin ich dir dankbar. Zwei Jahre lang habe ich einfach dagesessen und zugeschaut, wie Susan größer wurde, und ich habe mich schrecklich bemitleidet. Ich konnte nichts, weißt du. Ich habe ja nie irgend etwas gelernt. Außer mich um andere Menschen zu kümmern. Du warst weg, Susan war in der Schule, also hatte ich einen großen Teil meiner Zeit niemanden mehr, um den ich mich noch kümmern konnte.

Ich erinnere mich, wie ich gedacht habe, in der Zukunft würde alles besser. Und dann eines Tages saß ich allein zu Haus, ich saß vor einer Tasse Kaffee, Susan war zur Schule, und ich glaube, es hat geregnet, und plötzlich wurde mir klar, daß *dies* meine Zukunft *war*. Nichts würde besser werden, wenn ich es nicht selbst in die Hand nahm. Das war der Augenblick, in dem ich beschloß, Steno zu lernen und Maschineschreiben und Buchführung und Textverarbeitung. Und ich war wirklich gut.»

«Du warst schon auf der Schule immer sehr clever.»

«Das war der Punkt, an dem sich die kleine Linda veränderte. Heute habe ich einen sehr guten Job. Ich weiß, was gute Kleider sind, und ich weiß, was Calvados ist. Und ich war im Ausland, und ich habe eine Menge gelesen. Du hast einmal gesagt, ich sollte *Great Expectations* lesen. Nun, ich habe es gelesen. Und noch ein halbes Dutzend weiterer Bücher von Dickens. Und ich weiß eine Menge Dinge, die ich früher nicht wußte. Und die Sache ist, für das alles muß ich mich bei dir bedanken, George.»

Er wollte etwas sagen, doch es gab nichts zu sagen. Als er sein Verhältnis mit Mandy begonnen hatte, hatte Linda ihm verziehen. Verzeihen war nicht das richtige Wort, dachte er. Sie war eine gottverdammte Märtyrerin geworden. Als Ergebnis hatte er sich eingeengter und nur noch schuldiger gefühlt. Es war, als wäre er langsam in einer dicken Suppe versunken, würde in Liebe und

Gefühl und Vergebung ertrinken, wo er doch nichts anderes wollte, als aus dem Haus zu kommen und mit Mandy ins Bett zu gehen.

Sie trank ihren Calvados aus und stellte das Glas energisch auf den Tisch. Er spürte die Veränderung in ihrer Stimmung.

«Susan?» sagte er.

Es war schnell erzählt. Susan und ihr Freund wollten tun, was viele junge Leute taten – Südostasien und Australien kennenlernen. Sie wollten nach Singapur fliegen und dann mit öffentlichen Verkehrsmitteln und Küstenmotorschiffen via Inselspringen nach Perth.

Linda skizzierte den Plan so nüchtern und sachlich wie nur möglich. Macrae hörte zu, wobei sein Kopf wie der eines Stieres leicht nach vorn sank.

«Und?» sagte er, als sie fertig war.

«Sie wird Geld brauchen, George.»

«Dachte ich mir doch, daß es darum geht. Wieviel?»

«Sie haben es sich ausgerechnet, und sie glauben, jeder von ihnen sollte dreitausend mitnehmen.»

«Dreitausend!»

«Das ist heute nicht mehr so viel, George. Nicht, wenn man an die Flugpreise denkt.»

«Wie lange wollen sie denn fortbleiben?»

«Solange das Geld reicht.»

«Dreitausend.» Er schüttelte langsam seinen Kopf.

«Genausogut könntest du mich um zehntausend oder hunderttausend bitten. Jeder einzelne Penny, den ich besitze, geht an Bobbie und Margaret.»

Ihr Gesicht verhärtete sich. «Susan war dein erstes Kind, George. Du bist es ihr schuldig.»

«Diese Rechnung habe ich beglichen. Sie ist einundzwanzig. Sie hat einen Job. Sie *muß* nicht unbedingt nach Südostasien. Bobbie und Margaret sind noch Kinder und...»

«Ich will nicht über sie reden!» fiel Linda ihm ins Wort. «Ich will weder ihre Namen noch den ihrer Mutter hören.»

«Hör mir jetzt bitte mal zu», sagte George, senkte seine Stimme in der Hoffnung, daß sie den Wink verstand. «Es geht nicht nur um sie. Ich bezahle immer noch an dem Haus ab.»

«Das hat nichts mit Susan zu tun. Weißt du, George, von dem Augenblick, an dem ich anfing Geld zu verdienen, habe ich keinen Penny mehr von dir genommen. Daher müßte sich deine andere Familie bei mir eigentlich für das zusätzliche Unterhaltsgeld bedanken. Das einzige Geld, das du uns gegeben hast, war für Susan. Und das war nicht viel. Wir haben dir nie zugesetzt. Wir wollten immer unabhängig sein.»

«Das weiß ich.»

«Nun, jetzt möchte deine Tochter etwas machen, das ihr sehr wichtig ist. Sie hat sich in einen jungen Mann verliebt, und sie möchte mit ihm zusammen sein. Ich denke, es ist an dir, ihr diese Chance zu ermöglichen, denn es wird nie wieder passieren.»

«Was ist mit diesem Freund? Wenn er sie so liebt, wieso bezahlt er dann nicht für sie?»

«Um Himmels willen, er ist noch Student. Ich bin sicher, er würde es tun, wenn er könnte.»

«Und wo bekommt er sein Geld her?»

«Von seinem Vater.»

«Wahrscheinlich ist er erheblich reicher als ich. Wie heißt er überhaupt? Was macht er?»

«Ihr Freund heißt Peter. Peter Kerman.»

«Kerman... Ich kannte mal einen Kerman. Ronnie Kerman. Er war der Hehler bei dem Hatton Garden Diamant-Raub. Du erinnerst dich?»

«Es ist der gleiche Mann.»

«Himmel, er hat vier Jahre gekriegt!»

«Ich weiß. Peter hat es Susan erzählt.»

«Aber ich habe ihn hinter Schloß und Riegel gebracht!»

«Das weiß ich, ja.»

«Sie auch?»

«Nein.»

«Jesus... und du möchtest, daß ich ihr dreitausend Pfund gebe, damit sie mit diesem...»

«Nicht so laut, bitte», sagte sie. «Es ist schließlich nicht seine

Schuld. Er war noch ein Baby, als es passierte. Du kannst ihm nicht vorwerfen, was sein Vater getan hat.»

«Es gibt so was wie eine verdorbene Ader in Familien.»

«Das ist doch schlicht und einfach Unsinn. Ich habe Peter kennengelernt, und er ist ein netter Junge. Und außerdem, er ist derjenige, den Susan haben will. Du mußt ihn ja nicht kennenlernen oder mit ihm reden oder sonst irgend etwas tun.»

«Bis auf das Geld auszuspucken.»

«Genau.»

«Wie zum Teufel konnte sie sich nur mit solchen Leuten einlassen?»

«Mit welchen *Leuten*? Sie hat sich nicht mit dem Vater eingelassen. Sie hat sich mit einem sehr netten Jungen eingelassen, wie du es ausdrückst, der an der London University Ingenieurwesen studiert. Hör zu, George, es geht keinen von uns etwas an. Sie ist einundzwanzig, es ist ihr Leben. Und sie will auch nicht, daß du ihr das Geld schenkst, sie möchte es sich von dir borgen.»

«Das macht keinen Unterschied. A, ich habe es nicht, und B könnte sie es mir wahrscheinlich nie zurückzahlen.»

«Wenn du auch nur einen Gedanken an uns und deine... deine anderen Verpflichtungen verschwendet hättest, würdest du inzwischen entsprechende Vorkehrungen getroffen haben.»

«Wie zum Beispiel was?»

«Wie zum Beispiel dich befördern zu lassen. Du könntest doch inzwischen Commander sein. Das sagen alle. Und dann hättest du mehr Geld.»

«Geld! Geld! Das Wort hängt mir zum Hals raus!»

«Tja, daran hättest du denken sollen, bevor du eine Großfamilie gegründet und dir mehrere Frauen zugelegt hast. George, ich möchte diesen Abend nicht verderben, indem ich mich mit dir streite. Ich habe dir erklärt, worin das Problem liegt. Alles andere liegt an dir.»

Er fuhr sie nach Hause nach Clapham und hielt in einer Straße mit viktorianischen Reihenhäusern. Sie waren etwa zur gleichen Zeit gebaut worden wie die Häuser seiner Straße. Doch diese hier war gepflegt, hatte gepflegte Autos und gepflegte Gärten. Es war

Mittelschicht pur. Eine Welt entfernt von seiner eigenen heruntergekommenen Straße.

Halb rechnete er schon damit, daß sie ihn noch auf einen Kaffee in ihre Wohnung einlud. Statt dessen beugte sie sich zu ihm herüber, gab ihm einen Kuß auf die Wange und sagte: «Vielen Dank, George. Es war ein schöner Abend.»

«Ich rufe dich an», sagte er.

«Ja, mach das.»

Er schaute ihr nach, als sie die Stufen zu ihrer Haustür hinaufging. Sie hatte einen selbstsicheren Gang. Er dachte, was hat sie doch für schöne Beine. Dann wendete er den Wagen und fuhr zurück zur Cannon Row.

16

Leo Silver war so müde, er konnte kaum noch geradeaus sehen. In den letzten sechsunddreißig Stunden hatte er nur vier Stunden geschlafen. Er und Macrae waren im *Goodwood Sporting Club* in einer Gasse zwischen Strand und dem Fluß. Es war fast Mitternacht, und der Club war voll. Macrae stand an der Theke und bestellte Drinks.

Es war, was im einschlägigen Jargon ein *Spieler* genannt wurde, ein illegaler Glücksspielsalon. Ein Club, dessen Mitglieder fast ausschließlich aus Ganoven bestand, in dem aber auch ein paar Bullen Ehrenmitglieder waren.

Es war ein großer Raum mit einer kleinen Theke an einem Ende. Die Ausstattung war nahezu ausschließlich *Turf*, Pferderennbahn. An der Wand hingen Fotos von Derby-Siegern, und neben der Tür stand die lebensgroße Holz-Skulptur eines Jockeys.

Der Club diente mindestens genausosehr dem Glücksspiel wie dem Trinken, und um diese Zeit war er voll. An einem halben Dutzend *kalooki*-Tischen, um die sich Zuschauer drängten, wurde gezockt. Silver, der schon mehrere Male mit Macrae im *Goodwood* gewesen war, erinnerte das Spiel an Gin-Rummy, das er als Kind immer mit seiner Familie gespielt hatte.

Bei seinem ersten Besuch im Club war er über die Höhe der Summen überrascht gewesen, die auf die Karten gesetzt wurden. Die Spieler protzten mit ihren dicken «Geldrollen». Manche hatten sie in Metallclips, andere ließen sie in kleinen Häufchen auf den Spieltischen liegen. Jedes Bündel enthielt Hunderte, vielleicht sogar Tausende von Pfund.

Unter den Ganoven gab es eine klare soziale Schichtung. Da waren zunächst die schweren Jungs, die Spezialisten für Raubüberfall. Sie trugen schicke Seidenhemden, Seidenkrawatten und Kaschmiranzüge, geschmückt mit Goldketten und goldenen Armbändern. Sie rauchten ausnahmslos *Upmanns* oder *Romeo y Julietas*.

Dann waren da die kleineren Fische, die kleinen Betrüger und Taschendiebe. Silver interessierte sich trotz seiner Erschöpfung dafür, wie beide Gruppen auf Macrae reagierten. Alle begrüßten ihn, doch es war die Art und Weise ihrer Begrüßung, durch die sie sich unterschieden. Die schweren Jungs nickten nur kurz. Sie tolerierten seine Anwesenheit, ohne ihn jedoch willkommen zu heißen. Die anderen schoben sich immer wieder mal an ihn heran und begrüßten ihn mit Namen, wobei sie nie das förmliche «Mr.» davor vergaßen. Macrae selbst nickte allen nur knapp zu. Er war mit Abstand der kräftigste Mann im Raum und, wenn auch nicht mit großem Abstand, der bestgekleidete und mühelos der beeindrukkendste Mann, dachte Silver.

«Hier, ein Whisky und ein Pint», sagte Macrae, stellte einen Pint Bitter und einen doppelten Whisky vor Silver. «Und einen Whisky und ein Pint für mich.»

Der Raum war verqualmt und sehr stickig, Macraes Gesicht gerötet und verschwitzt. Silver hatte in der Cannon Row auf ihn gewartet, an Zoe gedacht und gewußt, daß der Abend kaputt war. Dann war Macrae, nach Curry stinkend, endlich gekommen, um die Mitteilungen auf seinem Schreibtisch durchzugehen.

Silver hatte gesagt: «Es kommen immer noch Dutzende Meldungen aus dem ganzen Land rein. Er scheint überall gesehen worden zu sein. Grüne Mützen müssen diese Woche in sein.»

Macrae brummte. «Ich brauche einen Drink. Komm.»

Sie waren die Whitehall nach Strand hinaufgefahren und hatten direkt vor dem *Goodwood* geparkt. Jetzt stürzte Macrae den Whisky runter und spülte mit fast einem Drittel seines Pint nach.

«Und?» sagte er. «Was hältst du von Mrs. Rose-Mary Foster?»

Die Autopsie war auf Macraes Ersuchen durchgeführt worden, und anschließend hatten sie die hinterbliebene Ehefrau vernommen.

Silver sagte: «Ich denke, ich hätte auch eine Wohnung in London gehabt, wenn ich mit der verheiratet gewesen wäre.»

Macrae nickte langsam. «Sie ist eine Svengali.» Er kippte ein weiteres Drittel seines Bieres und stand auf. «Verdammte Chilli-Soße», sagte er, und verschwand Richtung Tür.

Am Anfang hatte er Silver mit seinen literarischen Anspielungen überrascht. Gleichermaßen überrascht war er gewesen, als er die Bücherregale in seinem Haus gesehen hatte. Dort standen neben Dickens und Trollope und Sir Walter Scott auch moderne Romane. Silver hatte eine Weile gebraucht, bis er dahinterkam, daß Macrae ganz bewußt den Eindruck vermittelte, nicht so intelligent zu sein, wie er tatsächlich war. Und was Mrs. Henry Foster betraf, hatte er absolut recht.

Sie hatten London am frühen Nachmittag verlassen, um hinaus nach Sussex zu fahren, und der Feiertagsverkehr wurde dichter. Was bedeutete, daß Eddie Twyford in seinem Element war. Macrae hatte ihm gesagt, er sollte auf die Tube drücken, und Eddies Art, den Wunsch seines Guv'nors zu erfüllen, bestand darin, andere Autofahrer zu beschimpfen und zum Entsetzen junger Mütter, die Kinderwagen durch die Gegend schoben, mit Vollgas ruhige vorstädtische Straßen herunterzujagen. Auf diese Weise hatte es nicht lange gedauert, bis sie London hinter sich gelassen hatten.

Macrae saß im Fond, eingehüllt in seinen Mantel und seine Gedanken. Silver saß vorn bei Eddie, der sich außerhalb von London nie wirklich wohl fühlte. «Hier ist's mir gottverdammt zu zugig», sagte er. «Sehen Sie sich nur die Kühe an. Die frieren sich bei diesem Wetter doch die Eier ab.» Er war stolz auf die Tatsache, daß er nur ein einziges Mal im Ausland gewesen war, im Rahmen eines Ausfluges nach Boulogne, und seit seiner Kindheit war er nicht mehr in die Nähe der Küste gekommen.

Auf dem Land herrschte immer noch eindeutig der Winter. Stahlgraue Wolken jagten über braune, gepflügte Äcker. Hier und da gab es einen grünen Flecken, wo sich tapfer Winterweizen zeigte, aber der Frühling war immer noch weit entfernt.

Eddie fuhr schnell. Er hatte seine Hausaufgaben gemacht, und als sie nach Sussex kamen, mied er die Hauptstraßen und raste statt dessen durch winzige Dörfer, die verlassen und düster wirkten.

Neunzig Minuten nachdem sie London verlassen hatten, erreichten sie Fosters Haus. Es lag in einem Tal in den South Downs westlich von Chichester und stand zwischen Buchen am Ende eines matschigen kleinen Sträßchens. Silver hatte irgendeine Art Cottage mit roten Dachpfannen erwartet. Doch das Haus war ein trister, moderner Kasten aus Holz und grauen Ziegeln.

Mrs. Rose-Mary Foster erwartete sie in der Tür und führte sie in das Wohnzimmer. Das Holz im Kamin war aufgestapelt, brannte jedoch nicht, und die Luft im Raum hatte die kühle Frische einer Gruft. Die Möbel und Farben, helle Grau- und Grüntöne, schienen es noch kälter zu machen.

«Es tut mir leid, daß Sie den ganzen weiten Weg herauskommen mußten», sagte Mrs. Foster, «aber wie ich Ihrem Büro bereits sagte, einer meiner Söhne ist krank, und ich kann ihn unmöglich allein lassen.»

Sie war Ende vierzig, hatte kurzes, grau werdendes Haar und trug einen dunkelgrauen Pullover über einer weißen Bluse, dazu einen dunkelblauen Rock, dunkle bordeauxrote Wollstrümpfe und derbe Halbschuhe mit flachen Absätzen. Eine randlose Brille saß auf ihrer Nase, und in ihrem alltäglichen, teigigen Gesicht war keine Spur von Make-up zu entdecken.

«Ich bin sicher, Sie hätten gern einen Tee. Gerald!» rief sie in die

Stille des Hauses. Sie hörten Schritte die Holztreppe herunterkommen.

Ein etwa elfjähriger Junge tauchte auf. Er trug einen Schlafanzug und einen Bademantel, und die kaffeebraune Hautfarbe verriet seine Abstammung.

«Mein Sohn hatte Windpocken», sagte sie, «aber es ist nicht mehr ansteckend. Gerald, würdest du bitte den Kessel aufsetzen?»

Der Junge hatte ein ernstes Gesicht mit großen Augen. «Ja, Mutter.» Silvers erster Eindruck des Hauses und seiner Bewohner war der, daß es sowohl an emotionaler wie an physischer Wärme mangelte. Von oben kamen weder Musik noch die Geräusche eines laufenden Fernsehers, wie es in dem Krankenzimmer eines Kindes in einem normalen Haus sicher der Fall gewesen wäre.

Einen kurzen Augenblick sah er vor seinem geistigen Auge die Sozialwohnung im Douglas Garden Estate, in der Sharlene Stunde um Stunde vor dem Fernseher hockte. Auf einmal war er sehr dankbar für seine eigene Familie. Ärgerlich, selbstherrlich, aggressiv – aber wenigstens pulsierte in ihnen das Leben.

«So, womit kann ich Ihnen helfen?» fragte Mrs. Foster.

«Tut mir sehr leid, daß wir Sie belästigen müssen», begann Macrae. «Mir ist klar, daß...»

Sie fiel ihm ins Wort. «Ja, vielen Dank, Superintendent, setzen wir die Details als bekannt voraus.»

Ihre Augen waren trocken, bemerkte Silver, und es gab auch keinen Hinweis darauf, daß sie geweint hatte. «Ich werde alles in meiner Macht stehende tun, um Ihnen zu helfen», sagte sie. «Mein Hauptanliegen besteht im Moment darin, das Leben im Interesse meiner beiden Jungs so normal wie nur möglich fortzusetzen. Aber gleichzeitig möchte ich, daß, wer auch immer Henry ermordet hat, vor Gericht gestellt wird. Also... was möchten Sie wissen?»

«Wir würden gern wissen, was für ein Mensch Ihr Mann war, Mrs. Foster», sagte Macrae. «Wir möchten uns ein Bild von ihm machen. Wir sprechen natürlich auch mit seinen Kollegen, aber die werden nur seine berufliche Seite kennen.»

«Was Sie wirklich wissen wollen ist doch, wie jemand wie ich einen Farbigen kennenlernen und heiraten konnte, nicht wahr?»

«Ich würde niemals…»

«Superintendent, ich bin Mitglied des Gemeinderates von West Sussex, und ich sitze im Sozialausschuß. Ich weiß genau, was die Polizei von Farbigen hält. Und was sie mit ihnen machen. Ich weiß, daß Sie sich vermutlich fragen werden, wie eine weiße Engländerin…»

«Warum Sie ihn geheiratet haben, ist allein Ihre Sache», sagte Macrae, wobei sein schwerer Kopf leicht nach vorne kippte.

«Unsere Sache jedoch ist es herauszufinden, was er mit Stichverletzungen im Bauch unter der Hungerford Bridge gemacht hat.» Es war brutal ausgedrückt, und Silver bemerkte, wie sie zusammenzuckte.

Gerald brachte ein Tablett herein. «Danke», sagte seine Mutter. «Geh jetzt wieder ins Bett.»

«Darf ich den Fernseher anmachen?»

Sie zögerte. Silver glaubte, sie wollte schon verneinen, doch es mochte ihre Anwesenheit gewesen sein, die sie es sich anders überlegen ließ. «In Ordnung. Aber nur eine halbe Stunde.»

Sie wartete schweigend, bis der Junge nach oben gegangen war, dann sagte sie, als wären sie alte Freunde und Nachbarn: «Wie möchten Sie Ihren Tee?»

Silver schaute zu, wie sie einschenkte. Sie strahlte irgend etwas aus, bei dem er sich unwohl fühlte. Sie erinnerte ihn an seine Schwester Ruth. Als kleiner Junge hatte er sie immer *bossy-boots* genannt und dafür regelmäßig eine Ohrfeige bekommen. Genau das war diese Frau auch, ein *bossy-boots*, und wenn man sie gewähren ließ, würde sie sie in den hellgrauen Wilton-Teppichboden malmen.

Aber Macrae dachte gar nicht daran, ihr ihren Willen zu lassen.

«Möchten Sie das vielleicht weiter ausführen?» sagte sie.

«Nein, im Augenblick nicht», antwortete Macrae.

Es war als würde man zwei Fechtern zuschauen, nur daß Macrae nicht mit einem Florett in den Krieg zog, sondern mit einer Streitaxt.

Sie ging wieder zum Angriff über. «Haben Sie schon jemanden verhaftet?»

«Noch nicht. Wenn es Ihnen nichts ausmacht, Mrs. Foster, werde ich die Fragen stellen.»

«Entschuldigen Sie», sagte sie steif. «Ich habe gewisse Rechte.»

Macrae stellte seine Tasse ab. Sein Gesicht war leicht gerötet. «Natürlich haben Sie die. Und jetzt lassen Sie uns doch bitte ganz von vorn anfangen.»

Mrs. Foster mußte erkannt haben, daß ihre Zeit noch nicht gekommen war. Sie zog sich in eine Haltung der unterkühlten Reserviertheit zurück, die exakt zu dem Raum paßte.

Sie sprach völlig emotionslos in kurzen, präzisen Sätzen. Henry Foster war der Sohn eines schwarzen Rechtsanwaltes gewesen, dessen Kanzlei in einem Londoner Vorort lag. Anders als die meisten Schwarzen in Großbritannien hatte Henry eine kleine Privatschule besucht und war mit der Ambition abgegangen, Schauspieler zu werden. Er hatte mit verschiedenen Laiengruppen und dann mit einem kleinen Repertoire-Ensemble gearbeitet, dann aber nach einem Jahr ohne Rolle einen Job als Fernsehansager-Trainee angenommen. Danach hatte er sich dann dem Fernseh-Journalismus gewidmet und war in die Provinz gegangen. Während seiner Zeit bei *Hampshire Television* hatte Rose-Mary ihn kennengelernt.

Sie hatte als Produzentin/Interviewerin für eine der großen Londoner Fernsehgesellschaften gearbeitet, kurze Beiträge über geschlagene Frauen, Kindesmißhandlung und Behinderte für das Lokalprogramm gemacht.

«Wir nahmen eine Studio-Diskussion in Winchester auf», sagte sie. «Als wir fertig waren, kam er, um einen kurzen Beitrag über Witwenrenten für ihre eigenen Lokalnachrichten abzudrehen, was mich interessierte. Ich lud ihn zum Mittagessen ein, damit wir über die Sendung diskutieren konnten. Schließlich wurde ein weiterer meiner eigenen Beiträge daraus.

Was mir als erstes an Henry auffiel, war seine ruhige gelassene Art. Es ist nicht leicht, vor der Kamera zu sprechen, aber es gibt Menschen, die können es einfach. Henry war einer von ihnen.

Er war viel zu gut für den Provinzjournalismus, also habe ich mit den richtigen Leuten in London gesprochen, und zwei Monate später wurde er von der BBC übernommen. Dort arbeitete er fünf Jahre.

Wir heirateten und bekamen zwei Kinder, was bedeutete, daß ich meinen Job in London aufgab, da ich Kindererziehung schon *immer* für die wichtigste Funktion einer Frau angesehen habe. Wie auch immer, das Fernsehen hat mich ernüchtert. Es ist ein ewiges Auf und Ab. Man versucht das soziale Gefüge zu verändern, aber es ist niemals möglich, seine Resultate zu quantifizieren. Indem ich hierher zog und dem Gemeinderat beitrat, konnte ich meine Pläne besser vorantreiben und sehen, wie sie reale Gestalt annahmen.»

Silver unterdrückte ein Gähnen, und Macrae unterbrach sie, bevor sie fortfahren konnte. «Sie wollten uns von Ihrem Mann erzählen.»

Sie sah ihn scharf an, sagte dann: «Nachdem Henry fünf Jahre bei der BBC gewesen war, konnte ich ihn dank gewisser Beziehungen bei Channel Four unterbringen. Sie gaben ihm Sendezeit im Frühstücksfernsehen, wo er einige der sozialen Probleme weiterverfolgen konnte, von denen ich... von denen wir beide glaubten, daß sie weiterverfolgt werden mußten. Eines davon, das darf ich wohl sagen, besteht darin, mehr Menschen aus ethnischen Minderheiten in die Medien zu holen. Ich will mehr Schwarze und Inder und Pakistani sehen, und auch...»

«Und Juden?» fragte Silver.

Sie lachte trocken und sagte: «Oh, ich denke, die Juden kommen auch allein ganz gut zurecht, meinen Sie nicht?»

«Waren Sie älter als Ihr Mann?» fragte Silver.

«Warum fragen Sie?»

«Bitte», sagte Macrae müde.

«Ja. Henry wäre kommenden Monat einundvierzig geworden.»

«Und Sie sind wie alt?»

«Ich bin neunundvierzig, da Sie schon mal danach fragen. Aber für uns hat es keine Rolle gespielt. Das alles ist ein unglaublicher Unsinn. Wie auch immer, wir teilten die gleichen Interessen.»

«Was ist mit dieser Wohnung in Fulham?» fragte Silver. «Wie lange hatte Mr. Foster sie?»

«Ich habe sie vor drei oder vier Jahren gekauft. Es erschien unsinnig zu sein, daß Henry um vier Uhr morgens aufstehen mußte, um nach London zu fahren. Auf jeden Fall störte es die Familie.»

«Waren Sie häufig in London und dieser Wohnung?» fragte Silver.

«Nie. Mir fehlt heute schlicht und einfach die Zeit für solche unnötigen Spritztouren.»

«Mrs. Foster», begann Macrae. «Ich muß Ihnen jetzt einige sehr persönliche Fragen stellen. Ich würde es nicht tun, wenn ich nicht davon ausgehen müßte, daß die Antworten uns weiterhelfen könnten.»

Sie preßte ihre Lippen zu einer schmalen Linie zusammen.

«Haben Sie eine glückliche Ehe geführt?»

«Ich... ja, ja, es war eine glückliche Ehe. Ich habe Ihnen bereits gesagt, daß wir gemeinsame Interessen hatten – an gesellschaftlicher Veränderung, an dem sozialen Aspekt des menschlichen Zusammenlebens. Wir hatten unsere Kinder. Liebten beide das Land. Lange Spaziergänge. Henry hat erst kürzlich begonnen, die Vögel zu beobachten.» Sie deutete auf eine Reihe ornithologischer Fachbücher auf dem Couchtisch.

«Gab es... hat es jemals Probleme mit anderen Frauen gegeben?» fragte Macrae.

«Ich hoffe, ich verstehe Sie falsch.»

«Hatte Mr. Foster Ihres Wissen nach jemals ein Verhältnis? War er so ein Mensch?»

«Ganz sicher nicht, und ich empfinde diese Unterstellung als äußerst beleidigend.»

Macrae starrte auf seine großen kantigen Hände. «Mrs. Foster, lassen Sie es mich noch einmal wiederholen. Ihr Mann wurde in London ermordet. Es gibt viele Motive für Mord, aber die drei wahrscheinlichsten sind Geld, Frauen und Drogen.»

«Haben Sie vielleicht auch mal an einen simplen Raubüberfall gedacht?» fragte sie sarkastisch.

«Das war das erste, woran wir gedacht haben. Aber in diesem Fall ist es höchst unwahrscheinlich.»

«Hatte er noch andere Interessen?» fragte Silver. «Sie erwähnten die Vogelbeobachtung. Gibt es sonst noch ein Hobby, dem er in London nachgegangen sein könnte?»

«Wie zum Beispiel was?»

«Menschen sammeln Briefmarken oder Orden oder Münzen. Etwas, durch das er Kontakt zu einer Gruppe Gleichgesinnter hätte bekommen können.»

«Nein. Nichts dieser Art. Er arbeitete an seinem Programm. Entweder in der Wohnung in Fuhlham oder in den Studios.»

«Hatte er eine Sekretärin?»

«Nur für die Korrespondenz, in den Studios. Und dort saßen auch die Rechercheure, falls Sie sich über die auch Gedanken machen sollten. Meistens arbeitete er allein. Haben Sie seine Sendung mal gesehen?»

«Nein.»

«Man sollte doch meinen, das wäre eines der ersten Dinge gewesen, die Sie gemacht hätten. Die Struktur der Sendung war simpel. Ich habe sie für ihn konzipiert. Eine Variante der klassischen Moderation. Henry machte ein Interview, doch er selbst wurde später, abgesehen von der Anmoderation und dem Nachspann, weitgehend herausgeschnitten. Dadurch wurde der Eindruck erweckt, als würde der Interviewte direkt in die Kamera sprechen. Was einen natürlichen ‹Live›-Stil bewirkte. Das Programm wurde morgens an fünf Tagen der Woche gesendet. An den Wochenenden gingen er und ich dann die Namen möglicher zukünftiger Gesprächspartner durch.»

«Waren Sie immer einer Meinung?»

Sie wirkte überrascht. «Ja. Wir haben immer alles ausdiskutiert. Am Ende waren wir immer einer Meinung.»

«Wie waren die Einschaltquoten?» erkundigte sich Silver.

«Sie erwarten doch wohl nicht allen Ernstes, daß ein solches Programm Auswirkungen auf die Einschaltquoten hat. Ich wäre entsetzt gewesen, wenn es so gewesen wäre. Das hätte bedeutet, daß wir uns für den billigen Weg entschieden hätten.»

Sie sprachen noch eine weitere halbe Stunde mit ihr und gingen dann.

Auf der Rückfahrt nach London sagte Macrae: «Was hältst du von Mrs. Foster?»

«Grau.»

«Was soll das heißen?»

«Wortassoziation. Sie sagen ‹Mrs. Foster›, und ich sage ‹grau›. Das ist es, was mir bei ihr spontan in den Kopf kommt. Grau und ordentlich.»

«Dir geistert ordentlich durch den Kopf.»

«Ich habe noch nie so aufgeräumte und ordentliche Wohnungen wie seine Stadtwohnung und sein Haus gesehen. Könnten Sie sich vorstellen, so zu leben, Guv'nor?»

Macrae ignorierte ihn. «Ich sag dir was», sagte er. «Ich habe gedacht, er hätte verdammt penetrant und aggressiv sein müssen, um dorthin zu kommen, wo er gewesen ist. Man muß irgend etwas Besonderes vorweisen können, wenn man schwarz ist. Es ist genau wie bei den Frauen. Ich meine, wenn man beruflich weiterkommen will. Aber nachdem ich sie jetzt kennengelernt habe, würde ich eher vermuten, daß sie diejenige war, die Druck gemacht hat. Ich frage mich, ob er wohl fremdgegangen ist. Den größten Teil der Woche in London, und dann mit einer Hexe wie ihr verheiratet zu sein. Ich weiß genau, bei mir wär's so.»

Im *Goodwood* stellte Macrae eine Flasche Whisky vor Silver auf den Tisch. «Das erspart uns das dauernde Hin- und Hergerenne», sagte er.

Silver sah die Flasche an. Es würde wieder eine dieser Nächte. Manchmal passierte es an Freitagen oder vor einem Feiertag. Macrae wollte nie nach Hause.

«'n Abend, George», sagte eine Stimme über ihnen.

Niemand nannte Macrae in einem *spieler* je «George». Überrascht hob er seinen Kopf und schaute wütend zu dem Sprecher auf. Dann änderte sich sein Gesichtsausdruck.

«Hallo, Tommy.»

Silver schaute ebenfalls auf und sah einen großen, dünnen Mann, älter als Macrae. Seine Haare waren grau, und tiefe Falten beherrschten sein Gesicht. Er beugte sich auf einem Stock vor.

Macrae stellte Silver vor und sagte dann: «Wie wär's mit einem Drink?»

«Geht nicht, George. Ich bin auf Pillen.»

Sie standen ein paar Minuten und unterhielten sich, und dann sagte Macrae: «Hast du in letzter Zeit was von einem Hehler namens Kerman gehört?»

«Du meinst Ronnie Kerman? Der, den wir nach dem Hatton Garden-Ding eingelocht haben? Nichts, absolut nichts. Ich glaube, der ist heute sauber. Wieso?»

«Ach, hab' nur so gefragt.»

Als sie wieder allein waren, sagte Macrae: «Das war Tommy Ballard. Er war im West Central mein Guv'nor, bis er sich einer Kugel in den Weg gestellt hat. Hat sein rechtes Hüftgelenk zerschmettert. Aber er bleibt gern in Übung. Komm, trink aus, Kumpel. Du bist schließlich kein kleines Mädchen.»

17

Als Terry aufwachte, hatte er Angst. Er lag einen Augenblick in der Dunkelheit, wußte nicht mehr, wo er war. Dann kehrte die Erinnerung allmählich zurück und, wie bei einem Tier, das sich daran machte, sein Territorium abzustecken, wurde die Angst ersetzt durch ein noch empfindliches Gefühl der Sicherheit. Das hier war *sein* Haus, sagte er sich. *Er* hatte es gefunden. Er fühlte sich wie eines der Kinder in den Märchen, die sein Großvater ihm erzählt hatte; Kinder, die sich in den Wäldern und Bergen von Jamaika verirrt hatten und dann die Häuser von Zuckerrohrschneidern fanden, die aus ausgehämmerten Benzinfässern gebaut waren. (Als er in die Schule kam, hatten die anderen ihn immer ausgelacht. Kinder verirrten sich in Wäldern des Nordens. Dort gab es keine Zuckerrohrschneider. Und die Häuser waren aus Pfefferkuchen.)

Aber in den Märchen passierte den Kindern immer irgend etwas Schreckliches, bevor sie am Ende gerettet wurden. Das Schreckliche war immer ihm passiert. Und jetzt wollte er, daß jemand ihn rettete.

Sein Großvater hatte ihm erzählt, daß es einen Gott gab, der über alle Menschen wachte und der die Geheimnisse von jedem kannte. Und er erinnerte sich, daß sein Großvater manchmal mit Gott handelte, ihm als Gegenleistung für Gefälligkeiten anbot, gewisse Dinge zu tun. Terry wollte auch einen Handel schließen, aber was hatte er als Gegenleistung anzubieten?

Er stand auf, zog die Tagesdecke glatt und ging in die Küche hinunter. Er konnte natürlich kein Licht anmachen, doch durch die Jalousien fiel genug Helligkeit herein, um etwas erkennen zu können. Er trat ans Fenster und schaute auf die Mews hinaus. Menschenleer. Die meisten Autos waren fort, bis auf den Toyota. Der Mann arbeitete jetzt im Licht einer Taschenlampe.

Er machte eine weitere Dose Bohnen auf und aß sie mit einem Löffel. Dann rauchte er eine weitere trockene alte Zigarette. Was für einen Sinn hatte es, dachte er, ein eigenes Haus mit einem gut gefüllten Speiseschrank zu haben... wenn man ganz allein war?

Wenn er in dem Versteck unter der Hungerford Bridge neben Gail gelegen hatte, und wenn sie nicht gerade weggetreten war, dann unterhielten sie sich immer leise, und die Züge rumpelten über ihren Köpfen weg. Dann hatte er sich sicher gefühlt. Sie erzählte ihm von sich und woher sie gekommen war und was sie schon alles erlebt hatte, und er erzählte ihr von seinem Großvater und seiner Leichtathletik. Sie war der einzige Mensch, dem er je davon erzählte. Tatsächlich war sie der einzige Mensch, mit Ausnahme von Garner Maitland, mit dem er überhaupt jemals wirklich geredet hatte. Nur das mit den Drogen war wirklich zu blöd.

Dann kam ihm ein brillanter Gedanke. Wenn sie zu ihm in das Haus ziehen würde, könnte sie nicht mehr an Drogen kommen. Es war genug zu essen für mindestens ein paar Wochen da. Es gab einen Fernseher, den sie nach oben tragen, ihn vielleicht auf den kleinen Treppenabsatz stellen konnten, wo es keine Fenster gab. Dort konnten sie ihn vielleicht anmachen. Er war fest davon überzeugt, daß alle möglichen Sachen getan werden konnten, damit sie in Sicherheit waren.

Dann war da noch die Geheimtür zu den Ställen, von der kein Mensch etwas wußte. Seit vielen Jahren hatte sie niemand mehr benutzt. Und tagsüber konnte er losziehen, etwas zu essen besorgen und es herbringen. Und sie könnten reden.

Und so ging Terry in der kalten schwarzen Nacht durch die Ställe und streichelte das Pferd mit dem Namen Mr. Garner und schlüpfte durch das Fenster in die Mews und machte sich auf die Suche nach Gail.

Praktisch sofort begann er zu laufen. Er überquerte die Bayswater Road. Der Park war nachts geschlossen, und er machte sich auf den langen Weg außen herum. Beim Laufen wurde er ein anderer Mensch. Kutz... Landy... Zatopek... links, rechts, links, rechts. Day... lee... Day... lee... Nur daß Daley kein Langstreckenläufer war. Er kämpfte immer. Sogar bei den 1500 Metern, dem letzten Wettkampf – nein, nicht Wettkampf, der letzten «Disziplin» – des Zehnkampfes.

Terry war nicht allein. Ein halbes Dutzend Jogger, die noch spät abends ihre Runden drehten, alle ähnlich wie er gekleidet, liefen den breiten Bürgersteig entlang.

Marble Arch und Park Lane. Jetzt über die Schmerzgrenze weg und den toten Punkt überwinden. Zatopek in Führung mit diesem komischen Kopf-auf-der-Seite-dies-ist-mein-letzter-gequälter-Schritt-Laufstil. Dann Kutz. Dann Huntsman Collins.

«Damals gab es noch keine schwarzen Langstreckenläufer», hatte sein Großvater gesagt. «Wir waren Sprinter. Schwarze haben besondere Oberschenkelknochen. Die sind länger als bei den Weißen. Vergiß das niemals. Aber dann sind unsere Brüder aus Afrika gekommen. Sie liefen die langen Strecken, wir die kurzen. Unter uns, Mon, wir machen alles.»

Kipchonge Keino... Mike Boit...

Die Runde in achtundsechzig Sekunden... Keinen aufschließen lassen... Augen im Hinterkopf... Wer wird ausbrechen...? Wer wird dich fertigmachen...? Anrempeln... Wegdrängen... Wer hat die Beine... das Finish...?

Jetzt immer in den Schatten halten, in den dunklen Flecken, den Gassen. Hinein in das wirkliche London. Penner in ihren Kartons. Schon nach Mitternacht, und kaum Verkehr auf den Straßen.

Morgen ist Karfreitag, doch das wußte Terry nicht.

Als er stehenblieb, war er weniger als dreihundert Meter vom *Goodwood Sporting Club* entfernt, in dem Macrae gerade zu Silver sagte, er sollte austrinken. Er stand in dem kleinen Park an der Embankment in der Nähe des Savoy Hotels. Er versteckte sich hinter einem Lorbeerbusch, der bis über seinen Kopf reichte. Von dort konnte er direkt zur Hungerford Bridge hinübersehen. Was er sah, machte ihm klar, daß Gail auf keinen Fall dort sein würde.

Ein uniformierter Cop ging langsam auf und ab. Terry beobachtete ihn fast zwanzig Minuten. Er ging dreißig oder vierzig Meter in die eine Richtung, und dann dreißig, vierzig, vielleicht auch hundert Meter in die andere Richtung, und Terry dachte schon, er würde weiter die Embankment hinuntergehen und bald verschwinden. Doch dann machte er wieder kehrt und ging langsam den gleichen Weg zurück. Wieder und wieder. Manchmal blieb er stehen und schlug seine frierenden Hände zusammen, und Terry spürte dann jedesmal, wie eiskalt seine eigenen Finger waren. Aber es ließ sich nicht leugnen, der Polizist war da, eine unversöhnliche Anwesenheit.

Terry war eigentlich nicht wirklich überrascht, aber er mußte sich vergewissern. Er empfand eine bittere Traurigkeit, denn jetzt wußte er, daß er sie verloren hatte.

Er war zu dem Schluß gelangt, daß der Polizist nie mehr gehen würde, daher verließ er den kleinen Park, überquerte den Strand und ging Richtung Leicester Square. Normalerweise herrschte hier um diese Nachtzeit ein reges Leben, die Spielhallen waren geöffnet, die Fast Food-Restaurants waren geöffnet, die Wermutbrüder ließen sich auf den Bänken vollaufen. Doch jetzt war alles geschlossen und vergittert und eiskalt. Wo konnte sie sein? Wo konnte er suchen?

Dann erinnerte er sich an das erste Mal, als sie sich begegnet waren. Sie hatte ihn in einen verfallenen Wohnblock mitgenommen. Aber konnte er den wiederfinden?

Mußte sich jetzt orientieren. Laufen und sehen und sehen und laufen. Keinen Stadtplan. Aber den Kopf eines Großstadt-Kids. Man konnte ihn überall in London absetzen, und er würde immer wie ein Hund nach Hause zurückfinden.

Den Laden finden, wohin sie ihn zum Essen mitgenommen hatte. Das war sein Ausgangspunkt. Es war irgendwo am Rand von Soho gewesen. Theater in der Nähe. Er wußte, es konnte nicht mehr weit sein. Wie ein Jagdhund auf der Suche nach einer Fährte. Erst in die eine Richtung, dann in die andere, einen Block weit laufen, schauen, einen weiteren Block, sich orientieren. Bis er unvermittelt auf die Shaftesbury Avenue herauskam, und *dort* waren die Theater. Und *dort* war auch die Pizzeria, in die Gail ihn mitgenommen hatte.

Er begann in südwestliche Richtung weiterzugehen.

Lief wieder. Jetzt der Marathon. Der London Marathon. Und Abebe Bikila war in Führung. Und Huntsman Collins dicht hinter ihm. Noch drei Kilometer, und dichte Zuschauermengen. Er konnte nur Bikilas dünne Beine sehen, die sich vor ihm auf und ab bewegten, die dünnen Beine, die ihn über die Berge und Täler Äthiopiens getragen hatten.

Terry hatte zuvor nie an einem Marathonlauf teilgenommen. Er war fast am Ende seiner Kräfte. Doch das Toben der Zuschauer feuerte ihn an, pumpte neue Energie in seine Muskeln.

Und da war es. In einer menschenleeren Straße. Der alte Block bereits halb abgerissener Wohnhäuser, und überall Papier, das im kalten Nordostwind flatterte.

In diesem Teil von London keine Neonreklamen. Keine Autos. Leere Straßen gesäumt von roten Ziegelgebäuden, von denen manche bewohnt waren und andere nicht. Er war jetzt hinter der Tate Gallery, nicht daß das irgendeinen Eindruck auf ihn gemacht hätte, denn er hatte noch nie von ihr gehört.

Irgendwo links von ihm lagen die Houses of Parliament. Er kannte sie, weil er sich an ihnen orientiert hatte, und sie mußten sich in sein Unterbewußtsein eingegraben haben. Er mußte sie gesehen haben, als Gail mit ihm genau die gleiche Strecke gegangen war.

Im orangefarbenen Licht einer Natriumdampflampe blieb er kurz stehen. An welcher Stelle hatten sie dieses Niemandsland aus Schutt und Ziegeln betreten? Ein Weg führte auf die Rückseite des Gebäudes, und diese Richtung schlug er jetzt ein. Hier waren die alten Garagen. Die Gegend kam ihm irgendwie vertraut vor. Er hatte eine Nacht seines Lebens dort verbracht.

Treppen hinunter in kalte Betonhöhlen. Es stank nach Benzin und Öl, nach irgendwelchen namenlosen Dingen. Von einer dachlosen Höhle zur nächsten. Weitere Treppen, mehr Stufen. Unterirdische Garagen, angegriffen von Wasser, weiße Kalkflecken an den Wänden, alles verrostet und zerschlagen. Nichts von Wert mehr da. Das war es schon eher.

Dann hörte er ein Geräusch, ein wühlendes, kratzendes Geräusch, und er dachte an Ratten so groß wie Katzen. Woher war das gekommen? Ein Kinderreim? Sein Großvater?

Dunkel und schmuddelig jetzt, und Daley konnte ihm jetzt auch nicht mehr helfen. Und doch wußte er, daß er am richtigen Ort war.

Wieder das Geräusch. Es kam aus der Dunkelheit. Dann so etwas wie ein Stöhnen, ein menschliches Geräusch. Gail?

Leise ging er auf seinen weichen Gummisohlen weiter. Orangefarbenes Licht drang durch zerbrochene Decken in diese Höhlen ein. Er betrat einen kleinen Raum und sah die verbeulten Mülltonnen und wußte, daß er an seinem Ziel angekommen war. Er suchte sich seinen Weg durch den Schutt, bog durch einen zerbrochenen Durchgang und sah die dunklen schlagenden Flügel einer riesigen Krähe, die an einer Leiche zerrte. Nein, keine Krähe. Eine dunkle Gestalt. Die über irgend etwas kauerte. Er sah Füße. Er erkannte die Turnschuhe. Über ihr, an ihrer Kleidung zerrend, an ihren Taschen, ihren Sachen, der schwarze Raubvogel. Er drehte sich um, und Terry sah, daß es Rat war, die Ratte.

Bevor er denken konnte, griff er an. Das Messer lag vergessen in seiner Tasche. Mit wild um sich schlagenden Armen drosch er auf die Ratte ein und zog ihn fort von ihr. Sie stürzten. Seine Hand schloß sich um einen herabgefallenen Betonbrocken. Er schmetterte es gegen Rats Schulter, seinen Hals, die Seite seines Kopfes.

Die Ratte riß sich los. Sich schnell entfernende Schritte. Terry blieb allein mit Gail zurück.

Sie lag auf einer Matratze aus Kartons und alten Zeitungen. Der Schlafsack war von ihr fortgezogen worden. Das Licht fiel auf ihr Gesicht, ließ es sanfter aussehen. Speichel hatte sich von ihren Lippen gelöst und schimmerte jetzt auf ihrer Wange. Der Trainingsanzug stand offen, wo gierige Hände nach Geld oder Drogen gewühlt hatten.

Er kniete sich neben sie und nahm ihre Hand. Sie war kalt, aber das waren seine auch. Er versuchte sie zu wärmen. Aber die Kälte war für immer, auch wenn er lange brauchte, bis er das erkannte.

Er saß neben ihr, versuchte sie wieder zum Leben zu erwecken, wußte, daß das passiert war, von dem sie gesagt hatte, es würde irgendwann passieren. «Eines Tages nehme ich eine Überdosis», hatte sie gesagt. «Und wem macht's schon was aus?»

Ihm machte es was aus. Es war, als wäre das andere Licht, das richtige Licht in seinem Leben, plötzlich verloschen, und er blieb allein zurück, hatte nur noch dieses orangefarbene Licht, ein Halbdunkel und ein Halbleben.

Er blieb mehr als eine Stunde bei ihr. Weinte nicht. Versuchte eine Hand zu wärmen, die nicht mehr gewärmt werden konnte.

Dann knöpfte er ihre Kleider zu und legte sie wieder in ihren Schlafsack und zog den Reißverschluß bis ganz oben zu. Der Schlafsack hatte ein Kapuze, und die zog er jetzt über ihren Kopf und zog auch diesen Reißverschluß zu. Sie war nicht sehr groß, und sie paßte mühelos in den Schlafsack. Mehr konnte er nicht für sie tun. Das war ihre Beerdigung.

Er kehrte auf die Straßen zurück. Es schien kälter geworden zu sein. Er begann zu laufen.

Day … lee … Day … lee …

Links … rechts … links … rechts …

Aber die Gespenster der Vergangenheit liefen nicht mit ihm, kein Arthur Wint, kein McDonald Bailey, kein Harrison Dillard, kein Garner Maitland … nicht mal Huntsman Collins. Da war nur Terry, der den ganzen weiten Weg zurück zu dem Haus lief, das jetzt sein Zuhause war.

18

Es war kurz vor zwei Uhr morgens, als Macrae und Silver das *Goodwood* verließen. Sie hatten über den Fall geredet, und Macrae hatte ein leicht angetrunkenes Resümee gezogen.

«Die Tat ist von einem oder mehreren unbekannten Personen begangen worden, von denen einer einen grünen Hut getragen hat. Nein, nicht Hut. Eine Wollmütze. Er hat einen spitzen Gegenstand benutzt, wahrscheinlich ein Messer. Das Motiv? Unbekannt.»

«Wie auch immer, wir haben jedenfalls einen Verdächtigen», sagte Silver, in dessen Hirn der Whisky herumschwappte.

«Oh, ja, einen Vierzehnjährigen, der Schulzimmer abfackelt. Der überall gesehen worden ist, von Land's End bis John o' Groats.»

Macrae blieb vor seinem Wagen stehen und wühlte nach seinen Schlüsseln.

«Erinnern Sie sich noch an Hockley, Guv'nor?»

Macrae verharrte. Über die Jahre hatten es Dutzende von Londoner Cops geschafft, unbeschadet aus Anzeigen wegen Trunkenheit am Steuer herauszukommen. Doch erst kürzlich war ein Erlaß von ganz oben gekommen, daß auf gar keinen Fall, ich wiederhole, *auf gar keinen Fall*, Trunkenheit am Steuer geduldet werden würde. Am nächsten Tag jagte ein Sergeant Hockley vom CID einen gesuchten Räuber mit weit über achtzig Meilen die Stunde durch halb London und tötete dabei auf einem Fußgängerüberweg eine Mutter und ihr Kind.

Als Hockley eine Blutprobe entnommen wurde, stellten sie das Doppelte der zulässigen Alkoholkonzentration in seinem Blut fest. Und dieses Mal hatte niemand versucht, ihn zu retten, und jetzt saß er für zwei Jahre wegen Totschlags hinter Gittern.

«Sei nicht so gottverdammt albern», sagte Macrae. «Denn ich kann noch fahren.»

Doch in diesem Augenblick tauchte aus Richtung Charing Cross ein Taxi auf, und Silver hielt es an.

«Du bist wie eine beschissene Frau», sagte Macrae, stieg aber ohne weiteres Theater ein.

Die Whiskyflasche steckte in seiner Manteltasche, und Silver wußte genau, was passieren würde, wenn sie nach Battersea kamen: Macrae würde darauf bestehen, daß sie noch ein letztes Glas tranken, und dann noch eins, und am Ende würde er Macrae wieder ins Bett bringen müssen. Es war schon passiert, und es würde wieder passieren. Es lag an den Feiertagen. Was er verstehen konnte. Ostern war, genau wie Weihnachten, etwas Besonderes, es war eine Zeit, in der Familien zusammenkamen, und wenn man keine Familie hatte, die zusammenkommen konnte, fühlte man sich verdammt mies.

Manchmal, wenn Silver sich über ihn beklagte, sagte Zoe: «Tja, dann laß dich doch einfach versetzen.»

Aber eine Versetzung wohin? Die Sache mit Macrae war, daß in seiner Nähe immer alle möglichen Dinge zu passieren schienen, und er hatte die besten Informanten ganz Londons. Und wenn man weiterkommen wollte, dann fing man damit an, sich an seine Rockzipfel zu hängen und schließlich von seinen Schultern einen großen Sprung nach oben zu machen. So wenigstens sah Silvers Szenario aus. Nur daß er jetzt nicht mehr ganz sicher war, ob es sich wirklich lohnte, sich an Macrae zu halten. Die Polizeiführung mochte ihn nicht sonderlich, was bedeutete, daß womöglich etwas von dieser Abneigung auf Silver abfärben mochte. Er mußte sehr vorsichtig sein.

Auf eine Weise war Silver überrascht gewesen, als Macrae so lammfromm in das Taxi gestiegen war. Er hatte schon fest mit einer längeren Auseinandersetzung gerechnet. Wurde er auf seine alten Tage vielleicht weich?

In dem Taxi klebte ein Nichtraucher-Schild, doch Macrae ignorierte es einfach und steckte sich eine dieser dünnen, langen Zigarren an, als wollte er den Fahrer herausfordern.

«Und, was jetzt?» sagte er mit belegter Stimme, erwartete eigentlich keine Antwort, dachte einfach nur laut. «Was kommt nach dieser verdammten Mrs. Rose-Mary Foster? Himmel, was für ein Biest! Hast du gesehen, wie sie den Jungen behandelt hat?

Sie hat ihn nur fernsehen lassen, weil wir da waren. Es ist auch ohne eine Mutter wie sie schon hart genug, auf dieser Welt Mischling zu sein. Armes kleines Schwein.»

«Da ist noch der Sportlehrer», sagte Silver.

«Richtig. Der Sportfritze. Wir werden das eine oder andere Wort mit ihm plaudern.»

Das Taxi überquerte die Albert Bridge, und der Fluß glitzerte kalt im Mondlicht. Es herrschte nur noch spärlicher Verkehr, die Stadt war wie tot. Schon bald kamen sie in eine kleine Enklave schäbiger Straßen mit Lagerhäusern und alten viktorianischen Fabrikgebäuden, rußverschmiert und mit Brettern vernagelt, darauf wartend, von Stadtentwicklern geschliffen zu werden, die sich überlegen mußten, welche Art von London die Bürger die nächsten paar Jahrhunderte auf dem Hals haben würden.

Das Taxi hielt vor Macraes Haus. Silver zahlte gerade, als er ein paar Meter entfernt das Zuschlagen einer Wagentür hörte. Eine Frauenstimme kreischte: »Macrae, du Bastard! Wo bist du gewesen?»

Macrae lehnte gegen die Gartenmauer. Er drehte sich um. «Wer zum Teufel ist das?»

«Was glaubst du denn, wer es ist?»

Silver sah eine Frau die Straße überqueren. Sie war Mitte Dreißig, und ihr Mantel, der beim Gehen aufsprang, enthüllte einen kräftigen, derben Körper. Ihr Gesicht war rundlich und ihre Brüste groß. Früher hätte man sie vielleicht einmal mit Juno vergleichen können – stattlich und würdevoll.

«Du hast gesagt...»

«Ach, du bist's», sagte Macrae.

«Mandy!» Eine Stimme rief aus dem Wagen nach ihr, und eine zweite Tür wurde zugeschlagen, als ein Mann ihr nachgelaufen kam. «Mandy, du hast gesagt, du würdest nicht...»

«Ach, verpiß dich doch, Joe!»

Silver trat einen Schritt zur Seite, als die zweite Mrs. Macrae, jetzt Mrs. Joe Parrish, auf den Bürgersteig stürmte.

«Du hast es versprochen! Du hast gesagt, du würdest das Geld vorbeibringen!»

«Um Himmels willen!» sagte Macrae, als in den Nachbarhäusern die ersten Lichter angingen.

«Tut mir leid, George», sagte Joe Parrish. Er war ein wenig kleiner als seine Frau und hatte, obwohl etwa im gleichen Alter, bereits eine Glatze. «Sie hat gesagt, sie wollte nur...»

«Halt den Rand!» fauchte seine Frau, drehte sich zu ihm um. Dann fixierte sie wieder Macrae. «Du hast versprochen, du würdest das Geld schon letzte Woche haben. Dann am Wochenende. Dann hast du gesagt, heute abend ganz bestimmt. Tja, ich lasse mir das einfach nicht länger gefallen. Du hast zwei Kinder zu versorgen, und du wirst für ihren Unterhalt aufkommen, denn andernfalls gehe ich zu deinem DI, und dann steckst du bis zum Hals in der Scheiße!»

Macrae entfernte sich von dem Taxi. Der Fahrer, der die Szene mit gewisser Beunruhigung verfolgt hatte, drückte jetzt seinen Fuß auf dem Gaspedal durch, was Joe Parrish einen Satz auf den Bürgersteig machen ließ.

«Wo zum Teufel willst du hin?» sagte Mandy, versuchte Macrae am Mantel festzuhalten.

Er schüttelte sie ab und übergab sich ein Stück weiter in den Rinnstein.

«Gott, was bist du doch für ein Schwein!»

Silver baute sich vor ihr auf. Von all den Dingen, die Cops am meisten haßten, waren *domestics* – Streitereien zwischen Ehemann und Ehefrau – am schlimmsten.

«Immer mit der Ruhe!» sagte Silver.

Sie wirbelte zu ihm herum. Sie hatte langes, dunkles Haar und ein pausbäckiges, beinahe sinnliches Gesicht. Er hatte sie erst kurz vor der Scheidung kennengelernt. Damals war sie allem nachgerannt, was nur eine Hose trug. Sie hatte es sogar bei Silver versucht, aber keinen Erfolg gehabt.

«Holst du für ihn immer noch die Kohlen aus dem Feuer, Leo?» Die Geräusche weiter die Straße hinauf klangen beunruhigend. «Hör ihn dir doch nur mal an. Glaubst du, der ist es wirklich wert?»

«Reichen fünfzig Pfund? Ich könnte Ihnen einen Scheck geben.»

«Sei nicht kindisch! Fünfzig Mäuse!»

«Mandy, du hast gesagt…», begann Joe Parrish.

«Mehr kann ich Ihnen nicht geben.»

Sie dachte einen Moment nach. «In Ordnung. Wenn du glaubst, du würdest es von ihm zurückkriegen, okay. Aber du sagst ihm, ich will nächste Woche den Rest sehen, andernfalls mache ich ihm Dampf. Und dann kann er eine Beförderung vergessen. Das heißt, falls dieses Thema überhaupt je zur Debatte stand.»

Im bitterkalten Wind schrieb Silver ihr einen Scheck. Sie nahm ihn, faltete ihn und schob ihn in ihre Tasche. Dann sah sie ihn genauer an. «Wenn ich du wäre, Leo, würde ich keine Gefälligkeiten erwarten. Er ist ein ausgemachter Bastard. Hundertprozentig, durch und durch, Kosher. Vergiß das nicht. Komm jetzt, Joe.»

Sie stiegen wieder in ihren Wagen, und als sie losfuhren, rief sie aus der Seitenscheibe noch zurück: «Und ich will meine Gardinen, George! Du hast mich verstanden!»

Macrae war zu seinem Haus zurückgekommen und lehnte sich jetzt gegen die Haustür, wobei sein großer Kopf nach vorn hing, als könnte er ihn nicht mehr halten.

Er machte den Mund auf, um Silver noch auf einen Drink einzuladen, überlegte es sich anders und sagte schroff: «Hol mich um zehn ab.» Dann verschwand er unvermittelt im Haus und ließ Silver auf dem eisigen Bürgersteig zurück. Er starrte das Haus noch ein paar Sekunden lang an, dann stellte er seinen Kragen auf und ging zur Battersea Park Road, wo er ein einsames Taxi auf dem Weg von Wandsworth ins West End nahm.

Wie gewöhnlich war die Tür ihrer Wohnung abgeschlossen und verriegelt, und Silver begann mit seiner eigenen Version dessen, was im Tower of London die Schlüsselzeremonie genannt wird. Nur daß diesmal irgend etwas nicht stimmte. Er öffnete das Schloß am Fußende der Tür, konnte jedoch seinen Schlüssel nicht in das mittlere Schloß einführen. Es blockierte. Dann wurde ihm klar, daß der Schlüssel auf der anderen Seite im Schloß stecken mußte. Er würde zurück auf die Straße müssen, klingeln und hoffen, daß Zoe aufwachte und ihn dann hereinlassen konnte. Er schaute auf seine Uhr. Es war kurz nach drei.

Er hörte ein leises Geräusch, so leise, daß er nicht ganz sicher war, was es war. Dann wieder. «Leo? Bist du's?»

«Natürlich bin ich es.»

Schlüssel rasselten, und die Tür schwang auf. Zoe saß eingewikkelt in eine Decke direkt hinter der Tür.

«He, was zum Teufel ist denn hier los?» sagte Silver. Er war müde, ihm war kalt, er war gereizt und hatte Kopfschmerzen nach zuviel Alkohol und zu wenig Essen.

Sie stand auf. «Wo zum Teufel bist du gewesen?»

«Ich hab's dir doch am Telefon gesagt.»

«Ach, ja, das Telefon. Für dich ist immer alles okay, wenn du anrufst.»

«Es ist das Zeichen des zivilisierten Menschen», sagte er und hoffte, das abbiegen zu können, von dem er wußte, daß es jetzt kam.

Er beugte sich vor und gab ihr einen Kuß. «Du stinkst», sagte sie.

«Ich war mit Macrae unterwegs.»

«Das ist deine Antwort auf alles!»

Sie drehte sich um und ging ins Schlafzimmer, warf sich aufs Bett und zog die Decke hoch.

«Was ist mit Abschließen?»

«Vergiß es!»

«Okay, schon gut.» Er begann sich auszuziehen.

«Wir wollten doch eigentlich den Abend zusammen verbringen, du erinnerst dich?»

«Und dann ist was dazwischengekommen. Ich habe dich deswegen angerufen. Erinnerst du dich?»

«Ich habe stundenlang hier gesessen und gewartet, während du mit Macrae gebechert hast.»

«Bechern. Das gefällt mir. Das solltest du mal in einer deiner Anzeigen benutzen. Bechern Sie ein Glas Guinness pro Tag.»

«Leo! Du bist ein Arschloch!»

«Oh, und jetzt kommen die Streicheleinheiten.» Er versuchte, seine Stimme ruhig zu halten.

Sie setzte sich auf. «Du Bastard!»

«Heute abend scheint ja wirklich jeder jeden so zu nennen. Okay, du bist sauer auf mich. Das kann ich verstehen. Also hast du beschlossen wach zu bleiben, nur um mich zu bestrafen, in der kalten Diele zu hocken und den Schlüssel im Schloß steckenzulassen.»

«Verstehst du denn *gar* nichts?»

Er schwieg einen Moment und sah sie an. Sie wirkte so klein in dem großen Bett. «Schon wieder?» sagte er.

Sie nickte.

«Wann?»

«Es muß kurz nach Mitternacht gewesen sein.»

«Wo?»

«An der Tür.»

«Was hast du gehört?»

«Schritte.»

«Könnten die Chalmers gewesen sein.» Sie hatten die Wohnung unter ihnen.

«Die waren aus. Ich habe sie gegen eins zurückkommen hören.» Er setzte sich aufs Bett und nahm ihre Hand. «Ach, Leo, ich hatte so eine Angst!»

«Schritte. Und?»

«Ich bin zur Tür gegangen. Ich dachte, du wärst es vielleicht.»

«Und?»

«Also, ich glaubte, so etwas wie Atmen zu hören. Als würde jemand auf der anderen Seite stehen und seinen Kopf gegen die Tür lehnen.»

«Und?»

«Und, dann habe ich den Schlüssel in das Schloß gesteckt, mich hingesetzt und dort draußen auf dich gewartet.»

Lärm auf der Straße. Jemand auf dem Dach. Auf der Treppe. An den Fenstern. Sie hörte sie alle. Er konnte es verstehen.

«Wie viele Schlösser sind an dieser Tür?»

«Drei. Drei Sicherheitsschlösser.»

«Und eine Kette. Und zwei Riegel. Glaubst du, jemand könnte da reinkommen?»

«Heutzutage fetzen sie einfach die Türen raus!»

«Aber nicht, wenn sie mit Stahlplatten verstärkt ist. Das geht nicht, wenn es Stahlplatten gibt.»

«Leo, bist du sicher?»

Es war immer wieder die gleiche Frage, die er jedesmal beantwortete, und dabei ging es nicht um die Wirksamkeit von Türverstärkungen mit Stahlplatten. Es ging nur um den Mann im Garten. Der Mann, der ihr mit seinem Messer diese dünne Narbe auf dem Bauch zugefügt hatte. Und die Frage lautete: «War er immer noch hinter Gittern? War sic in Sicherheit?»

«Ja, ich bin sicher.»

Dann ließ sie sich von ihm in die Arme nehmen. Sie war eiskalt und zitterte. So etwas passierte alle paar Wochen wieder. Die Intervalle zwischen den einzelnen Malen wurden allmählich größer.

«Hast du schon geschlafen?» fragte er.

«Ja. Ich habe auf dich gewartet. Ich bin eingedöst.»

«Hast du geträumt?»

«Weiß ich nicht mehr.»

Er glaubte, wahrscheinlich hatte sie. Und dann war sie wach geworden und hatte Angst gehabt.

«Kannst du nicht nur die Tagschicht arbeiten?» wollte sie wissen. Jedesmal, wenn sie Angst bekommen hatte, stellte sie ihm diese Frage.

Er sagte: «Die Menschen werden auch nachts ermordet. Sie werden nachts vergewaltigt. Und überfallen und ausgeraubt. Es ist kein Geschäft, das sich an die Zeiten von neun bis um fünf hält.»

Sie nickte freudlos, sagte dann: «Möchtest du einen Kaffee? Ich habe koffeinfreien eingekauft.»

«Okay. Aber du bleibst hier. Ich hole ihn.»

Als er mit zwei dampfenden Bechern zurückkam, sah er ihr Nachthemd auf dem Boden. Sie lehnte gegen das Kopfteil des Bettes, hatte die Decke bis zur Taille hochgezogen. Ihre zwei spitzen, kleinen, nach oben gewandten Brüste richteten ihre harten kleinen Nippel genau auf sein Gesicht. Er stellte den Kaffee auf den Nachttisch, und ihre schmalen Arme schlangen sich wie eine rankende Pflanze um seinen Hals.

In solchen Augenblicken manifestierte sich ihr Verlangen nach ihm, nach seinem Schutz und der Sicherheit, die er bot, in einem gierigen sexuellen Hunger. Sie gab sich ihm dann mit einer Selbstvergessenheit, die ihn immer wieder erschütterte. Sie klammerte sich an ihn wie ein Affe. Ihre Muskeln waren wie Bogensehnen, und er hatte das Gefühl, wenn er an einer zupfte, würde sie einen scharfen Ton von sich geben.

Sie fummelte an seiner Hose und öffnete den obersten Knopf, zog den Reißverschluß herunter. Sie nahm seinen Penis heraus und begann ihn zu streicheln. Als er steif wurde, schob sie sich über ihn, nahm ihn auf und bewegte sich auf seinem Becken. Es hatte nichts mit Zärtlichkeit oder Ehe zu tun, nichts mit Liebe oder Kindern. Es war ein rein körperlicher Akt, wie das Ringen. Sein Gesicht war naß von ihrem Speichel. Es war, als wollte sie seine Lippen essen und seine Zunge schlucken.

Und dann erreichte sie in einer Reihe von krampfhaften Zukkungen einen heftigen Höhepunkt, und langsam erschlaffte ihr Körper und wurde wieder ruhiger.

Er spürte, wie sich ihre Muskeln entkrampften. Sie verwandelte sich aus einem Haufen faseriger, zäher Sehnen in einen weichen Teig. Dann rutschte sie von ihm und kuschelte sich in seinen rechten Arm. Nach einer Weile sagte – log – er: «Das war wunderbar. Und für dich?»

Sie antwortete nicht. Sie schlief.

So etwas konnte sie. Schlagartig verlöschen wie eine Kerze. Er wünschte, er könnte es auch. Er lag dort auf dem Rücken in der Dunkelheit, ein enges Band um seine Stirn, während sein Verstand raste wie ein Videorecorder im schnellen Vorlauf.

Es war ein unglaublich langer Tag gewesen. Er dachte an Mrs. Collins und Sharlene und den miesen Lehrer in dieser miesen Schule. Er dachte an das Haus irgendwo im Nichts der South Downs, und an den kleinen Jungen mit den ernsten großen Augen. Er dachte an Macrae im *Goodwood*, und an Mandy und an das, was sie über Macrae gesagt hatte.

Ein ausgemachter Bastard. Hundertprozentig, durch und durch. Kosher.

Kosher.

Sein Verstand machte einen Salto. «He! Kosher!»

Es war eine Erinnerung aus seiner Kindheit. Seit Jahren hatte ihn niemand mehr so genannt. Doch das Bild in seinem Kopf war plötzlich klar und deutlich. Er konnte sich in dem kleinen Jungen wiedererkennen, der mit einem kleinen blauen Koffer in der Hand die grünen Alleen von Finchley hinunterging.

Den Spitznamen hatte er abbekommen, als er anfing, sein eigenes Essen mit in die Schule zu nehmen. Das war die Idee seines Vaters gewesen. Es war wegen dem Schmutz.

«Und wo sind ihre Hände überall gewesen? Kannst du mir das mal sagen?» hatte er zu Lottie gesagt.

«Wessen Hände?»

«Die von den Essens-Ladies.»

«Du meinst Büfettdamen», hatte sie ihn korrigiert.

Leos Vater hatte die Frauen in der Schulkantine gemeint. Die Frauen, die in der Schule das Mittagessen machten und es austeilten. Sie waren nicht sauber genug für Leo, daher hatte er sein eigenes Essen mitnehmen müssen.

Solange er sich erinnern konnte, hatte sein Vater sich immer die Hände gewaschen. Vor jedem Schüler und nach jedem Schüler. Er hatte ein Waschbecken im Musikzimmer und wusch sich wie ein Arzt immer die Hände.

«Rühr es nicht an!» Das sagte sein Vater immer, meinte damit den Bösendorfer Flügel, der immer noch in einer Ecke des Musikzimmers stand. Und das Mädchen oder der Junge schreckte nervös zurück.

«Dieses Pianoforte kommt direkt aus Wien. Diese Tasten sind mit Elfenbein besetzt, das direkt aus Afrika kommt. Und du willst es mit deinen schmutzigen kleinen Fingern berühren!»

Händewaschen, das wußte Leo, sollte nach Freud ein Symptom für Schuldgefühle sein, aber wenn sein Vater jemals wegen irgend etwas ein schlechtes Gewissen hatte, so zeigte er es zumindest nie.

«Du meinst, Büfettdamen wären schmutzig?» hatte seine Mutter gesagt. «Ich werde dir sagen, wer schmutzig ist. Männer sind schmutzig. Sie stehen in Urinalen. Und dann legen sie ihre Füße auf Stühle hoch!»

«Es heißt nicht *ur-eye-nals*. Lerne richtig Englisch zu sprechen.»

Keiner von beiden sprach ein brillantes Englisch. Selbst nach all den vielen Jahren in London hatten beide immer noch einen starken Akzent, und gelegentlich, besonders unter Streß – den es, diesen Eindruck hatte Leo wenigstens, viel öfter gab als nur gelegentlich – verdrehten sie Ausdrücke, zerstörten den Satzbau und sprachen Worte falsch aus. Diese Frage der sauberen Sprache war nur ein Thema von vielen, das für Lottie und Manfred Silver einen fruchtbaren Boden für Streitereien abgab.

Da war die Frage ihrer Herkunft. Manfred umschrieb sein früheres Leben immer mit den Worten: «Als ich noch ein kleiner Junge in Wien war», was Lottie augenblicklich in Frage stellte.

«Nicht Wien! Mödling ist *nicht* Wien!»

Mödling ist eine kleine Stadt an der Straße zwischen Wien und Baden. Manfred mochte es gar nicht, mit dem kleinstädtischen Österreich in Verbindung gebracht zu werden.

«Sag mir doch mal, wo der Wienerwald ist? In der Nähe von Mödling, richtig?»

«Es ist mir völlig egal, wo der Wald ist.» Und wenn sie erregt war, sprach sie die Worte manchmal sehr falsch aus. «Wien ist es jedenfalls nicht.»

Lottie blieb in diesen Fragen unerschütterlich. Ihr Vater war Internist gewesen, und seine Praxis hatte in einer Seitenstraße des Graben gelegen, und sie hatten in dem grünen Wiener Vorort Sievering gelebt. Sie war Wienerin durch und durch und stammte aus einer sehr gewissenhaften Familie.

Was von Manfred ganz und gar nicht gesagt werden konnte. Er sagte immer, sein Vater wäre Verleger gewesen, und wenn Lottie in guter Laune war, ließ sie ihm das auch durchgehen. Aber wenn sie gereizt war oder aus irgendeinem Grund wütend auf ihn (und, bei Gott, dachte Leo, dafür gab es viele Gründe, denn es war nicht leicht, mit seinem Vater zu leben), dann sagte sie: «Nicht Verleger, Übersetzer.»

Was durchaus stimmte.

Und dann war da Manfreds offensichtlicher Mißerfolg als Komponist. Die Tatsache, daß er ein ausgezeichneter Lehrer war, daß nicht nur kleine Mädchen und Jungs zu seinen Schülern gehörten, sondern auch Studenten vom Goldsmith's College und dem Royal College, die zum Fortgeschrittenenunterricht zu ihm kamen, und manchmal sogar richtige Pianisten, die Bach oder Schubert mit Manfreds Ohren hören mußten, all das spielte für Lottie keine Rolle. Er nannte sich selbst einen Komponisten, sagte sie dann, dann sollte er auch endlich komponieren und seine Musik aufführen lassen und wie Mozart dafür bezahlt werden, der im übrigen in Wien gelebt hatte, und nicht in Mödling.

Was die Geschichte mit den Schulmahlzeiten betraf, bekam Manfred, wie gewöhnlich, seinen Willen, und Leo mußte den kleinen blauen Koffer mitnehmen.

Er saß mit diesem kleinen Koffer auf dem Schoß in der Schulkantine, und während die anderen Beefburger und Fritten aßen, oder Würstchen und Fritten, griff er verstohlen tief hinein und zog ein Stück kaltes Hühnchen oder ein Marmite Sandwich heraus.

Eines Tages, kurz nachdem er auf die Schule gekommen war, bemerkte einer der aufsichtführenden Lehrer ihn bei seinem speziellen Mittagessen und fragte ihn stirnrunzelnd, ob es dafür irgendeinen besonderen religiösen Grund gäbe. War es kosher?

Himmel, dachte Leo, genausogut hätten sie ihm ein Schild um den Hals hängen können. Es blieb hängen. Und die ganze Zeit, die er auf seiner Grundschule blieb, nannten sie ihn «Kosher». Er vermutete, es war immer noch besser als Jidd oder Judenjunge. Wie auch immer, es war nicht so eine Schule. In North London gab es eine Menge Juden. Aber die anderen jüdischen Jungs auf seiner Schule mochten ihn auch nicht besonders. Durch seine Bloßstellung fühlten auch sie sich bedroht.

Ein Junge namens Myron Sapperstein hatte seinen Koffer geöffnet und den Inhalt auf den Boden gekippt und ihm dann eine Ohrfeige gegeben. Damals hatte Leo den Grund nicht verstanden, doch heute war es ihm klar. Es war das, was er für sich das

«Tarnungs-Syndrom» nannte, und es paßte nicht nur auf alle jüdischen Jungen, sondern auf alle Jungen schlechthin: Bloß nicht auffallen.

Sappersteins Aggressivität hatte zwei nützliche Konsequenzen für Leo. Erstens erkannte er, daß er das Essen in seinem Koffer nicht essen mußte. An dem Tag, an dem Sapperstein es auf den Boden geschmissen hatte, hatte Leo einfach das gegessen, was er in der Kantine bekommen hatte. Am nächsten Tag warf er sein von zu Hause mitgebrachtes Essen selbst fort, bevor er die Schule erreichte.

Die zweite Sache war, daß er erkannte, daß er nicht zu seiner Mutter rennen konnte, wenn irgend etwas auf dem Schulhof passierte. Er mußte allein damit klarkommen. Doch er war recht klein für sein Alter, also benutzte er seinen Verstand statt seiner Muskeln.

Zoe bewegte sich und wurde langsam wach.

«Ich habe geträumt, du wärst nicht nach Hause gekommen», sagte sie, drehte sich zu ihm und legte einen Arm über seinen Bauch. «Wie spät ist es?» Er drehte seinen Kopf, um auf die Uhr zu sehen, aber sie sagte: «Ist nicht wichtig. Heute ist Karfreitag.» Ein paar Augenblicke sagte sie nichts mehr, und dann verschlafen: «Leo?»

«Ich bin hier.»

«Ich liebe dich.»

«Das sagen sie alle.»

Schweigen.

«Leo?»

«Immer noch hier.»

«Warum heiraten wir nicht?»

«Warum schlafen wir nicht erst mal?»

19

«Tee, Sir? Kaffee?»

Jack Benson schreckte aus dem Schlaf hoch. «Ja, Kaffee, bitte.»

Die Stewardess schenkte ihm eine Plastiktasse schwarzen Kaffee ein. «Milch, Sir? Zucker?»

«Nur Zucker. Süß und heiß.»

Sie hatte den Ausdruck schon tausendmal gehört, lächelte trotzdem tapfer und ging zur nächsten Sitzreihe weiter. Benson beobachtete sie, als sie sich zu einem Passagier auf der anderen Seite des Ganges beugte. Unter ihrem engen Rock malte sich ihr Slip ab. Gute Beine, dachte er. Guter Hintern. Bei Stewardessen hatte er schon oft Erfolg gehabt. Sie führten merkwürdige, schlaflose Leben, und sie waren dankbar für Partner, die mit ihnen bis in die frühen Morgenstunden wachblieben, während sie versuchten, ihre inneren Uhren umzustellen. Besonders diejenigen, die noch nie zuvor in Hongkong gewesen waren. Er hatte ihnen immer die Stadt zeigen und ihnen einen wirklich schönen Abend bereiten können, bevor er sie schließlich in seine Wohnung nach Stanley schleppte.

Der Jumbo der *Far Eastern Airlines* war halb leer. Er hatte die Maschine in Karatschi genommen. Es kam ihm vor, als wäre er schon seit Wochen statt erst wenige Tage unterwegs. Er war kreuz und quer durch den Fernen Osten und den Pazifik geflogen, von Perth nach Sidney, von Sidney nach Neuguinea, von Neuguinea nach Indien und schließlich nach Karatschi. Er hatte kein einziges Mal die Transit-Lounges der Flughäfen verlassen, hatte das Ticket für den nächsten Reiseabschnitt immer erst im allerletzten Augenblick gekauft. Vielleicht war es nicht perfekt, aber ihm fiel nichts Besseres ein, und er war ziemlich sicher, daß ihm niemand folgte.

Er trank seinen Kaffee und steckte sich eine Zigarette an. Der Mann in der mittleren Sitzreihe warf ihm einen mißbilligenden Blick zu. Zum Teufel mit ihm, dachte Benson, er machte nichts, was er nicht auch durfte.

Er kontrollierte die Reisetasche zwischen seinen Beinen. Seit er das Büro verlassen hatte, hatte er sie keine Sekunde aus den Augen gelassen. Ein Teil des Geldes war natürlich draufgegangen, denn das Fliegen war teuer, aber es war noch so genug übrig, daß man unmöglich auf einen Blick erkennen konnte, daß etwas fehlte. In Indien hatte er neue Kleidung für sich und einen seidenen Sari für Maria gekauft. Sie hatte exotisch bedruckte Stoffe schon immer gemocht. Er versuchte sich vorzustellen, wie sie es trug, und es war ein erfreuliches Bild.

Er war nicht so müde, wie er hätte sein können. Glücklicherweise bedeuteten Reisen kein Problem für ihn. Man konnte ihn an jeder x-beliebigen Stelle absetzen, und innerhalb weniger Sekunden war er eingenickt. Was er jetzt wollte, war ein Bad, ein anständiges Frühstück, etwas Schlaf, ein oder zwei Stunden bei einem Herrenausstatter auf der Regent Street – und dann war er bereit für sie.

Das gute alte *Liebchen*, dachte er. Eine wunderbare Zeit. Er erinnerte sich, daß sie es ihre Berliner Zeit genannt hatte. Aber das Problem mit *Liebchen* war, daß sie immer alles so ernst nahm. Was die Dinge komplizierte. Alles auf einer lockeren Ebene halten, das war schon immer sein Motto gewesen. Sich nie auf ernste Geschichten einlassen. Aber bei Maria hatte es Gespräche über die Zukunft bedeutet. Und nichts schreckte die Männer mehr ab als das. Er hatte ihr nie irgend etwas versprochen. Er hatte ihr in Berlin ein tolles Leben geboten, war mit ihr nach Frankreich in Urlaub gefahren. Und irgendwie schien sie so einiges falsch verstanden zu haben.

Wenn jemand etwas sagt wie «Wenn wir erst mal eine eigene Wohnung haben», gerade nachdem man sich geliebt hat, oder kurz bevor man es tun will, dann antwortete man nicht «Hör mal, *Liebchen*, wir werden keine eigene Wohnung haben.» Man nickt einfach nur und gibt ihr noch einen Kuß – und dann heißt es wieder, eins-zwei.

Mit neu erwachtem Interesse betrachtete er die langen Beine der Stewardess. Vielleicht, wenn er seine Karten richtig ausspielte ... Er konnte *Liebchen* jederzeit anrufen und ihr sagen, er hätte sich erkältet oder so. Beim Fliegen holten sich die Leute praktisch immer irgendwas.

Aber andererseits, dachte er, wozu die Mühe? Es war noch gar nicht so lange her, da hatte er in Hongkong eine junge Stewardess kennengelernt, die ihn nur ausgelacht und alter Knacker genannt hatte. Das war gar nicht nett gewesen. *So* alt war er noch nicht. Nein, Maria war eine bekannte Größe, und falls sie sich tatsächlich so fühlte, wie es ihrer Stimme zu entnehmen wr, dann mußte sie ganz schön hungrig sein.

Und von Richard ernüchtert. Tja, es mußte ja so kommen. Man ließ eine gutaussehende Frau wie Maria ja auch nicht das ganze Osterwochenende allein zu Hause und erwartete dann womöglich noch, daß sie brav mit einem Buch im Bett lag, wenn man wieder nach Hause kam. Oder vielleicht war das bei Richard ja so.

Als das Frühstück gebracht wurde, lehnte Benson ab. Vor den Toiletten die üblichen Schlangen. Dann begann die Maschine mit dem Landeanflug.

Er hatte genau geplant, was er tun würde. Er besaß einen britischen Paß, daher würde es bei der Einwanderungsbehörde keine Schwierigkeiten geben. Dann nahm er den grünen Ausgang durch den Zoll. Soweit er wußte, gab es kein Gesetz, daß es verbot, eine große Summe verschiedener Währungen nach Großbritannien einzuführen, aber das nur, soweit er wußte.

Als er den Zoll erreichte, wurde ihm klar, daß irgend etwas los war. Statt daß Passagiere einfach schnell durchgewunken wurden, mußten eine ganze Reihe ihr Gepäck öffnen. Zwei junge Pakistani schoben direkt hinter ihm ihren Gepäckwagen. Er ging langsamer, sie überholten ihn. Nur ein Zollbeamter war frei. Er schaute schnell von Benson zu den beiden Pakistani. Eine Sekunde lag Unentschlossenheit in seinen Augen, dann sagte er zu den beiden Männern: «Haben Sie das Schild gelesen?» Er deutet auf die Wand.

Benson schlenderte vorbei und erreichte die Ankunftshalle. Erst in diesem Augenblick erkannte er, wie dumm von ihm es gewesen war, eine Maschine aus Pakistan zu nehmen. Das war die Hauptroute, auf der Heroin nach Großbritannien geschmuggelt wurde.

Er beschloß, ein Taxi zu nehmen, und ließ sich dankbar auf dem Sitz zurücksinken. Als sie sich auf der Autobahn nach London einordneten, schaute er aus dem Fenster auf den grauen Himmel, den blauen Dunstschleier von Auspuffgasen, den schmutzigen Schnee hinaus, der immer noch am Straßenrand lag. Es war nicht Hongkong. Es war nicht die Stadt, in der er besonders gern seine Zeit verbringen wollte. Aber sie hatte einen unschätzbaren Vorteil. Es gab keinen Mr. Shao.

«Caesar! Komm schon, sei ein braver Junge!»

Maria stand in der Diele und wartete, daß Caesar aus der Küche auftauchte. Sie hatte das Haus verschlossen, jeden Fensterriegel und Wasserhahn doppelt und dreifach kontrolliert. Es war neun Uhr morgens, und sie würde sich erst abends mit Jack treffen, aber sie wußte, daß sie nicht mehr fahren würde, wenn sie noch länger wartete.

«Caesar!» Sie ging zur Küche. Der Hund lag in seinem Korb und beäugte sie ängstlich. «Komm, wir fahren in ein reizendes Tierheim.»

Normale Hunde sprangen vor Freude hin und her, wenn sie ihre Leine sahen, aber nicht so Caesar. Sie befestigte den Haken an seinem Halsband und zog ihn aus seinem Korb.

Sie hatte ihre Reisetasche in den Wagen gebracht und ließ Caesar jetzt auf den Rücksitz springen. Sie überprüfte noch einmal das Haus, machte die Alarmanlage scharf, zog die Haustür zu und schloß ab, fuhr dann die Zufahrt hinunter. Sie fühlte sich angespannt wie eine Geigensaite. Die vergangenen vierundzwanzig Stunden waren der reinste Alptraum gewesen. Zehnmal hatte sie beschlossen, nicht zu fahren. Zehnmal hatte sie diese Entscheidung wieder rückgängig gemacht.

Als sie aus ihrer Zufahrt auf die Straße einbog, bemerkte sie wieder den kleinen weißen Wagen. Sie sollten wirklich so etwas wie einen Wachdienst in ihrer Wohngegend haben, dachte sie. Wenn sie ihn hätten, würde sie dieses Auto jetzt melden. Sie hielt an und notierte sich das Nummernschild. Der Mann in dem Wagen trug eine Trilby. Sein Gesicht konnte sie zwar nicht deutlich erkennen, doch sie funkelte ihn angriffslustig an, nur um ihm zu zeigen, daß sie ihn sich gemerkt hatte. Als sie weiterfuhr, überlegte sie, daß sie sich nur gesellschaftlich verantwortlich verhielt.

Die Tierpension lag etwa vier Meilen entfernt in einer ehemaligen Farm, deren geschäftliche Aktivitäten heute breitgefächerter waren. Scheunen waren zu Apartments umgebaut worden, es gab einen Forellenteich und eben die Tierpension. Alles sah ein wenig schäbig aus, war aber einigermaßen sauber.

Sie wurde von der Besitzerin begrüßt, einer Mrs. Gore. Eine schwere Frau mit Händen wie grobes Schmirgelpapier, die inmitten einem Rudel kläffender Yorkshire Terrier ging, die so klein und beweglich waren, daß man den Eindruck hatte, es wären Blätter, die um ihre Beine wirbelten.

«Wollen Sie mal was anderes sehen, meine Liebe?» sagte sie, als sie Maria die Quittung für den Hund gab.

«Nur über Nacht nach London.»

«Das ist ja nett. Es geht doch nichts über einen kleinen Tapetenwechsel, meine Liebe.»

Sie nahm Caesars Leine. Was ihm ziemlich recht zu sein schien.

«Aus einem besonderen Grund?»

«Unser Hochzeitstag», sagte sie, um die Unterhaltung zu beenden.

«Das ist ja nett. Mr. Gore und ich sind immer nach Birmingham gefahren. Seine Mutter lebte dort. Sie kennen Birmingham?»

«Nein.»

«Eine schreckliche Stadt.»

Maria fuhr vom Hof. Jetzt gab es kein Zurück mehr. Die Autobahn rief. London rief. Jack rief. Ihr Bauch war angespannt, und sie hatte Spannungskopfschmerzen in ihrem Nacken.

Hochzeitstag.

Das hätte sie nicht sagen sollen. Es war, als würde man so tun, jemand wäre krank. Sie mochte es nicht, in persönlichen Dingen zu lügen. Sie war immer der Ansicht, daß in einem solchen Fall die Schicksalsgöttinnen einschreiten würden – und nicht auf eine freundliche Art und Weise.

Sie fuhr über die Landstraßen und bog schließlich auf die Autobahn ein. Sie sah kaum ein anderes Auto. So, dachte sie, wird es vielleicht nach einem atomaren Holocaust in England aussehen. Nur sie ganz allein, falls sie das Pech haben sollte zu überleben, und ein paar andere.

Sei nicht so morbid, sagte sie sich. Du bist auf dem Weg zu deinem Geliebten, sei erregt, sei glücklich. Doch die Sache mit dem Hochzeitstag lag wie ein schwerer Stein in ihrem Bauch.

Eigentlich war sie nicht abergläubisch. Sie klopfte auf Holz und ging nicht unter Leitern her, aber das war's dann auch schon. Mit Ausnahme von Lügen über irgendwelche Dinge, wie zum Beispiel Krankheiten. Und ihren Hochzeitstag. Nur daß es ihr in diesem Augenblick wie ein sehr wichtiges Datum erschien. Sie versuchte es aus dem Kopf zu verbannen, doch es gelang ihr nicht. In sechs Wochen würden sie und Richard acht Jahre verheiratet sein. Damit lag das gefährliche verflixte siebente Jahr hinter ihnen – oder sollte es wenigstens. Wenn sie doch nur das Baby bekommen hätte. Dann würde sie jetzt nicht auf einer grauen, verlassenen Autobahn fahren, das war mal sicher. Sie wäre zu Hause, würde ihm? ihr? wahrscheinlich das Frühstück machen. Und sie würde keinen Caesar haben. Sie würde einen Hund haben, der ihr Spaß machte und der ihr Gesellschaft leistete.

Daher würde es auch keine große Rolle spielen, daß Richard über die Feiertage arbeitete. Sie würde ihre eigene kleine Familie innerhalb der Familie haben. Und später würden weitere Babies kommen. Drei oder vier. Das war es, was sie immer wirklich gewollt hatte.

Statt dessen hatte sie, nachdem sie und Richard geheiratet hatten, ihre ganze Erbschaft in ein Küchengeschäft in Maida Vale gesteckt. Es war gut gelaufen. Also hatte sie ein zweites gekauft. Auch dieses lief gut, was ein Glück war, denn Richards Geschäfte waren zu Anfang gar nicht so besonders gelaufen. Doch dann war es aufwärts gegangen, und eine Zeitlang hatten sie finanziell recht gut dagestanden. Schicke Autos. Urlaub in Alaska und Zentralasien, ein Trip nach Südamerika. Und auf der Bank lag immer noch eine Menge Geld. Es schien, als wäre ein Traum Wirklichkeit geworden.

Sie hatte verdammt hart gearbeitet, und Richard ebenfalls. Die

Zeit war gekommen, um eine richtige Familie zu gründen. Und dann – peng! Auf einmal schien nur noch alles schiefzugehen. Sie verlor das Baby. Mit Richards Geschäft ging es rapide bergab – oder doch zumindest mit dem fernöstlichen Teil davon –, und am Ende saßen sie mit diesem großen alten Haus auf dem Land da, das sie nicht verkaufen konnten, und mit einem übelriechenden Hund als einziger Gesellschaft.

Und jetzt auch noch das: diese andere Frau! Es war nicht ungewöhnlich, vermutete sie. Sie kannte ein Dutzend anderer Paare im gleichen Alter wie sie, die auch Probleme hatten. Besonders, wenn die Frau ebenfalls arbeitete. Dann lebte das Paar in verschiedenen Welten, und in diesen verschiedenen Welten trafen sie andere Menschen, die ebenfalls wieder in unterschiedlichen Welten lebten. Kein Wunder, daß die Scheidungsrate so hoch war.

Der Gedanke an Richard im Bett mit einer anderen brachte eine wütende Röte in ihr Gesicht. Dieser Scheißkerl, dachte sie. Wenn er es mit einer anderen trieb – wieso konnte sie es dann nicht auch?

20

Zoe schlief immer noch, als Silver die Wohnung verließ. London war wie ausgestorben und Pimlico so still wie ein Grab. Hinter jedem Fenster waren die Vorhänge zugezogen, und abgesehen vom Milchmann war weit und breit keine lebende Seele zu sehen. Und es würde auch nicht viel besser werden, dachte er. Er fuhr über den Sloane Square und bog auf die King's Road ab. Sie hatte heute nicht mehr den Ruf wie früher, als London angeblich die swingende Hauptstadt der Welt gewesen sein sollte, doch trotzdem entdeckte er die eine oder andere Gruppe japanischer Touristen mit ihren Fotoapparaten.

Er hatte eine unruhige Nacht hinter sich, wach gehalten von einer Menge unterschiedlicher Dinge. Irgend etwas wegen Fosters

Wohnung nagte immer noch in einem Winkel seines Kopfes, dann war da Macrae und die zweite Mrs. Macrae; er hatte das Ende dieser Ehe noch miterlebt, und es war sehr häßlich gewesen.

Und dann hatte er natürlich auch noch begonnen, über Zoe nachzudenken. Sie redete immer öfter vom Heiraten, und es würde früher oder später zu dem Punkt kommen, an dem seine schwachen Ausflüchte nicht mehr länger widerspruchslos hingenommen werden würden.

Oberflächlich gesehen lief zwischen ihnen alles bestens. Er liebte sie, dessen war er sich sicher, und sie liebte ihn, oder wenigstens sagte sie das oft genug. Sexuell klappte es in der Regel phantastisch. Aber dann waren da auch die dunklen Zeiten, so wie letzte Nacht, die irgendwie überstanden werden mußten.

Was ihm keine Ruhe ließ, war der Grund, *warum* Zoe ihn heiraten wollte. Er konnte nicht einfach akzeptieren, daß es ein Bedürfnis war, das aus Liebe und Zuneigung erwuchs. Dafür steckte zuviel von der Vergangenheit in der Gegenwart.

Er dachte, es mochte vielleicht genau andersherum sein: Liebe und Zuneigung entstanden aus einem Bedürfnis; ein Bedürfnis nach Sicherheit, ein Bedürfnis nach jemandem, der die Türen abschloß und verriegelte, nach jemandem, bei dem sie sich sicher fühlen konnte, dessen Job selbst ein Symbol für Sicherheit war.

Das wollte er nicht. Er wollte keine Ehe wegen seines Jobs. Er wollte die Ehe wegen dem, was und wer er war, wegen seiner Person.

Er bog in die Sydney Street und dann auf die Fulham Road ein, fuhr an einer Reihe von Weinlokalen und Boutiquen vorbei. Was wäre, wenn er Anwalt geworden wäre wie Ruth? Oder Klavierlehrer wie sein Vater? Hätte sie ihn dann immer noch heiraten wollen? Aber so war es nicht. Er war ein Polizist, was auch immer seine Mutter sagte. Und dies war etwas, das für alle schwer zu glauben schien. Wieso sollte ein intelligenter jüdischer Junge ausgerechnet Polizist werden?

Was, wenn er es ihnen wirklich sagte? Würden sie es verkraften können? Er konnte es ihnen nicht mit logischen Worten erklären. Aber was, wenn er ihnen von den vagen und dunklen Mächten erzählte, die sich zusammengetan hatten, um ihn an den Platz zu stellen, an dem er sich jetzt befand? Natürlich würde es sie verletzen. Aber würden sie es auch verstehen?

Es hatte an seinem dreizehnten Geburtstag angefangen. Damals war er auf der Oberschule gewesen, einer guten Oberschule. Wie gut und wie teuer, hatte er erst viel später herausgefunden.

Seine Mutter gab eine Party für ihn. Die Gäste waren Jungen aus seiner Schule. Es waren die Söhne von Unternehmern, Architekten, Ärzten und Anwälten. Sie konnten Silvers Familie in keine ihnen bekannte Kategorie einordnen, aber selbst das wäre womöglich noch in Ordnung gewesen, wenn da nicht sein Vater gewesen wäre.

Manfred hatte sich einfach geweigert, zur Kenntnis zu nehmen, daß eine Party stattfinden würde, obwohl Lottie ihm dreimal den Termin genannt hatte. Das war normal für ihn. An Dinge, die ihm nicht gefielen, dachte er auch nicht. So kam es, daß er am Tag der Party seiner Überraschung gepaart mit Entsetzen Ausdruck verlieh.

«Wozu?» sagte er.

«Was meinst du mit *wozu*?» hatte Lottie gesagt. «Jeder gibt Parties. Und niemand fragt wozu. Eine Party ist eine Party. Es ist zum Vergnügen.»

«Wessen Vergnügen?»

«Der Menschen natürlich, die kommen. Vielleicht hat man ja in Mödling keine Parties gegeben. Aber wir in Wien haben Parties gefeiert. Und in London gibt man auch Parties.»

«Und was ist mit mir?»

«Du kommst nicht auf die Party.»

«Ach?»

«Sie ist nicht für uns, sondern für Leos Freunde.»

«Kleine Jungs sind die reinsten Wilden.»

«Manfred!» Wenn sie ihn so nannte, wurde es ernst.

«Was muß ich denn tun, vielleicht auf der Toilette hocken?»

«Du mußt ausgehen.»

«Ausgehen! Du willst mich aus meinem eigenen Haus schikken?»

«Geh ins Kino. Geh in deinen Schach-Club. Geh irgendwohin. Aber komm nicht vor elf Uhr zurück.»

Mit viel gutem Zureden und schließlich mit Drohungen hatte sie es schließlich geschafft, ihn aus der Wohnung zu bekommen.

«Laß sie aber auf gar keinen Fall ins Musikzimmer», hatte er auf der Türschwelle noch gesgt. «Um Himmels willen, schließ es ab.»

Es war eine ganz normale Party gewesen. Ein paar der Jungen hatten Bier gemischt mit Cidre getarnt in Limonadendosen mitgebracht, und drei Jungen war schlecht geworden.

Manfred hatte es geschafft, bis halb elf fortzubleiben. Als er zurückkehrte, fand er Lottie ruhig im Schlafzimmer sitzend, während ein Dutzend junger Gäste im Musikzimmer waren. Leere Getränkedosen hinterließen Ringe auf dem Bösendorfer, und ein Junge improvisierte auf dem Klavier.

Es war wie die Ankunft von Attila dem Hunnen. Manfred hatte der Party augenblicklich ein Ende bereitet, ließ alle ihre Hände waschen und schickte sie dann, entgegen Lotties leidenschaftlichen Bitten, hinaus auf die Straße, wo sie warten sollten, bis ihre Eltern sie abholen kamen.

Damit war Leo erledigt, soweit es seine Schulfreunde betraf, und es hatte bewirkt, daß er seine Eltern für kurze Zeit haßte und sie ihm anschließend peinlich waren.

Plötzlich fand er ihren österreichischen Akzent nur noch grotesk und ihre Angewohnheit, in Gegenwart von Fremden zu streiten, erniedrigend. Er haßte es, wie seine Mutter seinen Vater immer Manfy nannte. Er haßte die Tatsache, daß sein Vater so etwas wie ein Halb-Bohemien war und kein Arzt oder Anwalt.

Es war eine schlimme Zeit für ihn.

Und während dieser Zeit hatte er Geld angenommen. Er benutzte gern das Wort «annehmen», aber stehlen war zutreffender.

Er hatte es genommen, um es als Bestechungsgeld zu benutzen. Er hatte gesehen, wie Rosenberg es sich in seine Anoraktasche gestopft und diesen dann ausgezogen hatte, um Fußball zu spielen. Insgesamt nahm er sich fünf Pfund. Er hatte davon Schokolade und Cokes gekauft und sie in dem verzweifelten Bemühen an seine

Clique verteilt, sich so ihre Freundschaft zu erkaufen. Die Polizei war verständigt worden, und Leo war ins Zimmer des Direktors geführt worden, um von einem Detective des zuständigen Polizeireviers verhört zu werden. Er hatte sofort alles zugegeben. Leugnen schien wenig Sinn zu haben.

Der Detective hatte alles aufgeschrieben, dann mit einem lauten Knall sein Notizbuch zugeklappt und gesagt: «Du bist Jude. Meine Mutter war auch Jüdin. Womit ich ein Halb-Jude bin. Und ich werde dir jetzt mal etwas sagen, mein Junge. Juden stehlen nicht.» Er war zum Direktor gegangen und hatte vorgeschlagen, die Sache auf sich beruhen zu lassen, was dann auch so gekommen war. Dann hatte er noch einmal mit Silver gesprochen. «Vergiß nicht, was ich dir gesagt habe, mein Junge. Und Gott stehe dir bei, wenn du jemals wieder so etwas tun solltest.»

Er hatte es nie wieder getan, und er hatte es nie vergessen.

Das war der erste Teil der Gleichung.

Der zweite bestand aus einer ganzen Reihe von Dingen, aber hauptsächlich war es der Lebensstil seiner Eltern. Zu ihrer exzentrischen Art kam die Gefahr des jederzeit möglichen finanziellen Bankrotts.

«Wir sind arme Juden», sagte sein Vater oft und vergnügt. «Dadurch sind wir etwas Besonderes.» Als Künstler hatte er für das Geschäftsleben nichts als Verachtung übrig.

Als er die Universität verließ und plötzlich feststellen mußte, daß sein akademischer Grad nichts bedeutete und er nur ein weiterer von über drei Millionen Arbeitslosen war, war es daher für Leo nur normal, daß er einen Job und soziale Sicherheit suchte. Nur die Polizei stellte neue Leute ein.

Seine Familie war von Anfang an dagegen gewesen, daß er sich meldete, besonders aber sein Vater und Ruth. Sie stand damals gerade in ihrem juristischen Examen und hielt die Metropolitan Police für einen Haufen korrupter Diebe und Räuber. Es war die Tatsache, daß sie nicht wollten, daß er zur Polizei ging, die seinen Wunsch nur noch mehr bestärkte.

Heute schien das alles schon sehr lange her zu sein.

Er erreichte den Block, in dem sich Fosters Apartment befand.

COMMERZBANK

TELEFON-NOTIZ

für Herrn/Frau

Herr/Frau ______

von ______

Telefon-Nr.: ______

☐ hat angerufen und wird nochmals anrufen

☐ bittet um Rückruf

☐ hat zurückgerufen

☐ Termin

Betrifft: ______

Datum	Uhrzeit	Zeichen

28/00/40
HD0291

Thomas

Casö Mare

Es gab keinen Portier und auch kein mit Teppichboden ausgelegtes Foyer, einfach nur eine Eingangshalle mit ein paar Fahrstühlen. Vor Fosters Tür stand noch immer ein Constable. Er sah gelangweilt und müde aus, und Silver plauderte ein paar Minuten mit ihm, bevor er allein in die Wohnung ging.

Es war ein komisches Gefühl, dachte er, in die Wohnung von jemand zu gehen, wenn der Wohnungsinhaber nicht dabei war. Im grauen Morgenlicht wirkte das Apartment düster und voller gedämpfter Farbtöne. Sein erster Eindruck von Sauberkeit und Ordnung wurde bestärkt.

Die Spurensicherung hatte sich in der Wohnung umgesehen und nichts außer den üblichen verwischten Fingerabdrücken gefunden. Die einzigen sauberen Abdrücke stammten von Foster selbst.

Er warf einen Blick auf den Schreibtisch. Er hatte die Schubladen schon einmal durchsucht und nichts Außergewöhnliches gefunden. Doch trotzdem hatte er das Gefühl, als wäre da etwas, eine Aura, eine Atmosphäre, die einfach nicht stimmte.

Er ging ins Schlafzimmer. Exakt das war es, ein Schlafzimmer. Und auch hier wieder der überwältigende Eindruck von Sauberkeit. Aber, wie Macrae schon gesagt hatte, ein Mann wurde nicht ermordet, nur weil er sauber und gepflegt war.

Er öffnete den Kleiderschrank und warf einen Blick auf die Kleider. Die Schuhe, allesamt mit Schuhspanner, standen in ordentlichen Reihen. Genauso würde es auch in diesem Haus in Sussex aussehen, dachte er.

Plötzlich sprang ihm ein Bild von Foster in den Kopf, wie er mit seiner Frau im Bett war. Er dachte daran, wie beherrscht und unterkühlt ihr Sex gewesen sein mußte, als sie ihre beiden Söhne gezeugt hatten.

Er ging ins Bad. Dies war das einzige Zimmer, das erst kürzlich renoviert worden zu sein schien, denn es wirkte irgendwie prunkvoll. Als Farbe herrschte Rosa vor. Der kleine Raum wurde durch Spiegelkacheln um die Badewanne vergrößert und hundertfach vervielfacht. Die Wanne wiederum war größer als üblich.

Er stöberte in den Badezimmerschränkchen herum. Nichts Abscheuliches hier. Handtücher hingen ordentlich auf der Stange.

Ein Halter für den Duschkopf hoch oben an der Wand, doch der Duschkopf selbst war entfernt worden, wahrscheinlich, weil der herabhängende Schlauch es irgendwie unordentlich wirken ließ.

Er schlenderte in die Küche zurück. Sie sah aus, als käme sie direkt aus einem Katalog. Er trat auf das Pedal des Abfalleimers unter der Spüle. Er war leer, und eine neue Plastikmülltüte steckte darin. Er fragte sich, ob eine Putzfrau hiergewesen war, kurz bevor Foster ging. Möglicherweise war sie die Letzte, die Foster lebend gesehen hatte. Er machte sich eine Notiz, daß er dies nachprüfen wollte.

Wieder im Wohnzimmer, starrte er auf eine Reihe von Videobändern, die ausnahmslos beschriftet waren mit: «Name der Sendung: *Focus.*» Danach Zeiten und Datum.

Er hatte das starke Bedürfnis, den Mann näher kennenzulernen, dessen Leiche unter der Hungerford Bridge gefunden worden war. Er schaltete das Videogerät und den Fernseher ein. Das kleine grüne Lämpchen des Recorders leuchtete auf, um anzuzeigen, daß ein Band darin lag. Es war bereits ein Stück vorgelaufen, daher ließ er es zurückspulen und drückte auf den Wiedergabeknopf.

Es folgten ein oder zwei Werbespots, und dann erschien das Wort *Focus* auf dem Bildschirm. Er drehte die Lautstärke hoch, als Henry Fosters Kopf und Schultern auftauchten.

«Wie jeder in London weiß», sagte Foster seinem frühmorgendlichen Publikum, «wird es zunehmend schwieriger, zur Arbeit zu kommen. Staus und Streiks der öffentlichen Verkehrsbetriebe sind alltägliche Ereignisse. Eine Studie aus jüngster Zeit stellt fest, daß sich Autos heute nur noch mit einer Durchschnittsgeschwindigkeit von acht Meilen pro Stunde durch London wälzen – das ist die gleiche Geschwindigkeit wie die der Pferdekutschen vor hundert Jahren. Was können wir dagegen unternehmen? Hier im Studio sitzt Professor...»

Silver spulte das Band zurück und fing noch einmal von vorne an. Das Gesicht, das die Worte sagte, war feierlich und ernst und gemessen. Mit seinem dunklen Anzug, der Krawatte und dem weißen Hemd war Foster gepflegt gekleidet. Er trug eine Hornbrille, und sein Haar wurde an den Schläfen grau. Seine Stimme war ein voller Bariton.

Silver ließ das Band mehrere Male abspielen, aber Fosters Gesicht war wie die Wohnung: Es verriet nichts. Genau das war der springende Punkt, dachte er, es gab auch nicht die kleinste Kleinigkeit, die untypisch wirkte. Zumindest in Fosters Leben – aber absolut sicher hatte sein Tod etwas Untypisches.

Er schloß ab und nahm die Treppe zum Hof auf der Rückseite des Hauses. Es gab keinen Müllschlucker, und die Mülltonnen standen ordentlich nebeneinander. Es gab acht Wohnungen, also gab es auch acht Mülltonnen. Doch als er zählte, fand er nur sieben Tonnen. Sie waren numeriert. Eins, zwei, drei, vier, fünf, sechs, acht. Nummer sieben fehlte. Fosters Wohnung war Nummer sieben. Er machte sich auf die Suche und hatte sie bald gefunden. Sie war von den anderen getrennt worden, wahrscheinlich als die Müllabfuhr sie wieder hereingebracht hatte. Jetzt stand sie hinter einer Treppe.

Einen Augenblick lang hatte er gespürt, wie Adrenalin in seine Adern gepumpt wurde, doch als er die Mülltonne öffnete, war er enttäuscht. Auch hier war alles so sauber und ordentlich, wie eine Mülltonne nur sein konnte. Der Müll selbst befand sich in Plastikbeuteln. Er stocherte in ihnen herum, drehte feuchte Teebeutel und braune Bananenschalen um. Bis auf eine Tüte ausnahmslos Küchenabfälle, und diese eine enthielt zerbrochenes Porzellan – als hätte jemand ein Tablett fallen lassen.

Er legte den Deckel zurück, ging zu seinem Wagen und machte sich auf den Weg, Macrae abzuholen. Dafür hatte es sich nicht besonders gelohnt, so früh aufzustehen.

London mochte an diesem kalten Karfreitagmorgen ja wie ausgestorben sein, nicht jedoch das Polizeirevier in der Cannon Row. Ostern brachte, wie Weihnachten, in manchen die Traurigkeit zum Vorschein und in anderen Gewalttätigkeit, genau wie es in vielen anderen Güte an die Oberfläche holte. Aber die *Met* interessierte sich nicht für Güte. In Central London hatte es ein Dutzend Selbstmordversuche gegeben. Manche hatten Rasiermesser benutzt, andere Seile, eine Frau hatte sich angesteckt. Jetzt befanden sich einige junge Polizisten in der Cannon Row, denen durch das, was sie gesehen hatten, todübel war.

Ein Penner war unter den Bögen in der Nähe von Charing Cross gestorben; im South Bank-Komplex hatte es eine Reihe Überfälle gegeben; das Fenster eines Geschenkeladens in der Vauxhall Bridge Road war eingeworfen und der Inhalt geplündert worden. Ein älterer Mann, der fast dreihundert Pfund wog, war in seinem Bad steckengeblieben und an einem Herzinfarkt gestorben, als die Polizei die Tür aufbrach; in den späten Nacht- und frühen Morgenstunden war es zu mehreren Unfällen gekommen, und die Folge von einem saß jetzt, blutüberströmt und zitternd, in der Wache und gab seine Aussage zu Protokoll. Dann waren da noch vier Vergewaltigungen, eine davon auf einem Friedhof in der Nähe des Piccadilly.

Aber die große Sache war immer noch Henry Foster.

Macrae war bei seinem Chef, Detective Superintendent Wilson. Von dem Saufgelage des voraufgegangenen Abends war ihm nichts anzumerken, doch sein Magen reagierte immer noch gereizt auf die Chilli-Soße.

«Allmählich beginnt die Kacke zu dampfen, George, und das ist eine gottverdammte Tatsache», sagte Wilson, dessen Blick von einem Ende des Raumes zum anderen zuckte. «Und ich stecke bis hierhin drin.» Er berührte seinen Scheitel. «Der DI kriegt von oben Druck und sitzt mir jetzt im Nacken und …»

«Und jetzt sitzt du mir im Nacken.»

«Natürlich tue ich das. Besonders nach dieser Sache im Fernsehen.»

«Welcher Sache im Fernsehen?»

«Hast du sie nicht gestern abend in den Nachrichten gesehen?»

«Wen soll ich gesehen haben?»

«Seine verdammte Frau, George. Diejenige, die du und Silver verhört hast. Himmel, du siehst wohl nie Fernsehen, liest nie die gottverdammten Zeitungen! Paß auf, sie hat gesagt, die Polizei würde die Sache schleifen lassen. Sagte, es wäre schon längst jemand festgenommen worden, wenn ihr Mann nicht schwarz gewesen wäre!»

«Himmel noch mal.»

«Sie hat praktisch gesagt, daß du und Silver zwei Rassisten wäret, die sie wie ein Stück Scheiße behandelt hätten, nur weil sie einen Schwarzen geheiratet hat.»

«Das ist eine Lüge!»

«Mich brauchst du nicht zu überzeugen, George. Ich erzähle dir nur, was gesagt wurde. Und das gefällt denen da oben ganz und gar nicht. Ich meine, dieser Bursche ist nicht irgendein kleiner Wichser, der in Brixton Crack verschiebt, er war beim gottverdammten Fernsehen.»

«Ich weiß.»

«Nun... ich meine, was zum Teufel ist los, George? Du sagst, du suchst einen kleinen Mischling, den du für möglicherweise tatverdächtig hältst. Nun, und wo ist er? Jesus, er läuft mit einem leuchtend grünen Hut irgendwo in London herum, und er ist gottverdammt unsichtbar!»

«Er wird irgendwo untergetaucht sein. Wir werden ihn schon noch aus seinem Loch holen.»

«Das solltest du auch besser.»

«Aber irgendwo steckt da noch ein ‹sonst› drin, oder?»

Wilson schwieg einen Moment. «Hast du eine Zigarette?»

«Nur die hier.» Er gab Wilson eine seiner dünnen langen Zigarren.

«Da steckt kein ‹sonst› mehr drin. Nun, also, ich nehme an, es gibt wohl eines. Das hier ist eine wichtige Sache, George. Du arbeitest wie unter einem Mikroskop.»

«Ich habe dir doch schon mal gesagt, die können sich ihre Beförderung sonstwohin stecken.»

«Ich weiß, daß du das gesagt hast. Aber die Menschen ändern sich. Sogar du, George. Sogar der große Ganovenjäger. Geld, George, Geld, letzten Endes dreht sich doch alles immer nur ums Geld. Und, wo wir gerade davon sprechen, gestern nachmittag hatten wir einen neuen Sergeant vom Dienst. Er hat sechs Anrufe von Mandy ins Berichtsheft eingetragen. Du mußt irgend etwas wegen ihr unternehmen.»

Macrae ging in sein Büro und schloß sorgfältig die Tür hinter sich. Auf seinem Schreibtisch lag ein Stapel Nachrichten. Er verschränkte die Hände hinter seinem Rücken, stellte sich vor das schmutzige Fenster und starrte ins Nichts hinaus. Es klopfte an der Tür. «Laß mir noch ein paar Minuten, Harry», rief er.

Aber es war nicht Sergeant Laker. «Ich bin's», sagte Silver.

«Was gibt's?»

Seit Silver Macrae an diesem Morgen abgeholt hatte, hatte er seinen Mund geschlossen und seinen Blick gesenkt gehalten.

«Er ist wieder gesehen worden.»

«Ist das alles?»

«Diesmal klingt es richtig. Ein Bursche, der im Kensington Gardens arbeitet. Sagt, er hätte einen farbigen Jungen gesehen, hellhäutig, mit einer grünen Strickmütze – Barrett hat er es genannt. Am Mittwoch, gegen Sonnenuntergang. Sagte, der Junge wäre gelaufen wie ein Sportler. Turnschuhe. Trainingsanzug. So in dieser Richtung.»

«Weiter.»

«Ich habe seine Adresse. Er arbeitet heute nicht.»

«Okay. Vorher möchte ich aber noch ein paar Anrufe machen.»

Er wartete, bis Silver das Büro verlassen hatte, dann wählte er.

«Norman?» sagte Macrae, als sich jemand am anderen Ende meldete.

Eine Männerstimme sagte: «Nein, Herzchen, es ist nicht Norman.»

«Wer spricht da? Lionel? George Macrae am Apparat.»

«Sie sind ein Frühaufsteher», sagte Lionel. «Ich hole ihn.»

Während George wartete, stellte er sich die Wohnung in einer kleinen Nebenstraße der Baker Street vor. Er war schon oft dort gewesen.

Norman war kein typischer Polizeireporter. Die Tage der alten Hollywood-Schreiberlinge mit ihren Fedoras und Bleistiften hinter dem Ohr waren längst vorbei. Doch selbst an heutigen Standards gemessen war Norman immer noch eigenartig. Sie kannten sich bereits seit vielen Jahren. Tatsächlich hatte Norman Paston einmal einen Annäherungsversuch bei George versucht, die einzige männliche Person auf der Welt, die dies bei ihm versuchen durfte.

«Nenn mich Tunte, nenn mich schwul, nenn mich Homo. Macht mir gar nichts aus», hatte Norman einmal zu ihm gesagt. «Solange du mich nur nicht Hetero nennst.»

Er war groß, etwa Mitte Vierzig und auf eine Art elegant, die in den 50er Jahren modern war. Er trug anthrazitfarbene Anzüge, die er bei Harrods kaufte, und ließ sich seine Hemden in der Jermyn Street anfertigen. Soweit Macrae wußte, kam er aus der finstersten Provinz, irgendwo aus Suffolk, wo sein Vater Landarbeiter gewesen war. Er sprach nicht über seine Vergangenheit.

Macrae tolerierte Paston, mochte ihn genaugenommen sogar. Und das gleiche galt für Norman. Sie tranken häufig gemeinsam oder gingen zusammen essen. Paston besaß ein enzyklopädisches Wissen nicht nur des zeitgenössischen, sondern auch des historischen Verbrechens. Er hatte ausgezeichnete Kontakte und wurde sowohl von der Polizei als auch von seinen Journalistenkollegen geschätzt und geachtet. Wenn Norman Paston sich gedruckt äußerte, war es für gewöhnlich zu achtzig Prozent die Wahrheit.

Er war einmal, und George hatte ihn damals bereits gekannt, verheiratet gewesen und hatte zwei Kinder. Doch aus irgendeinem Grund, den George nie herausgefunden hatte, war Paston offensichtlich zu dem Entschluß gelangt, seine Neigungen nicht länger zu verstecken und sich zu dem zu bekennen, was er wirklich war.

Er hatte mehrere ausgezeichnete Bücher über Morde der letzten Jahre geschrieben, und ein weiteres, in dem seine Nachforschungen zur Freilassung eines unschuldigen Mannes geführt hatten. Mit diesen Büchern verdiente er eine Menge Geld, und der *Chronicle* zahlte ihm ein hübsches Gehalt, das er mühelos hätte verdoppeln können, wäre er zu einem Boulevardblatt gegangen.

Er und Lionel, ein junger Maurer aus Nordengland, waren seit sieben Jahren ein glückliches Paar.

«Morgen, George», sagte Paston. «Auf deinen Anruf habe ich schon gewartet. Nur gut, daß es heute keine Zeitung gibt.»

«Es gibt noch nichts Definitives», sagte Macrae. «Du weißt praktisch genausoviel wie wir, wahrscheinlich sogar mehr.»

«Du erinnerst dich an unsere Abmachung, George.»

«Ich erinnere mich.» Er sagte es schroff.

«Harte Nacht?»

«So lala.»

«Du solltest besser auf dich aufpassen. Dein Alter und alles.»

«Du mußt gerade reden.»

«Ich? Ich lag gestern abend schon um zehn Uhr mit einer Schachtel Pralinen im Bett. Oh, und mit Lionel natürlich. Wir haben uns *Come Dancing* angesehen. Du hättest diese Kleider sehen sollen, George. Einfach hinreißend.»

«Ja, okay», sagte Macrae. Das alles gehörte zu Pastons üblichem Theater.

Sie hatten eine für beide Seiten nützliche Partnerschaft entwickelt. Macrae fütterte Paston mit kleinen Leckerbissen für den *Chronicle*, und Paston gab Macrae alle Informationen, die er hatte.

«Ich werde dich ins Bild setzen, nachdem ich später mit ein paar Typen gesprochen habe, aber was ich im Augenblick brauche, ist irgend etwas über Fosters Privatleben hier in London. Ich war schon bei seiner Frau auf dem Land.»

«Du Glücklicher.»

«Du kennst sie?»

«Wir haben einen Mann dort unten. Und ich habe sie in der Kiste gesehen, als sie euch Jungs als rassistische Schweine abgekanzelt hat.»

«Ja, also, wenn du das glaubst, glaubst du alles.»

«Klar. Was willst du wissen?»

«Nun, ist er vielleicht fremdgegangen? Das ist Frage Nummer eins. Und, wenn dem nicht so war, was zum Teufel hat er dann in seiner Freizeit gemacht? Ich meine, er war schließlich die ganze Woche über in der Stadt, und er kann ja wohl kaum jede einzelne beschissene Minute an seiner Sendung gearbeitet haben.»

«Bleib einen Moment dran.» Es folgte ein kurzes Schweigen, währenddem er Papiergeraschel hörte. «Ich habe hier einen Zettel. Es gab da mal ein Mädchen. Sie hat für seine Sendung recherchiert. Es ist nur ein Gerücht. Vielleicht ist gar nichts dran. Ich wollte der Sache heute auf den Grund gehen.»

«Das erledige ich für dich.»

«Hast du einen Stift? Sheila Gant. Dreiundvierzig Lighter Lane. Twickenham. Nur ein Gerücht.»

«Danke, Norman. Ich rufe dich heute noch zurück.»

«Tu das. Morgen kommt wieder eine Zeitung raus.»

Macrae legte auf und wählte eine andere Nummer.

«Linda?»

«George? Du klingst so...»

«Ich bin ein bißchen heiser. Die Chilli-Soße, du weißt schon.»

«Ich hab's dir gestern abend schon gesagt. Der Himmel allein weiß, was dies Zeug mit deinem Magen anstellt.»

Sie schwieg, wartete.

Macrae räusperte sich. «Ich wollte nur sagen», begann er, und brachte völlig untypischerweise keinen Ton heraus. «Ah, ich rufe nur an, um dir zu sagen, daß es ein schöner Abend war.»

«Das sollte ich zu dir sagen. Ich war schließlich der Gast.»

«Bist du schon auf?»

«J-ja.»

«Angezogen?»

«Noch nicht. Warum? Du willst doch nicht etwa einen Überraschungsbesuch machen, oder?»

«Soll ich?»

Er hörte das Klirren eines Löffels gegen eine Tasse, und plötzlich war ihm seine Frage peinlich. «Du trinkst Kaffee?»

«Du warst noch nicht in dieser Wohnung, George. Ich sitze im Erkerfenster, schaue auf Bäume und eine freundliche Straße mit Reihenhäusern hinaus. Alles ist wirklich sehr nett. Und ich trinke eine Tasse Kaffee.»

Bei dem Gedanken an sie spürte er einen Schmerz in der Brust, Jesus, was war er doch für ein verdammter Narr gewesen.

«Ich wünschte, ich könnte vorbeikommen. Manchmal würde ich das wirklich gern.»

«Das wäre nett.»

Ihre Stimme klang vorsichtig und ausweichend, doch er meinte, darunter auch die Andeutung eines herzlichen Tones erkennen zu können.

«Wenn die Foster-Sache erst mal durchgestanden ist.»

«Wie läuft es denn?»

«So lala. Wir kommen langsam weiter – hoffe ich. Andernfalls werden sie mich an den E... Werde ich ordentlich Druck von oben kriegen.»

«Du kannst ruhig Eier sagen, George. Ich sagte es bereits, ich bin jetzt ein großes Mädchen.»

«Ich würde gern vorbeikommen und mit dir über Susan sprechen», sagte er.

«Ach?» Plötzlich verhärtete sich ihre Stimme.

«Ich möchte tun, was das Beste für sie ist.»

«Was das Beste für sie ist, habe ich dir bereits gestern abend gesagt.»

«Genau darüber möchte ich ja mit dir reden. Worüber wir gestern abend geredet haben.»

«George, ich möchte nicht, daß du herkommst und mir erzählst, du würdest es nicht für eine gute Idee halten. Oder irgend etwas in dieser Richtung. Lieber wäre mir, du würdest uns beide einfach in Ruhe lassen.»

«Nein, nein. So ist es nicht.»

«Nun... ich sehe wirklich nicht...»

«Ich werde mir was einfallen lassen», sagte er. «Aber ich würde gern mit dir darüber sprechen.»

«Okay, wenn du es wirklich willst.»

«Ich rufe dich später wieder an. Morgen vielleicht. Dieses Wochenende wäre vielleicht nicht schlecht, falls ich mir die Foster-Sache vom Hals schaffen kann. Ich meine, wenn du nicht irgendwas anderes vorhast.»

«Ich weiß noch nicht, was ich vorhabe», log sie. «Aber ruf mich auf jeden Fall an.»

Als er den Hörer auflegte, klingelte es sofort.

«Macrae», sagte er.

Eine Frauenstimme: «Ich habe gemeint, was ich gestern abend gesagt habe, George. Ich rate dir, daß du am Montag den Scheck hast, denn andernfalls werde ich dafür sorgen, daß du eine Menge Probleme kriegst.»

«Es ist ein Feiertagswochenende. Keine Chance.»

«Tja, dann eben am Dienstag. Wenn nicht, wirst du es vorbeibringen müssen.»

«Ich werd's mit der Post schicken.»

«Ja, mach das.»

«Hör zu, wir haben hier einen neuen Mann in der Zentrale. Er kennt dich nicht. Er nimmt jeden Anruf ins Berichtsbuch auf.»

«Und?»

«Les wird langsam nervös.»

«Zum Teufel mit Les. Wie auch immer, wenn du pünktlich zahlen würdest, brauchte ich auch nicht anzurufen. Ich habe erheblich bessere Sachen mit meiner Zeit zu tun, als am Telefon zu hängen und zu versuchen, dich irgendwo zu erwischen. Sorg einfach dafür, daß du endlich deinen Kram geregelt kriegst, George.»

21

Jack Benson schaute zu, wie der Kellner mit dem Servierwagen herumfuhrwerkte und begann, einen Tisch am Fenster für das Frühstück zu decken. Frühstück auf dem Zimmer, ein Schläfchen, ein ausgiebiges heißes Bad, ein spätes Mittagessen mit einer wirklich guten Flasche Wein. Und anschließend würde er sich top fit fühlen. Die Hitze und Trägheit des Frühsommers in Hongkong wurde bereits durch den dynamischen Schwung Nord-Europas verdrängt. Jedesmal, wenn er zurückkehrte, war er für eine Weile energiegeladen und frisch, aber schon bald begann er sich wieder nach Wärme und Sonne und Müßiggang zu sehnen.

«Haben Sie keinen Feiertag?» erkundigte sich Benson bei dem Kellner.

«Nein, Sir. Ich habe dafür am Donnerstag frei.» Er war jung und dunkelhäutig, und seinem Akzent nach hätte Benson darauf getippt, daß er ein griechischer Zypriot war. Das waren die besten

Kellner, dachte er. Griechische Zyprioten und Italiener. Die Briten taugten überhaupt nichts. Großbritannien war einfach keine Dienstleistungsnation.

«Ich hätte gern meine Jacke und Hose gereinigt. Und ich habe auch ein paar Sachen für die Wäscherei. Könnten Sie das erledigen?»

Der Kellner hatte den Frühstückstisch gedeckt. «Ich schicke ein Zimmermädchen, Sir.»

«Nicht Ihr Ressort, was?»

«Nein, Sir.»

«Okay, danke.» Er gab ihm ein Trinkgeld, und nachdem der Kellner die Tür geschlossen hatte, setzte Benson sich vor das Fenster. Es bot einen Blick auf Piccadilly und den Green Park. Der Morgen war klar, aber kalt. Auf dem Piccadilly war kaum Verkehr, und im Park konnte er nur einen alten Mann entdecken, der die Tauben fütterte.

Er hob die Deckel der Teller: knuspriger Frühstücksspeck, cremige Rühreier, zwei Würstchen. Toast. Seville Marmelade. Tee. Er hatte Darjeeling bestellt. Nun schenkte er sich eine Tasse ein. Der Tee war stark, genau wie er ihn mochte. Er begann zu essen. Es ging doch nichts, dachte er, über ein englisches Frühstück in einem guten englischen Hotel.

Diskretes Klopfen an der Tür. Benson zog den Morgenmantel zu und bat einzutreten. Eine pakistanische Frau mittleren Alters stand in der Tür.

«Sie haben Kleider für die Reinigung?» sagte sie.

Er gab ihr Jacke und Hose und die Hemden und die Unterwäsche.

«Nach dem Mittagessen brauche ich sie zurück», sagte er.

«In Ordnung.»

Sie nahm alles und ging. Benson kehrte zu seinem Frühstück zurück.

Griechisch zypriotische Kellner, pakistanische Zimmermädchen, der Mann am Empfang hatte sich wie ein Schweizer angehört, und die Japse hatten die Autoindustrie übernommen. Was würde noch von den Briten übrig sein, fragte er sich, wenn er das nächste Mal zurückkam? Er war sich noch nicht sicher. Aber es hatte auch keine Eile. Er besaß genügend Geld, um sich in aller Ruhe etwas zu überlegen. Mit Richard sprechen, wenn er zurückkam. Nein, das wäre keine so gute Idee. Nicht mit Richard. Nur mit Maria. Er lächelte in Vorfreude.

Nachdem er sein Frühstück beendet hatte, öffnete er die Tasche mit dem Geld und legte die Bündel auf sein Bett. Im Sonnenschein, der vom Park durch die Fenster hereinfiel, war es ein hübscher Anblick. Er begann die Noten zu zählen.

Und genau in diesem Augenblick klingelte das Telefon. Er verharrte, als wäre er in flagranti bei etwas Anstößigem erwischt worden. Er war schon darauf und dran, die Tagesdecke über das Geld zu werfen, als er dachte: Sei nicht so gottverdammt albern, kein Mensch kann durchs Telefon etwas sehen.

«Hallo?» sagte er.

Am anderen Ende der Leitung nichts.

«Hallo?»

Gereizt legte er den Hörer wieder auf und fuhr fort, das Geld zu zählen. Als er fertig war, schob er die Tasche unter das Bett.

«Johnnie! John-*eee*!» Mrs. Porteous stand an der Hintertür ihres Hauses und brüllte. Sie war eine kleine grauhaarige Frau über siebzig, die nur noch aus Haut und Knochen zu bestehen schien. Sie drehte sich zu Macrae und Silver um und sagte: «Entweder ist er in der Kneipe oder irgendwo da hinten.» Sie gestikulierte auf den Dschungel, aus dem der längliche, schmale hintere Teil des Gartens bestand. «Wenn er da hinten ist, dann versteht er mich ganz gut, tut nur so, als würde er nichts hören. Will seine Mutter nicht hören. Am besten gehen Sie selbst nachsehen.»

Sie waren in einem der Vororte am nördlichen Stadtrand von London. Eine Gegend, in die außer den Menschen, die dort lebten, nur sehr wenige Leute jemals kamen. Das Haus stand neben Eisenbahngleisen, und genau in diesem Augenblick donnerte ein Zug vorbei.

«Man gewöhnt sich dran», sagte Mrs. Porteous mit ihrer schrillen Stimme. «Als Johnnie noch ein kleiner Junge war, wußte er immer ganz genau, wohin jeder einzelne Zug fuhr. Glasgow, Edinburgh, Newcastle, Manchester. Mußte nur einen kurzen Blick auf ihn werfen, und schon wußte er Bescheid.»

Macrae und Silver gingen einen mit kaputten Plastikeimern und von Unkraut überwucherten Beeten gesäumten Weg entlang. Am Endes des Weges stand ein alter Taubenschlag. Ein muskulöser Hintern im Jogginganzug schaute aus einer der kleinen Türen heraus.

«Mr. Porteous?» sagte Macrae.

Eine heftige Bewegung, und dann wurden Kopf und Oberkörper zurückgezogen, und ein etwa fünfunddreißigjähriger Mann mit einem wettergegerbten Gesicht und sich lichtenden, rotblonden Haaren stand vor ihnen.

In seiner Hand hielt er eine himmelblaue Maus.

Sie zeigten ihm ihre Ausweise, und Silver fragte: «Was ist das denn?»

«Eine Maus. Eine blaue Maus.» Und dann voller Ironie: «Ist doch nicht verboten, oder?»

«Haben Sie sie gefärbt?» fragte Macrae. «Das ist Tierquälerei.»

John Porteous streichelte die Maus und sagte schnell: «Nein. Nein. So was würde ich nie tun. Sie machen Witze. Ich habe blaue...» Er drehte sich in den Verschlag um und nahm eine andere Maus aus dem Stroh. «Schokoladenfarbene. Schwarze. Das hier sind Ausstellungsmäuse.»

«Ausstellungsmäuse?» wiederholte Silver ungläubig.

«Sie glauben doch wohl nicht, die würde es in freier Natur so geben, oder? Oh, nein. Es dauert Jahre. Sehen Sie», er deutete auf die Krallen der schwarzen Maus. «Sehen Sie das? Ein natürliches Schwarz. Es gibt Züchter, die pinseln sie schwarz an, weil sie sie nicht richtig züchten können. Aber denen kommt man immer auf die Schliche.»

Silver sah die drei Mäuse fasziniert an. «Sie wollen damit sagen, es gibt Mäuse-Ausstellungen, genau wie es Hunde-Ausstellungen gibt?»

«Ja. Überall, im ganzen Land. Früher habe ich Frettchen gezüchtet, bis sich eins ins Bett meiner Mutter geschlichen hat. Danach Bantamhühner. Aber die jungen Hähne haben die Nachbarn nicht zum Schlafen kommen lassen.»

«Und wieso keine Hunde?» fragte Macrae.

«Hunde muß man spazierenführen», sagte Johnnie Porteous. «Und ich kriege tagsüber mehr als genug Bewegung. Ich bin Sportlehrer. Nein, Mäuse sind seßhafte kleine Dinger. Mit denen muß ich nicht durch die Gegend rennen.»

Er ließ die Mäuse zurück in ihre Käfige fallen.

«Was machen Sie mit den Mäusen, die es nicht schaffen?» wollte Silver wissen, wobei er auf eine starrte, die sich aus dem Stroh herausgebuddelt hatte – sie war schwarzbraun und hatte einen orangefarbenen Bauch.

«Die bringe ich runter in die Tierhandlung. Die kaufen sie mir als Schlangenfutter ab. Besonders für die Boas. Aber Sie sind sicher nicht gekommen, um mit mir über Mäuse zu plaudern, oder?»

«Terry Collins», sagte Macrae. «Er war einer Ihrer Schüler.»

«Was hat Terry denn jetzt schon wieder ausgefressen?»

«Er wird vermißt.»

«Steht die Schule noch?» Er lächelte sie an, zeigte dabei perfekte weiße, falsche Zähne.

«Er ist Sportler, nicht wahr?» sagte Silver. «Haben Sie vielleicht eine Idee, wo er sein könnte? Ich meine, kennen Sie irgendeinen Sportplatz oder Verein? Irgendwas in dieser Richtung?»

«Nicht daß ich wüßte. Wie auch immer, er ist schon seit Monaten nicht mehr gelaufen.»

«Nicht seit dem Tod seines Großvaters?» fragte Macrae.

Porteous sah ihn scharf an.

«Dann wissen Sie also von dem alten Mann?»

«Wir haben mit seiner Mutter gesprochen», sagte Silver. «Erzählen Sie uns von dem alten Mann. Wie seine Tochter sagt, war er auch Sportler.»

Porteous schüttelte langsam den Kopf. «Das war nur so eine Geschichte. Sagte, er wäre für Jamaika gelaufen. Aber ich habe das nachgeprüft. Er hat nie viel gemacht. Früher war er irgendwann mal im *British Railways Sports Club*, aber das ist schon

Jahre her. Aber er war tatsächlich stark interessiert. Stark daran interessiert, daß Terry Sport trieb. Ich glaube, er wird wohl gedacht haben, das würde den Jungen aus Schwierigkeiten fernhalten. Und eine Weile hat's ja auch tatsächlich geklappt.»

Silver sagte: «Ich kann sehr gut verstehen, daß der Tod seines Großvaters Terry ziemlich mitgenommen hat, aber wenn er gut zurechtkam, ich meine in der Schule, wenn er Preise gewonnen hat, dann sollte man doch eigentlich meinen...»

«Das ist wohl nicht Ihr Ernst.» Er nahm eine schokoladenbraune Maus in die Hand und streichelte sie. «Sehen Sie sich das mal an.» Er hob seine Handfläche. «Sehen Sie? Schwanz und Körper ungefähr die gleiche Länge. Und diese blütenblattförmigen Ohren und der breite Schäde. Wie ein Kunstwerk.»

«Er hat einen Pokal gewonnen», sagte Macrae ungeduldig. «Wir haben ein Foto davon gesehen. Er hat ihn hochgehalten. Und der alte Mann war bei ihm.»

«Ach, das meinen Sie. Den hat sein Großvater gekauft. Hat ihn mir gegeben, damit ich ihn Terry geben sollte. Ich sollte dem Jungen sagen, die Schule würde ihm den Pokal für seine ‹Bemühungen› überreichen. Ich nehme an, das sollte wahrscheinlich hartes Training bedeuten.»

«Sie meinen, er ist nie für die Schule gelaufen?»

«Wir haben keine Leichtathletikmannschaft. Wir machen überhaupt keinen Wettkampfsport. Kein Geld, um die Lehrer zu bezahlen. Nur Turnen. Und dafür bin ich zuständig.»

«War ihm das klar?»

«Was?»

«Daß er beschwindelt wurde.»

«Warum sollte es? Er war glücklich wie nur was, als ich ihm das Ding gegeben habe. Und der alte Mann auch. Wissen Sie, das war kein teurer Pokal, nur versilbert.»

«Was ist mit Freunden, anderen Hobbies?» sagte Silver.

«Keine Ahnung.»

«Irgendwas außer der Schule? Was hat er in seiner Freizeit gemacht?»

«Klassenzimmer angesteckt.» Er bemerkte Macraes Gesichtsausdruck. «Sorry. Das habe ich nicht wirklich so gemeint. Um Ihnen die Wahrheit zu sagen, ich weiß es nicht.»

«Sie wissen überhaupt nicht besonders viel, was?» sagte Macrae.

«Hören Sie, unsere Gewerkschaft sagt, wir tun nichts anderes als nur unterrichten. Kein Trainieren, keine Hobbies nach Dienstschluß. Okay? Wir tun genau das, wofür wir bezahlt werden. Wenn Ihnen das nicht gefällt, sprechen Sie mit denen drüber.»

22

Bevor Huntsman Collins, der erstaunliche Vierzehnjährige, der zweitbeste Athlet der Welt wurde, was heißen soll, bevor sein Großvater zu ihnen in die Douglas Garden Estate zog, schlief er oft und gern. An jedem Tag, den er nicht in der Schule war, schlief er bis Mittag und lag dann in einem halbwachen Trancezustand bis zwei oder drei Uhr nachmittags herum, bis das Kinderfernsehen begann.

Seiner Mutter, die normalerweise ihre neuen Freunde zu Besuch hatte, war es egal, was er tat, solange er es nur in seinem Zimmer machte. Manchmal empfing sie ihre Freunde im Wohnzimmer und ging dann mit ihnen ins Schlafzimmer. Das waren dann in der Regel alte neue Freunde. Die brachten oft eine Flasche Bacardi oder ein paar Joints mit, und Mrs. Delilah Collins veranstaltete dann eine kleine Party.

Mit den neuen neuen Freunden ging sie direkt ins Schlafzimmer.

Manchmal, wenn Terry das Haus verließ, traf er mehrere neue Freunde vor ihrer Wohnungstür. Manche von ihnen waren nicht viel älter als Terry und gehörten zu den Gangs, die durch die Douglas Garden Estate zogen.

Diese Gangs organisierten sich nach rassischen Gesichtspunkten. Die *Greens* und die *Nazis* waren weiß; die *Rastas* und die *Bikos* waren schwarz.

Als er zehn war, hatte Terry versucht, sich auch einer Gang anzuschließen, doch war von ersteren abgewiesen worden, weil er zu dunkelhäutig war, und von letzteren, weil er zu hellhäutig war. Danach blieb er solange wie möglich im Bett, denn es war gefährlich für einen Jungen ohne Gangzugehörigkeit, in der Siedlung herumzulaufen.

Jetzt war es später Vormittag, und Terry lag im Schlafzimmer des ersten Stockes des Kutscherhauses in Bayswater. Voll bekleidet in seinem Trainingsanzug und mit seinen Turnschuhen lag er unter einer Decke. Er befand sich in diesem tranceähnlichen Zustand, lag auf der Seite und starrte die Wand an.

Er wollte nicht aufstehen, weil das Handlung bedeuten würde, und Handlung würde Nachdenken bedeuten, und Terrys Kopf war leer.

Die wenigen Gedanken, die er hatte, kreisten ausschließlich um Gail. Er dachte daran, wie er neben ihr in dem halb abgerissenen Gebäude gesessen hatte, ihre kalte Hand hielt, mit aller Kraft wollte, daß sie wieder zu ihm zurückkam. Aber sie war nicht zurückgekommen. Genau wie Garner Maitland hatte sie ihn für immer verlassen.

Warum?

Sie hätten sich eine Wohnung oder ein kleines Haus nehmen können. Über was anderes redete Gail nie. Eine eigene Wohnung. Sie hatte ein Sofa haben wollen, auf dem sie sitzen und fernsehen und reden und Tee trinken konnte.

Sein Großvater hätte kommen und bei ihnen wohnen können. Nur sie drei, in einer kleinen Wohnuzng, irgendwo, wo's nett war, auf dem Land vielleicht.

Und jetzt war niemand mehr da – niemand außer Daley. Er war der beste Sportler der Welt. Wenn Terry ihn vielleicht finden könnte. Wenn er vielleicht mit ihm reden könnte. Warum sollten sie nicht Freunde werden können?

Er stieg aus dem Bett. Der Morgen war sonnig und kalt, die große Stadt ruhig, an diesem Karfreitag. Er schaute aus dem Schlafzimmerfenster und sah, daß die Mews menschenleer war. Der Mann mußte den Kombi repariert haben, denn er war nicht mehr da. Er konnte sich nicht erinnern, London schon mal so still erlebt zu haben.

Er ging nach unten und aß eine weitere Büchse Bohnen und eine mit Ananasstücken. Dann rauchte er eine weitere trockene Zigarette. Wie lange konnte er hier bleiben? Wie lange würde es dauern, bis die Besitzer kamen?

Er beschloß, den Fernseher nach oben zu tragen. Es war nur ein tragbares Gerät, daher schaffte er es problemlos. Doch von dem kleinen Treppenabsatz reichte das Kabel zu keiner Steckdose. Er stellte den Fernseher ins Schlafzimmer. Er wußte, daß von draußen niemand das bläulich-grüne Flackern des Bildschirmes sehen konnte, solange es hell war.

Auf einem Kanal war ein Gottesdienst, auf einem anderen sang ein Chor, auf dem dritten war irgendeine Natursendung, und auf dem vierten lief ein Bugs Bunny-Trickfilm. Er sah sich den Trickfilm an. Eine Hälfte seines Verstandes schaute fern, doch die andere stellte immer noch die eine Frage: *Was soll ich jetzt machen?*

Und als er keine Antwort fand, bekam diese eine Hälfte von ihm Angst. Mehr Angst als damals, als dieser Mann ihn suchen gekommen war.

Es war alles so schnell gegangen, daß er kaum Zeit gehabt hatte, wirklich richtig Angst zu bekommen.

«Streng deinen Grips an, Mon», hatte sein Großvater immer gesagt.

Okay, also streng ihn an.

Maria war in Hampstead. Geplant hatte sie ursprünglich, daß sie die noch bleibenden Stunden bis zu ihrer Verabredung mit Jack totschlug, indem sie in ein Kino ging, wo sie nicht würde denken müssen. Doch erst als sie London erreichte, erinnerte sie sich, daß wegen Karfreitag die Kinos erst am späten Nachmittag die erste Vorstellung zeigen würden.

Womit dieser Plan im Eimer war, wie Jack immer zu sagen pflegte, und sie hatte eine Menge Zeit zu füllen, und nichts, womit sie sie füllen konnte.

London hatte für sie immer Hampstead bedeutet. Es war immer

noch ein Dorf, das letzte noch verbliebene Dorf in der Megalopolis. Sie war dorthin gefahren und parkte in der Nähe der Heath. Es war ein sonniger Tag, und Familien waren mit ihren Kindern und ihren Freunden und ihren Hunden zu einem kurzen Spaziergang vor dem Mittagessen unterwegs.

Sie beneidete sie.

Maria schlenderte zu den Badeteichen hinunter, dann weiter Richtung Highgate und über den Spaniard's Way wieder zurück. Es war eine Lieblingsstrecke von Richard und ihr gewesen. Sie beschloß, irgendwo zu Mittag zu essen und dann zu sehen, ob vielleicht im West End eine Galerie oder Ausstellung geöffnet war.

Sie fuhr zur Heath Street und machte sich auf die Suche nach einem Restaurant. Die meisten waren geschlossen. Sie hatte mehr oder weniger beschlossen, nicht ins *Dahlman's* zu gehen, doch es schien als einziges geöffnet zu haben.

Es war ein kleines schweizerisches Restaurant, in dem sie und Richard oft gegessen hatten. Herr Dahlman veranstaltete ein Mordstheater um sie und versicherte ihr, wie sehr er sie schon vermißt hatte. Er war fett, älter und hatte ein pausbäckiges Baby-Gesicht. Sie bestellte Kalbskotelett, Rösti und grünen Salat. Sie wollte schon ein Glas Weißwein bestellen, überlegte es sich dann anders und bestellte eine halbe Karaffe.

Als sie mit dem Essen fertig war, ging sie zum Gun Place und schaute sich das Haus an, in dem sie und Richard gewohnt hatten. Dort waren sie glücklich gewesen. Vor der Christchurch, deren hoher Kirchturm in der Märzsonne glitzerte, blieb sie stehen. Hier hatten sie geheiratet.

Ohne großen Erfolg kämpfte sie gegen die Erinnerungen an. Die hartnäckigste Erinnerung war der Urlaub. Damals hatte sie erkannt, wie Jack wirklich war.

Sie hatten im August ein Haus in der Bretagne gemietet. Es war Jacks Idee gewesen. So wie er es beschrieben hatte, hatte es wie Arkadien geklungen.

«Wir werden Austern essen und Sancerre trinken und Golf spielen und Liebe machen. Na, wie klingt das?»

Es hatte wunderbar geklungen, nur daß sie kein Golf spielte.

Aber darum würde er sich schon kümmern, sagte er. Er würde Richard Dunlap fragen, einen alten Freund, der Golf spielte. Und Richard würde eine Freundin mitbringen.

Sie hatte gehofft, daß sie vielleicht allein gewesen wären, aber als er den Ausdruck in ihren Augen sah, meinte er: «Keine Angst, *Liebchen*, wir werden jede Menge Zeit für uns allein haben.»

Jack sollte die Villa organisieren. Er wartete ziemlich lange und mußte dann nehmen, was noch zu kriegen war. Es war nichts Besonderes. Sie lag zwischen St. Malo und Cancale in der Nähe des Pointe du Grouin. Das Haus lag hoch auf der Halbinsel und sollte angeblich einen phantastischen Ausblick auf das Meer bieten. Tatsächlich sahen sie wegen des Nebels und des Regens kaum etwas vom Meer, und der Wind riß sie beinahe von den Füßen, wenn sie aus der Tür traten.

Das Haus war zu klein, die Schlafzimmer lagen nebeneinander, und die Wände waren dünn. Doch selbst das wäre noch akzeptabel gewesen, wenn das Wetter nicht so schlecht gewesen wäre und die Frauen aus dem Haus gekonnt hätten.

Richard und Jack fuhren die meisten Tage nach Dinard und spielten Golf, trotz des Wetters, und Maria saß allein mit Birgit da.

Sie hatte noch nie jemanden kennengelernt, der sie mehr nervte. Birgit machte unmißverständlich klar, daß sie lieber nach Spanien gefahren wäre. Sie sagte, Schweden würden die Sonne lieben. Die Gegend hier würde sie an eine entlegene Halbinsel auf Helgoland erinnern, und vielen Dank, darauf konnte sie gut verzichten. Sie stand spät auf, lange nachdem die Männer aus dem Haus waren, machte sich ausgiebige Frühstücke, die sie anschließend nicht abräumte, und danach machte sie sich an die schwierige Aufgabe, ihre Zehennägel zu lackieren und ihre Haare zu waschen. Ihre Unterhaltungen beschränkten sich auf Kleider und Männer.

Aber sie war sehr hübsch, eine Honigblonde mit einer Haut wie Milch und hellblauen Augen. Sie hatten die Villa für drei Wochen gemietet, doch nach der ersten Woche langweilte sich Jack beim Golf und hatte die Nase gestrichen voll von dem Wetter und dem Haus und dem allgemeinen Mangel an Abwechslung. Er wollte spielen. Er wollte Nachtclubs und Bars. Birgit wollte Wasserski, heiße Sonne und Oben-ohne-Strände. Sie redeten davon, weiter nach Süden zu fahren. St. Tropez wurde erwähnt. Und auch Nizza und Biarritz.

Aber Richard war fest entschlossen. Sie hatten die Villa gemietet, und die Chancen standen sehr schlecht, zu dieser Jahreszeit noch irgend etwas anderes zu finden. Wieso nicht einfach das Beste draus machen?

Das war das erste Mal, daß Maria Richard wirklich richtig registrierte. Jack und Richard alberten viel herum. Bei diesem Geplänkel erwies sich Jack als die amüsantere und interessantere Persönlichkeit, und erst viel später erkannte Maria, daß er immer nur versuchte, Richard vor den Frauen herunterzuputzen.

Richard war groß und schlank und hatte ein schmales Gesicht, auf dem ein berunruhigtes Stirnrunzeln stand, wenn er ruhig und entspannt war. Doch wenn er sich amüsierte, wischte ein breites Lächeln die Besorgnis aus seinem Gesicht, und er legte einen ausgeprägten Sinn für Humor an den Tag. Die Besorgnis, fand Maria heraus, rührte daher, daß sein Vater damals schwer krank war und sich genau zu dieser Zeit in London untersuchen ließ.

Durch Taschenspielertricks brachte Jack es fertig, es so zu drehen, als wäre es Richards Idee gewesen, in die Bretagne zu fahren.

«Wir hätten nach Island fahren sollen, dann hätte er sich wirklich wie zu Hause gefühlt», sagte Jack.

Das Wetter machte sie alle gereizt, und das beiläufige Geplänkel wurde spitzer, und in Jacks Sarkasmus lag ein scharfer Unterton.

«Es sind doch nur ein paar hundert Mäuse», sagte Jack, als sie wieder einmal über die Idee diskutierten, das Haus einfach zu verlassen und weiter nach Süden zu fahren. «So eine große Rolle kann's doch wohl nicht spielen.»

«Es ist nicht das Geld», hatte Richard verärgert geantwortet.

«Was ist es dann?»

«Sieh mal, es ist August. Alles wird doch ausgebucht sein. Die Straßen werden verstopft sein. Ganz Frankreich ist jetzt im Urlaub. Wir werden die Hälfte der uns noch verbleibenden Zeit mit der Suche nach einer neuen Unterkunft verplempern. Und die andere Hälfte werden wir versuchen, nicht in den Menschenmassen zu ertrinken. An den Stränden wird es fürchterlich sein. Es wird so was wie eine Pauschalreise, ohne die damit verbundenen Garantien.»

«Aber wir werden Sonne haben», sagte Birgit. «Magst du etwa keine Sonne?»

«Du könntest ja immer einen Hut tragen», meinte Jack.

«Ich finde, wir sollten noch ein paar Tage abwarten», sagte Richard. «Das Wetter könnte vielleicht aufklaren.»

An diesem Abend beschlossen sie, zum Essen nach St. Malo zu fahren und anschließend ins Kasino nach Dinard. Gegen Mitternacht hatte Jack über dreihundert Pfund verloren, und als Richard vorschlug aufzubrechen, sagte Jack: «Um Himmels willen, sei doch kein Waschlappen!»

Sie blieben zwei weitere Stunden, während denen Jack weitere fünfzig Pfund verlor. Er ging in einer mürrischen Laune. Plötzlich auf dem Parkplatz sagte er zu Richard: «Komm, wir machen ein Wettrennen zurück. Birgit kann mit mir fahren.»

«Sei nicht albern», sagte Richard. «Wenn wir angehalten werden und pusten müssen, haben wir's hinter uns.»

Aber Birgit stieg bereits in Jacks Wagen. «Komm schon», sagte er. «Hör auf zu quasseln und gib Gas.» Mit kreischenden Reifen und einem Hagel kleiner Steinchen fuhr er los.

Es war neblig in dieser Nacht, und Richard fuhr übertrieben vorsichtig. Wütend und verwirrt drückte sich Maria auf dem Beifahrersitz an die Tür. Sie reagierte sich an Richard ab. «Kannst du nicht ein bißchen schneller fahren?»

«Nein, kann ich nicht.» Es war wie ein Schlag ins Gesicht.

Jacks Auto stand nicht vor dem Haus, als sie dorthin zurückkamen.

Maria war nicht sicher, wie sie reagieren sollte, alles war so schnell passiert.

«Möchtest du vielleicht einen Kaffee?» sagte Richard.

«Nein.»

Sie ging auf ihr Zimmer und ins Bett. Die Minuten verstrichen träge. An Schlaf war nicht zu denken. All ihre Sinne konzentrierten sich auf das Geräusch von Jacks Reifen auf der Zufahrt. Was, wenn sie einen Unfall gehabt hatten? Es war genau das, was Jack in dieser Stimmung und nach allem, was er getrunken hatte, passieren konnte.

Beim ersten Licht des neuen Tages stand sie auf. Die Wolken hatten sich verzogen, der Nebel war fort, das Meer ruhig und die Sonne begann zu einem perfekten Tag aufzugehen.

Richard entdeckte sie im Wohnzimmer. «Wir sollten uns nach ihnen auf die Suche machen», sagte er.

Und genau in diesem Moment hielt Jacks Wagen vor dem Haus, und Jack und Birgit stiegen aus. Sie lachten, und er legte einen Arm um ihre Schultern.

«Wo seid ihr gewesen?» sagte Richard. «Was zum Teufel ist passiert?»

Jack wirkte, genau wie Birgit, ziemlich angetrunken.

«Wir haben gehalten und uns den Sonnenaufgang angesehen», sagte Jack.

Birgit stieß ein leises, glucksendes Lachen aus und ging auf ihr Zimmer.

Beim Frühstück sagte Jack: «Was ist jetzt? Was ist mit dem Süden?»

«Wozu?» sagte Richard, deutete aus dem Fenster auf den leuchtend gelben Sonnenschein.

«Birgit möchte, und ich auch.»

Die Spannung war praktisch greifbar. Maria hatte unter vier Augen mit Jack sprechen wollen, doch er war ihr aus dem Weg gegangen, und jetzt kochte plötzlich alles über.

«Was ist hier verdammt noch mal eigentlich los?» platzte es aus ihr heraus. «Wir sind zum Urlaub hier! Aber bis jetzt gab's nichts anderes als Streitereien und miese Laune! Und jetzt auch noch du und Birgit...»

«Sag nichts, was du später bereuen wirst, *Liebchen.*»

Birgit schaute sie mit einem kleinen Lächeln auf den Lippen an, und plötzlich wußte Maria, daß es aus war.

Sie nahm alles zusammen, was sie an Würde aufbieten konnte, und ging zur Tür. «Ich gehe jetzt spazieren», sagte sie. «Du kannst von mir aus gehen, wohin du willst.»

Sie ging zum Pointe du Grouin hinaus. Die Müdigkeit war verschwunden, und sie war starr vor Wut. Als sie zurückkam, war nur noch Richard da.

In ihrer Verbitterung griff sie ihn an. «Das ist alles nur deine beschissene Schuld», sagte sie. «Wieso hast du eine wie die mitgebracht?»

Er nickte langsam und sagte dann: «Wie der Mann schon sagte, damals schien es eine gute Idee zu sein.»

Sie ging auf ihr Zimmer und begann zu packen. Richard stand in der Tür und schaute ihr zu. «Wenn du mich nach St. Malo fährst, nehme ich die Fähre», sagte sie.

«Hör mal, wir haben noch fast zwei Wochen von unserem Urlaub. Wollen wir uns das von denen kaputtmachen lassen?»

Sie drehte sich um und schlug nach ihm. «Was bildest du dir eigentlich ein? Daß ich aus seinem Bett direkt in deins springe?»

«Nein. Das habe ich keine Sekunde gedacht. Aber wir sind in Frankreich. Wir haben für das Haus bezahlt. Die Sonne scheint. Es gibt Restaurants und Ausflugsmöglichkeiten und Sachen, die man sich ansehen könnte. Könnten wir es nicht einfach auf dieser Basis machen?»

Sie sagte: «Ich weiß nicht, wie du auch nur...»

«Um Himmels willen!» sagte er barsch. «Du bist hier nicht der einzige, dessen Stolz ganz schön angeknackst ist. Ich bin auch gedemütigt worden. Ich schlage nichts anderes als eine Rettungsaktion für unseren Urlaub vor.»

Er ging zum Fenster und schaute aufs Meer hinaus. «Ich hätte sie nicht mitnehmen sollen. Er kann seine Finger einfach nicht bei sich halten. Konnte es noch nie. Das muß man bei Jack einfach akzeptieren. Es ist, als würde man mit einem Alkoholiker zusammenleben und hoffen, daß er den Sherry zum Kochen nicht findet. Entweder man akzeptiert es oder man hat absolut nichts mit ihm zu schaffen.»

Plötzlich fühlte sie sich völlig leer und ausgelaugt. Ihre Liebe zu Jack lag ihr wie ein dicker Kloß im Bauch. Was sollte sie machen? Zurückfahren und in ihrer kleinen Londoner Wohnung hocken und sich die Augen aus dem Leib heulen? Oder eine Maschine nach Berlin nehmen und in der Wohnung ihrer Eltern in Charlottenburg sitzen und sich dort die Augen ausweinen?

Als hätte er ihre Gedanken gelesen, sagte Richard: «Du wirst schon drüber wegkommen, und ich auch. Menschen schaffen es immer wieder. Hör zu, die Fähre geht jeden Tag. Du kannst jederzeit gehen, wenn du Lust hast. Wieso wartest du nicht bis morgen und siehst mal, wie du dich dann fühlst?»

Der Gedanke daran, die ganze Nacht über wach auf einer Fähre zu verbringen, war alles andere als verlockend. Im Augenblick wollte sie am liebsten nur allein sein. Sie kroch ins Bett und weinte sich in den Schlaf, wachte erst am späten Nachmittag wieder auf.

Als sie jetzt mit leerem Blick durch Hampstead schlenderte, erinnerte sie sich mit einer Intensität an diese zwei Wochen, die sie noch nie zuvor verspürt hatte.

Am besten konnte sie sich an Richards Liebenswürdigkeit erinnern, als sie sich allmählich von Jack löste. Was es zu etwas Besonderem machte, war die Tatsache, daß er selbst auch verwundet und verletzt war.

Den Rest ihres Urlaubs verbrachten sie damit, solche Dinge zu tun, die sie eigentlich schon die ganze Zeit hätten tun sollen: Sie machten Ausflüge und entdeckten kleine Restaurants und Bars abseits des normalen Trampelpfades der Touristen, fuhren nach Finisterre und standen vor dem alten Leuchtturm im Wind, machten Fotos, spazierten auf den Wällen von St. Malo, lagen in der Sonne oder saßen einfach nur und lasen.

Er hatte eine Rettungsaktion vorgeschlagen, und genau das war es. Wie Bruder und Schwester wohnten sie in dem Haus zusammen.

Sie trafen sich in London. Aber er machte eine schwere Zeit durch. Man rechnete nicht mehr mit einer Genesung seines Vaters, auch wenn niemand genau sagen konnte, wie lange es noch dauern würde. Jeden Tag verbrachte Richard Stunden an seinem Bett, und Maria hatte nichts als Bewunderung für seine Selbstlosigkeit.

Natürlich kreuzte Jack wieder bei ihr auf. Er stellte sich das ungefähr so vor, daß mit einem dicken Kuß wieder alles in Ordnung war, und zum ersten Mal sah Maria ihn nun, wie er wirklich war. Er war einer dieser Männer, die jede attraktive Frau anmachen mußten, die ihnen über den Weg lief, und wenn sie einen Korb bekamen, dann machten sie sich eben an die nächste ran, die vorbeikam.

Maria hatte lange gebraucht, um über Jack wegzukommen, und sie dachte gar nicht daran, sich jetzt zu einer Wiederholung überreden zu lassen. Als sie sagte, sie wäre nicht interessiert, konnte Jack den Grund zuerst nicht verstehen. Sie mußte erst erklären, daß man seine Geliebte nicht einfach so verließ und mit einer anderen Frau verschwand und dann noch erwartete, daß alles beim alten geblieben war.

«Siest du Richard oft?»

Es hatte keinen Zweck zu lügen. «Ja.»

«Richard ist ein anständiger Kerl, ein verdammt viel besserer Kerl als ich.»

Ein anständiger Kerl.

Ja, er war ein anständiger Kerl. Mit der Zeit hatte sie ihn lieben gelernt, auf eine andere Art, mit einer Tiefe der Gefühle, die sie für Jack nie empfunden hatte. Jack war ihr erster Geliebter gewesen, und sie wußte, daß der erste Mann immer etwas Besonderes sein würde. Aber Richard war mehr als ein Geliebter: Eine Zeitlang war er ihr Traummann gewesen.

Und sie hatten eine solch wunderbare Zeit zusammen! Sicher, die Arbeit war hart, aber das machte die Belohnungen nur um so süßer.

Und dann hatte sie noch den Zuckerguß auf den Kuchen haben wollen. Sie hatte ihn überredet, das Haus zu verkaufen, das er so liebte. Der Umzug aufs Land. Das absolute Glück.

Aber es passierte nicht.

Und es war allein *ihre* Schuld.

Der Gedanke war wie ein elektrischer Schlag. Bis jetzt hatte sie den Umständen die Schuld gegeben, hatte äußere Faktoren dafür verantwortlich gemacht, hatte Richard die Schuld gegeben. Aber es war allein *ihre* Schuld. Das wußte sie jetzt. Ihre Schuld, daß er ein Verhältnis hatte, ihre Schuld, daß er nicht mehr nach Hause kommen wollte, ihre Schuld, daß er das Osterwochenende mit einer anderen verbrachte.

Sie stand mitten auf dem Bürgersteig. Passanten warfen ihr eigenartige Blicke zu. Sie befand sich mitten in der Heath, konnte sich aber nicht erinnern, wie sie dorthin gekommen war.

23

Jack Benson lag in der Wanne, sein Kopf zwischen den Wasserhähnen, ein Glas Wein in der Hand. Zum späten Mittagessen hatte er filetierte Seezunge aus Dover gegessen – es gab nichts Vergleichbares in Hongkong –, und jetzt trank er den Rest einer Flasche Pouilly Fumé und dachte an Maria.

Er fragte sich, ob sie jemals bei einer richtigen Orgie mitgemacht hatte. Als sie zusammengewesen waren, war sie noch unschuldig gewesen, kaum mehr als ein kleines Schulmädchen. Sie sagte ihm immer, wie sehr sie ihn liebte, doch er vermutete, daß es nicht viel mehr als eine Schwärmerei gewesen war. Nun, heute war sie erwachsen.

Kurz dachte er an Richard. Er empfand keinerlei Schuldgefühle bei dem, was er tun würde. Jeder Mann, der seine Frau über Ostern allein ließ, verdiente genau das, was er bekam.

Er fragte sich, ob es zwischen Richard und Maria kriselte. Wenn dem so war, dann sah er schon eine Menge dieser angenehmen Treffen voraus.

Außerdem fragte er sich, was wohl geworden wäre, hätten sie nicht diesen katastrophalen Urlaub in Frankreich gemacht, bei dem er schließlich mit diesem schwedischen Mäuschen im Bett gelandet war. Als was für eine fürchterliche Nervensäge hatte sie sich herausgestellt.

Er hatte Maria Richard praktisch auf dem Tablett serviert. Was ausgesprochen dumm gewesen war. Damals war sie wie ein kleines Hündchen gewesen. Man mußte nur mit den Fingern schnippen, und schon kam sie angerannt. Es war nur zu dumm, daß sie alles so ernstgenommen hatte. Ach, *Liebchen*, du mußtest noch so viel lernen.

Es klopfte an seiner Tür. Benson erinnerte sich an das Zimmermädchen. Die Tür zum Bad war nur angelehnt, und er zog den Duschvorhang zu, damit er aus dem Zimmer nicht zu sehen war.

«Ja?» rief er.

Eine Männerstimme antwortete: «Ihre Kleider, Sir.»

«Okay, bringen Sie sie rein.» Er hörte, wie die Tür geöffnet wurde. «Hängen Sie sie bitte in den Schrank.» Und dann: «Ich dachte, das wäre Frauenarbeit.»

Aus der Wanne konnte er in den Spiegel über dem Waschbecken sehen. So sah er einen Teil seines Zimmers. Der Zimmerkellner ging dicht an der Badezimmertür vorbei. Über einem Arm trug er die Kleider. Die andere Hand hielt er hinter dem Rücken. An diesem Punkt fiel Licht aus dem Bad ins Schlafzimmer, und für den Bruchteil einer Sekunde sah Benson, was der Kellner in dieser anderen Hand hielt, etwas, das er nicht sehen sollte. Es war ein Stück zu einer Schlaufe geformter Messingdraht, an dessen beiden Enden sich kleine hölzerne Griffe befanden.

So etwas hatte er bereits zweimal in seinem Leben gesehen. Ein Bekannter von der Hongkonger Polizei hatte ihm einmal so ein Ding in ihrem «Black Museum» gezeigt und gesagt, es wäre eine Waffe, wie sie von den Triaden benutzt wurde. Bei der zweiten Gelegenheit war es sehr früher Morgen in Manila gewesen. Es hatte neben einer Leiche auf dem Bürgersteig gelegen. Man nannte es Todesschlaufe oder Morddraht. Das Opfer war innerhalb weniger Sekunden stranguliert.

Der Kellner warf die Kleider auf das Bett und drehte sich zur Badezimmertür um.

Bensons Verstand war immer noch gelähmt vor Schock, arbeitete aber mit dem Tempo eines Großrechners. Zum ersten Mal sah er jetzt das Gesicht des Mannes. Er hatte ihn noch nie zuvor gesehen, aber es war unverkennbar ein Chinese.

Zwei Gedanken prallten aufeinander. Der erste war, daß er noch nie einen chinesischen Kellner in einem britischen Hotel gesehen hatte, der zweite, daß er hier den langen Arm von Mr. Shao vor sich hatte.

Dem Chinesen war nicht bewußt, daß er in dem Spiegel zu sehen war, und er baute sich mit der Drahtschlinge in den Händen in der Tür auf. Zu dem Duschvorhang sagte er: «Ich habe sie fortgehängt.»

Benson hatte sich langsam in dem heißen Seifenwasser auf den Boden der Wanne gleiten lassen. «Setzen Sie es auf meine Rechnung», sagte er, hörte, wie seine Stimme versagte. «Ich unterschreibe später.»

Verzweifelt schaute er sich nach irgend etwas um, mit dem er sich verteidigen konnte, aber da war nur ein Stück Seife.

Im Spiegel sah er den Mann zu dem Ende der Wanne gehen, wo sich die Wasserhähne befanden. Der Chinese hatte seine Hand auf den Duschvorhang gelegt, um ihn zurückzuziehen, als Benson sich aufrichtete, die Vorhangschiene umklammerte und alles zusammen herunterriß.

Der Chinese war kein großer Mann, und Bensons Gewicht und der Vorhang, der ihn jetzt einhüllte, ließen ihn das Gleichgewicht verlieren. Er rutschte auf den nassen Bodenfliesen aus, und einen Augenblick später war er kopfüber in die Wanne gefallen.

Mit der aus panischer Angst erwachsenden Stärke stürzte sich Benson auf die sich windende Masse und drückte den Fremden ins Wasser. Es planschte und spritzte, doch Arme und Beine des Chinesen hatten sich in den Duschvorhang verheddert. Sein Kopf war bedeckt. Er konnte nichts sehen. Und jetzt sank er, mit Bensons Gewicht auf ihm, unter die Wasseroberfläche.

Er kämpfte und trat, doch Benson drückte ihn mit aller Kraft herunter.

Die Tritte und das Zucken ließen allmählich nach. Dann ein blubberndes Geräusch, als große Mengen Luft ins Wasser ausgestoßen wurde. Nach und nach erschlaffte der Mann.

Benson entspannte sich nicht. Er hatte im Kino gesehen, wie sich vermeintlich Tote plötzlich wieder aus dem Badewasser aufrichteten. Volle fünf Minuten blieb er auf dem Mann liegen, bis er sicher war, absolut sicher war, daß kein Leben mehr in ihm steckte.

Dann zog er sich langsam zurück und stand in der Mitte des Bades, zitterte wie ein Wackelpudding. Das Badezimmer sah chaotisch aus. Der Duschvorhang bedeckte den gesamten Körper des Mannes bis auf die Füße, die in die Luft gestreckt waren. Voller Angst wich Benson zurück, doch irgend etwas brachte ihn dazu, stehenzubleiben und sich zusammenzureißen. Er schob die Füße ins Wasser. Jetzt verbarg der Vorhang die Leiche völlig.

Er lief ins angrenzende Zimmer, schloß die Tür ab und legte die Sicherheitskette vor. Dann blieb er, immer noch nackt und tropfend, mitten im Zimmer stehen und versuchte nachzudenken.

Er hatte auch nicht den geringsten Zweifel, daß Mr. Shao ihm diesen Empfang bereitet hatte. Wenn er etwas länger bei seinem Mittagessen sitzengeblieben wäre, wenn er nicht im Bad gewesen wäre… wenn…

Er hatte eine Flasche zollfreien Whisky und genehmigte sich nun einen kräftigen Schluck. Dann steckte er sich eine Zigarette an und inhalierte gierig. Er mußte nachdenken! Aber der Computer raste wie verrückt. Er versuchte, ihn wieder unter Kontrolle zu bekommen.

Als erstes mußte er so schnell wie möglich aus diesem Hotel verschwinden. Aber wohin? Fuhr die U-Bahn feiertags? Er konnte sich einen Wagen mieten. Aber wenn Mr. Shaos Freunde ihm bereits bis ins *Ambassador* gefolgt waren, warum sollten sie dann nicht auch ihre Leute in den Mietwagenfirmen haben? Das war die erste Stelle, an der sie suchen würden.

Maria.

Sie hatte ein Auto. Sie konnte ihn abholen und ihn zum Flugplatz oder zu einem der Kanalhäfen fahren, und am Abend konnte er das Land schon verlassen haben.

Er wählte ihre Nummer. Er ließ das Telefon klingeln und klingeln, aber niemand meldete sich. Sie mußte das Haus schon verlassen haben. Er rief das Haus in Bayswater an. Wieder klingelte das Telefon endlos. Sie mußte unterwegs sein, dachte er.

Also blieb ihm nur eine Möglichkeit, er mußte zu dem Haus in Bayswater, dort auf sie warten und sofort wieder verschwinden, sobald sie eintraf.

Aber wie zum Teufel sollte er ihr klarmachen, was passiert war? Wie würde sie reagieren? *Tut mir leid, ich kann heute abend nicht mit dir essen gehen, ich habe gerade einen Mann umgebracht. Ach, und apropos, ich will das Land JETZT SOFORT verlassen!*

Himmel! Was für eine gottverdammte Scheiße!

Seit diesem Golfspiel mit Mr. Shao war er auf der Flucht. Er dachte an ihn, cool und gelassen in seiner braunen Tropenausrüstung, cool und gelassen in seinem vollklimatisierten Haus, cool und gelassen in seinem verdammten Pool. Cool und locker griff er nach seinem Telefon und gab ein paar Befehle, dann setzte er sich wieder hin und zählte sein beschissenes Geld, bis einer der Boys reinkam und sagte: «Es ist erledigt», oder die entsprechenden chinesischen Worte.

Und während Mr. Cool sein Geld zählte, rannte er, Benson, quer durch ganz Südostasien um sein Leben.

Es war ihnen völlig egal gewesen! Genau das war der verdammte springende Punkt. Er hatte gedacht, er wäre so schrecklich clever gewesen, seine Spuren zu verwischen, und sie hatten sich nicht mal die Mühe gemacht, ihm zu folgen. Sie hatten einfach nur einen entsprechenden Empfang auf der anderen Seite der Welt vorbereitet.

Mr. Shao hatte sich wahrscheinlich gedacht, daß es entweder New York oder London sein würde. In beiden Städten gab es große chinesische Gemeinden, was bedeutete, daß es ebenfalls Triaden gab, die, gegen ein entsprechendes Honorar oder einfach nur der guten alten Zeiten wegen, jeden auslöschen würden, mit dem Mr. Shao die Geduld verloren hatte. Er mußte nichts anderes tun als lediglich den Hörer abnehmen. Selbst jetzt, stellte Benson sich vor, würde jemand in New York alarmiert sein und warten. Und in Paris und Amsterdam und Rom mochten andere warten – und was wußte er denn, vielleicht sogar in Timbuktu. Mr. Shaos Mühlen mahlten äußerst fein.

Also, wer zum Teufel war Mr. Shao überhaupt? Er war doch nichts anderes als nur ein beschissener Chinese. Er, Benson, besaß auch Verstand.

Zuerst mußte er aus diesem Hotel verschwinden. Er zog schnell seine frisch gebügelten Kleider an.

Niemand durfte etwas ahnen.

Was war mit der Leiche?

Was zum Teufel konnte er tun?

Was, wenn das richtige Zimmermädchen kam, um das Bett aufzuschlagen? Wurden in guten Hotels immer noch die Betten aufgeschlagen? In Hongkong tat man es. Aber hier?

Und wo sollte er den ertrunkenen Mann verstecken? Er sah zum Bett hinüber, doch darunter war kein Platz. Er öffnete den Schrank. Aber der Mann war klatschnaß, und das Wasser würde durch die Tür auf den Boden laufen. Er konnte jetzt schon den gellenden Schrei in seinen Ohren klingeln hören.

Er öffnte die Tür zum Bad. Er konnte ihn in der Wanne liegen lassen, allerdings nur, wenn er den Duschvorhang wieder richtig anbrachte.

Er untersuchte die Schiene. Mehrere Dübel waren mitsamt den Schrauben aus der Decke gerissen. Er zog den Vorhang von der Leiche und versuchte gleichzeitig, dem Mann nicht ins Gesicht zu schauen. Er drückte die Dübel zurück in die Löcher. Die Schiene hielt.

Die Leiche lag auf dem Rücken, die Augen weit aufgerissen, starrte an die Decke. Sorgfältig zog Benson den Duschvorhang um die Wanne und trat einen Schritt zurück. Es war ein schweres Plastikmaterial mit Stadtansichten von London. Von der Leiche dahinter nichts mehr zu sehen.

Er beeilte sich.

Das Geld? Er wollte nicht, daß man ihn mit einer Reisetasche aus dem Hotel gehen sah. Er fand nichts Besseres als die Plastiktüte aus dem Duty-free-Shop in Karatschi. Er stopfte das Geld hinein. Oben drauf legte er ein paar Scheiben von dem Baguette, das er mit dem Mittagessen bekommen hatte.

Er würde zu dem Haus fahren, dort auf Maria warten, und

wenn sie Theater machte, würde er einfach ihren beschissenen Wagen nehmen, und zum Teufel mit ihr. Er fragte sich, wie er das Land verlassen sollte. Mit dem Flugzeug oder dem Schiff? Leichter aufzuspüren würde er sein, wenn er ein Flugzeug nahm. Kein Mensch machte sich die Mühe, den Namen eines Passagieres zu notieren, der ohne Auto eine Kanalfähre bestieg.

Er schaute sich noch einmal im Zimmer um. Es sah aus, als wäre sein Bewohner nur kurz hinausgegangen und würde bald zurückkehren. Er schloß die Tür zum Bad. Dann trat er auf den Korridor hinaus, stellte das Tablett mit seinem Mittagessen auf den Boden vor die Tür und hing ein BITTE NICHT STÖREN-Schild an die Klinke. Mehr konnte er nicht tun. Er kaufte sich ein bißchen Zeit. Morgen schon könnte er in einem von fünf oder sechs europäischen Ländern sein.

Aber in welchem?

Er fuhr mit dem Fahrstuhl ins Foyer. Ein uniformierter Polizist redete mit dem Mann hinter der Rezeption, der mitgenommen und aufgelöst wirkte. Vor dem Eingang stand ein Krankenwagen, und der Fahrer und sein Helfer rollten eine Bahre herein.

Benson trat an den Schreibtisch des Portiers. «Was ist passiert?» fragte er.

«Ein Unfall. Eines der Zimmermädchen.»

«Oh.» Benson spürte, wie ein eiskalter Schauer ihn durchzuckte. «Schlimm?»

Der Portier sah Benson mit der üblichen leichten Verachtung seines Berufsstandes an und sagte: «Das kann ich Ihnen nicht sagen, Sir.»

Benson deutete auf das Brot, das oben auf seiner Plastiktüte zu sehen war. «Ich möchte in den Park und Tauben füttern. Welches ist der kürzeste Weg?»

Der Portier sagte: «Wenn Sie am Speisesaal vorbeigehen, werden Sie dort einen Ausgang finden, Sir.»

«Vielen Dank.»

Benson ging mit seiner Duty-free-Tüte in der Hand vorbei am Speisesaal den Korridor hinunter und trat hinaus in den Green

Park. Er schaute sich nicht um, sondern schlenderte lässig Richtung Hyde Park Corner, warf dabei immer wieder kleine Brotkrumen den Tauben zu, die sich um ihn drängten.

24

Nummer dreiundvierzig Lighter Lane war ein kleines Cottage in einer kleinen Straße, die bei Twickenham zur Themse hinunterführte. Sheila Gant, die fünfundzwanzig oder fünfundvierzig oder irgend etwas dazwischen hätte sein können, führte Macrae und Silver in ihr kleines Wohnzimmer, nachdem sie ihre Dienstausweise gezeigt hatten.

Und sie war klein, ein Hauch unter einsfünfzig, wie Silver gesagt hätte, und trug ein knöchellanges *Laura Ashley*-Kleid mit aufgebauschten Schultern und einem Band um die Taille, wodurch sie viktorianisch wirkte. Ihre Haare waren zu einem Knoten aufgesteckt.

Auch das Zimmer war viktorianisch und so mit Nippes vollgestopft, daß beide Männer vollkommen still standen vor Angst, jede plötzliche Bewegung könnte die kleinen Wohnzimmertische umwerfen.

«Ich weiß, warum Sie gekommen sind», sagte Miss Gant, wobei sie ihre Worte übertrieben sorgfältig wählte. «Aber ich kann Ihnen versisch… versichern, daß es nicht meine Schuld gewesen ist. Dessen kann ich Sie versichern.»

Es war offensichtlich, daß Miss Gant ziemlich betrunken war.

«Was ist nicht Ihre Schuld gewesen?»

«Der Unfall. Ist es nicht das, weswegen Sie gekommen sind? Es war wirklich nur ein ganz kleiner Kra… eine kleine Schramme… ein bißchen Farbe. Das versichere ich Ihnen.»

«Nein, wir sind nicht wegen eines Unfalls hier», sagte Macrae. «Es geht um Henry Foster.»

«Oh, mein Gott. Bitte. Ich kann mit Ihnen nicht über Henry reden. Verstehen Sie nicht? Er ist tot!»

«Deshalb sind wir hier», sagte Silver.

«Aber ich…»

Sie schwankte leicht, und Macrae sagte: «Ich denke, Sie sollten sich wohl besser setzen.»

«Ich versichere Ihnen, ich bin sehr wohl in der Lage…» Unvermittelt setzte sie sich. Und begann sofort wieder aufzustehen. «Kann ich Ihnen etwas zu trinken anbieten? Einen kleinen Madeira? Oder einen Sherry vielleicht?»

«Es ist noch ein bißchen früh», sagte Silver.

«Früh?» meinte Miss Gant verständnislos. «Ein Glas Wein? Männer mögen Whisky Soda.» Sie ging zu einem kleinen Tisch, auf dem eine Flasche Gin stand, der einzige Alkohol, den Silver sehen konnte. Sie schenkte einen kräftigen Schuß in ein Weinglas und trank, als wäre es Chardonnay.

«Sie kannten Mr. Foster gut?» sagte Macrae.

«Natürlich. Ich habe mit ihm gearbeitet. Einen kleinen Port?»

«Sie haben für ihn recherchiert?»

«Genau. Genaue Berufsbezeichnung: Assistenz-Rechercheur. Titel der Sendung: *Focus.*» Sie setzte sich, erhob sich wieder zitternd. «Dann vielleicht einen Keks? Und Tee? Oder Kaffee?»

«Nichts, nein, vielen Dank», lehnte Silver ab.

Plötzlich sagte sie: «*Hassen* Sie nicht auch den Karfreitag? Ich schon. Ich hasse auch Weihnachten. Ich hasse es, daß die Geschäfte geschlossen sind. Ich hasse es, daß keine Bahn fährt. Ich hasse es, daß alle Büros geschlossen sind. Ich mag Menschen, Bewegung. Ich meine, wenn man nicht religiös ist, dann ist Karfreitag einfach nur eine öde Wüste. Vierundzwanzig Stunden die absolute Hölle.»

«Erzählen Sie uns von Henry Foster», sagte Macrae.

«Was gibt es da schon groß zu erzählen?»

«Wir wissen, daß Sie häufig in seiner Gesellschaft waren, und zwar nicht nur aus arbeitsbedingten Gründen. Hatten Sie ein Verhältnis mit ihm?»

«Himmel!» sagte sie. «Das ist mal feinfühlig ausgedrückt! Ein

Verhältnis?» Tränen begannen über ihr Gesicht zu rollen. «Wie können Sie mich so etwas fragen?»

«Wir müssen sichergehen», sagte Silver. «Wir ermitteln in einem Mordfall.»

Sie zog ein Taschentuch aus ihrem Ärmel und tupfte die Augen ab. «Natürlich. Das ist mir klar. Ein Verhältnis?» Plötzlich begann sie zu lachen. Es war ein solcher Gefühlswechsel, daß Silver sie erstaunt anstarrte. «Sie glauben, Henry hätte mit jemandem wie mir ein Verhältnis?» Sie hob ihren linken Arm. «Das hier hätte ich für Henry gegeben.» Sie wuchtete sich hoch. «Henry war einfach großartig.» Sie schenkte sich einen weiteren Gin ein. «Ich habe ihn einmal nackt gesehen, wissen Sie. In seiner Wohnung. Er hat es nicht gemerkt. Ich war im Wohnzimmer, und er ging aus dem Bad ins Schlafzimmer. Nackte schwarze Männer sind der mit Abstand schönste Anblick auf der Welt. Ihre Körper strahlen eine Einheit aus, die Weiße einfach nicht besitzen. Und er war gut bestückt. Er hatte einen Schwanz wie ein Esel.»

«Dann hatten Sie also kein Verhältnis mit ihm?» wiederholte Macrae ruhig.

«Ich hätte eins gehabt, wenn er gewollt hätte. Aber er ist diesem Miststück nie untreu gewesen...» Sie bremste sich. «Seiner Frau.» Dann leidenschaftlich: «Ich wäre für ihn über Glasscherben gegangen.»

«Was für eine Beziehung hatten Sie dann?» fragte Macrae.

«Ich habe ihn unterrichtet.»

«Sie haben was?»

«Sehen Sie sich doch um. Ich bin eine Elster.»

Die Wände waren mit Miniaturen und gerahmten Stickbildern übersät. Tische ächzten unter Schnupftabakdosen und Briefbeschwerern und Brieföffnern aus Elfenbein. In zwei Vitrinenschränken sah Silver Tassen und Teller und Kännchen.

«Sie sammeln?» meinte Silver, und ihn überkam ein Schauder, der seine Haare zu Berge stehen ließ. «Porzellan?»

Sie nickte. «Englisches Porzellan. Spode, Chelsea, frühes Steingut. Etwas Doultan. Worcester. Er hatte auch zu sammeln begonnen. Nur ein paar Stücke, dafür aber ziemlich gute.»

Silver erinnerte sich an den Mülleimer in dem Hof unter Fosters Wohnung. Die zerbrochenen Teile in der Mülltüte.

«Was war seine Sammlung wert?» fragte Silver.

«Schwer zu sagen. Acht oder neuntausend Pfund vielleicht.» Es klopfte an der Tür. Es war Eddie Twyford. Jemand verlangte Silver am Autotelefon – das zu bekommen Macrae Wilson ziemlich unter Druck hatte setzen müssen.

Es war Laker, der diensthabende Beamte im Revier. Er sagte, derselbe Mann hätte schon dreimal für Silver angerufen. Die ersten beiden Male hätte er einfach nur nach dem «jüdischen Detective» gefragt. Auf die Antwort, daß Silver nicht im Hause sei, hatte er einfach wieder aufgelegt. Beim dritten Mal, jetzt, hatte er gesagt, er hätte eine Information über eine «junge Person mit einer grünen Wollmütze», würde sie aber nur dem jüdischen Detective geben.

«Ist er noch dran?»

«Ja.»

«Können Sie ihn mir auf dieses Telefon durchstellen?»

«Bleiben Sie dran.»

Nach ein paar Augenblicken sagte eine Stimme: «Sind Sie das, Silver?»

«Ja.»

«Sie wissen, wer am Apparat ist?»

Der schottische Akzent war unverkennbar, und vor Silvers geistigem Auge tauchte das Bild des jungen Streuners auf, dem Blut aus der Nase lief, während Macrae mit geballter Faust über ihm stand.

«Rattray, stimmt's?»

«Ja.»

Im Hintergrund konnte Silver Verkehrslärm hören, daher nahm er an, daß der Junge in einer Telefonzelle stand.

«Laker hat gesagt, du wolltest mich sprechen.»

«Ja.»

«Er hat gesagt, du hättest Informationen über einen Jugendlichen, den wir suchen.»

«Kommt drauf an.»

«Auf was?»

«Auf Geld. Sie bezahlen doch für Informationen.»

«Manchmal.»

«Kommen Sie mir nicht mit so einem Scheiß. Sie haben einen extra Topf für so was.» Er hörte sich unglücklich an.

«Kommt ganz auf die Qualität an.»

«Das hier ist Spitzenqualität, Mann. Das Beste.»

«Schieß los, und ich sage dir anschließend, ob's Spitzenqualität ist. Jeder bildet sich ein, er hätte immer nur Spitzen-Informationen.»

«Ich denke ja gar nicht dran, hier noch lange weiterzuquatschen, während ihr den verdammten Anruf zurückverfolgt, Silver. Ich laß mich nicht mehr einlochen und mir von diesem beschissenen Schotten die Birne einhauen. Sie müssen mir schon glauben. Absolute Spitzen-Info. Ich weiß, wo er ist, weil ich ihm nachgegangen bin.»

«Hör zu, du sagst es mir jetzt, und dann werde ich...»

«Vergiß es. Ich werde jetzt wieder aufle-»

«Okay, dann leg auf!»

«Was?»

Silver fragte sich, ob die Ratte einen Fix brauchte. «Ich hab' ein bißchen Bares dabei. Nicht viel. Ich könnte dir einen Zehner geben.»

Am anderen Ende der Leitung Schweigen.

«Kannst du nach Fulham kommen?» fragte Silver. «Dort könnten wir uns treffen.»

«Wenn Sie das Taxi übernehmen.»

«Okay. Ich werde das Taxi übernehmen.» Er nannte der Ratte die Adresse von Henry Fosters Wohnung. «Du wartest draußen auf mich. Ich weiß nicht, wie lange ich brauchen werde, aber sehr lange wird's nicht dauern. Okay?»

«Warum ausgerechnet da?»

«Weil ich dort was abholen muß. Es ist die Wohnung von diesem Toten.»

«Die Wohnung von dem Schwarzen? He, das ist ja geil!»

Als Silver das Gespräch beendete, kam Macrae aus dem Haus.

«Mein Gott, was für eine blöde Kuh», sagte er.

«Hören Sie, Guv'nor...»

«Wenn ich wetten würde, dann würde ich sagen, die hat nicht mehr alle Tassen im Schrank. Genau die Sorte von Verrückten, die ein Messer in jemanden bohren, der ihnen nicht das gibt, was sie haben wollen. Aber, und es ist ein verdammt dickes Aber, wie hat sie ihn auf diesen Mauervorsprung raufbekommen, nachdem sie ihn kaltgemacht hat?»

«Mit einem Gabelstapler vielleicht?» schlug Eddi vor.

Macrae beachtete ihn nicht. «Nein, sie hat unseren verfluchten Henry Foster nicht umgebracht. Aber ich persönlich würde mich in ihrer Nähe nicht sicher fühlen. Tja, was gab's denn bei dir, mein Junge?»

«Es war dieser kleine Scotch, Rattray. Der, den wir zum Verhör im Revier hatten.»

«Du hattest ein gutes Examen, stimmt's?»

«Eine zwei-eins.»

«Das ist ziemlich gut, oder? Nun, laß dir von mir jetzt mal was gesagt sein, das die dir nie beigebracht haben. Es gibt Scotch Whisky und Scotch Salmon und Scotch Broth. Aber für die meisten anderen Sachen heißt es Scots oder Scottish. Okay? So, und was zum Teufel hat er gewollt?»

Silver setzte ihn schnell ins Bild.

«Wieso ausgerechnet bei Fosters Wohnung? Wieso kommt der Kerl nicht einfach aufs Revier?»

Silver verzichtete darauf hinzuweisen, daß Rattray sich höchstwahrscheinlich nicht in eine Situation bringen würde, in der er eine weitere Abreibung bekommen könnte. Statt dessen erzählte er Macrae von dem zerbrochenen Porzellan.

«Wieso ist das nicht schon früher eingesammelt worden?»

«Der Mülleimer stand nicht bei den anderen. War leicht zu übersehen. Vielleicht finden wir Fingerabdrücke auf den Scherben. Ich meine, wir gehen davon aus, daß dieser Junge ihn ermordet hat und…»

«Wir *gehen* von absolut gar nichts aus.»

«Okay, tut mir leid.»

«Und sag nicht dauernd, daß es dir leid tut, mein Junge! Nur Mädchen sagen, daß es ihnen leid tut.»

Liber Daley Thompson, schrieb Terry (oder genauer gesagt, er schrieb es in Druckbuchstaben, denn die normale geschwungene Handschrift hatte er nie hingekriegt), *ich schreibe ihnen weil ich nämlich ein großer Atleet werdn will.*

Er lag auf dem Bauch auf dem Bett. Er hatte ziemlich lange gebraucht, sich diesen ersten Satz zu überlegen. Papier und Bleistift hatte er in dem Zimmer unten gefunden, als er sein neues Territorium auskundschaftete. Der Schreibtisch und der Aktenschrank und die Schublade des Couchtisch waren bislang unbekannte Größen gewesen. Jetzt wußte er, daß er weder den Aktenschrank noch den Schreibtisch öffnen konnte. Aber in der Schublade des Couchtisches hatte er ein Dutzend weißer Briefbögen und einen Drehbleistift gefunden. Er hatte noch nie einen Drehbleistift in der Hand gehabt. Und in diesem Augenblick hatte er beschlossen, Daley Thompson einen Brief zu schreiben. Natürlich war er ihm noch nie persönlich begegnet, aber er hatte ihn schon so oft im Fernsehen gesehen und so häufig mit seinem Großvater über ihn gesprochen und praktisch jeden Tag an ihn gedacht, daß er meinte, zwischen ihnen gäbe es so was wie ein Band.

Irgendwo hatte er mal aufgeschnappt, daß Daley Thompson jungen Leuten half, in der Leichtathletik weiterzukommen, Leichtathletikstars zu werden, und daß er in die Schulen ging und junge Sportler ermutigte.

Das war es, was Terry sich am meisten wünschte. Er wollte auf eine Schule gehen, wo es richtigen Sportunterricht gab, wo sie einem nicht nur für den guten Willen schon einen Pokal überreichten. Er wollte für seine Schule laufen, und dann für sein Land und schließlich vielleicht sogar in der Jugend-Nationalmannschaft starten. Und dann wollte er eines Tages bei der richtig großen Sache laufen und springen und hürdenlaufen und werfen. Bei der Olympiade. Huntsman Collins. Die Nummer eins.

Er las den Satz noch einmal und strich das Wort *großer* durch. Es sah zu dick aufgetragen aus. Doch dann überlegte er, daß Daley Thompson vielleicht nicht an Leuten interessiert war, die nur ganz durchschnittliche Sportler werden wollten, also schrieb er *Star* über das durchgestrichene Wort.

Dann entstand in seinem Kopf auch schon der nächste Satz. Dieser sollte Daley von der Ernsthaftigkeit seiner Absichten überzeugen. Er schrieb mühsam. *Ich neme keine Drogen oder so. Ich bin kein Ben Johnson.*

Er las die beiden Sätze noch einmal und war zufrieden mit ihnen. Jetzt kam das Problem, was er als nächstes sagen sollte. Er überlegte sich, daß er Daley erzählen sollte, wie sein Großvater zusammen mit Arthur Wint und Herb McKenley mal für Jamaika gestartet war, und dann hörte er, während er sich die Worte in seinem Kopf zurechtlegte, wie ein Schlüssel in der Haustür gedreht wurde.

Einen Augenblick lang war er erstarrt, dann schleuderte er Papier und Bleistift zur Seite, zog die Tagesdecke glatt und noch bevor, wer auch immer es war, die Tür wieder geschlossen hatte, stand Terry auf dem Treppenabsatz im oberen Stock.

Als er den Fernseher heraufgebracht hatte, hatte er die Leiter auf den Dachboden zurückschieben müssen, und dabei hatte sich auch die Falltür geschlossen. Im Augenblick war sein Geheimversteck unerreichbar.

Da waren nur die beiden Zimmer im ersten Stock. Das Schlafzimmer und das Badezimmer. Im Bad gab es einen Wäschetrockenschrank, in dem sich der Boiler befand. Dort war gerade genug Platz, um sich hineinzuquetschen, wenn er die Tür nicht ganz zuzog.

Im Erdgeschoß verriegelte Jack Benson die Haustür und blieb einen Moment dahinter stehen. Dann atmete er tief und erleichtert aus.

Er war in Sicherheit.

Wenigstens für eine Weile.

Er schaute sich in dem Wohn-Arbeitszimmer um. Es sah noch ziemlich genau wie bei seinem letzten Besuch aus. Es roch nach Staub und kaltem Zigarettenrauch, und offensichtlich hatte Richard keine Putzfrau mehr, da Zigarettenkippen im Aschenbecher lagen. Mit zitternden Fingern steckte Jack sich eine seiner eigenen Zigaretten an.

Er hatte sich gezwungen, langsam durch den Green Park zu

schlendern, wobei er jeden Augenblick damit rechnete, daß jemand, nein, nicht jemand, sondern ein Chinese, hinter dem Stamm einer Platane vortrat und... Nun, besser, wenn er nicht länger darüber nachdachte.

Dann hatte er in der Nähe Hyde Park Corner die Piccadilly überquert und war die Park Lane hinaufgeschlendert. London war ruhig, aber was an Autos unterwegs war, fuhr diese Verkehrsader hinauf und hinunter, und auch die wenigen Fußgänger, die draußen waren, schienen die Park Lane zu bevorzugen.

Also war er Richtung Oxford Street gegangen, suchte dabei die Nähe anderer Fußgänger und paßte sich deren Tempo an, versuchte immer jemanden zwischen sich und... und was zu halten? Einer Kugel wahrscheinlich. Etwas anderes würden sie auf einer Londoner Straße nicht versuchen.

Er merkte, daß er trotz der Kälte schwitzte und wütend war. Was war nur aus der Welt geworden, wenn man schon in seinem eigenen Zimmer in einem der besten Hotels um ein Haar ermordet werden konnte und auf jeder der Hauptdurchgangsstraßen in ernster Gefahr schwebte?

Er erreichte Marble Arch, wechselte auf die nördliche Seite der Bayswater Road und hatte kurz darauf die Broadhurst Mews erreicht. Weit und breit keine Menschenseele in Sicht. Selbst die Geräusche Londons schienen hier gedämpft.

Jetzt nahm er den letzten Zug von seiner Zigarette, während er durch die Lamellen der Jalousie nach draußen schaute, auf Maria wartete. Erschreckt bemerkte er dann, daß er so sehr mit seiner eigenen Sicherheit beschäftigt gewesen war, daß er das Geld ganz vergessen hatte. Er brauchte vorübergehend ein sicheres Versteck. Er schaute sich um, zog an den Schubladen des Aktenschrankes, die jedoch abgeschlossen waren. Auch der Schreibtisch war verschlossen. Er ging in die kleine Küche und verstaute das Geld im Lebensmittelschrank.

Dann setzte er sich in das vordere Zimmer und starrte die Wand an. Und genau in diesem Moment packte ihn wirklich die nackte Angst.

25

«Ich sage kein einziges beschissenes Wort», sagte die Ratte zu Silver. «Nicht solange der hier ist. Das war nicht abgemacht.»

«Was spielt das schon für eine Rolle? Du kriegst das Geld so oder so.»

«Nicht der. Dieser Bastard! Ich habe gesagt, nur *Sie*! Ich habe gesagt, ich würde auf keinen Fall…»

«In Ordnung. Warte.»

Sie stritten im bitterkalten Wind in der Tür zu Fosters Apartmentblock. Macrae stand neben dem Wagen. Silver ging zu ihm und sagte: «In Ihrer Gegenwart ist er schüchtern, Guv'nor. Sagt, er hätte Angst vor Ihnen.»

«Dummer kleiner Junge», brummte Macrae. «In Ordnung.» Er stieg wieder in den Wagen und steckte sich einen schlanken Stumpen an.

Silver kehrte zur Ratte zurück. «Er wird nicht kommen. Also, bringen wir's hinter uns.»

«Sie haben das Geld?»

«Natürlich.»

«Schön, aber nicht hier.»

«Komm schon, sei nicht albern. Hier ist nichts.»

«Er ist berühmt. Ich war noch nie in der Wohnung von einem, der berühmt ist.»

«Du kannst nicht mit rein.»

Sie gingen auf den Hof hinter das Haus, und Silver holte das zerbrochene Porzellan in der Plastiktüte aus dem Mülleimer.

«Was denn? Sie klauen aus Mülltonnen? Was kommt als nächstes?» sagte die Ratte grinsend.

«Vergiß es», sagte Silver. «Los, spuck's endlich aus.»

«Okay. Ich hab ihn letzte Nacht gesehen. Er war im West End. Keinen Schimmer wieso oder was er da gemacht hat, jedenfalls, ich bin ihm nach Bayswater gefolgt. Und er ist in einen Reitstall gegangen.»

«In einen was?»

«So was, wo sie Pferde unterstellen»

«Ich weiß, was Ställe sind.»

«Tja, also, in der Broadhurst Mews gibt's jedenfalls Ställe. Und da ist er reingegangen. Durch ein Fenster. Und rausgekommen ist er nicht mehr.»

«Ställe? Bist du sicher?»

«'Türlich bin ich sicher. Die Broadhurst Stables. Steht auf der Tür. Ich mach' jede Wette, der pennt da jetzt im Stroh. Also, ich würd's jedenfalls machen.»

Silver gab ihm das Geld.

«Was denn, wollen Sie mir nicht mal einen Kuß geben?»

«Beim nächsten Mal.»

Silver stieg mit der Plastiktüte voller Porzellanscherben die Hintertreppe hinauf. Er schloß die Tür auf und betrat die Wohnung. Nichts hatte sich verändert.

Und wieder hatte er das starke Gefühl, daß irgend etwas in dieser Wohnung passiert war, daß sie ihm irgend etwas zu sagen versuchte, wenn er nur Augen hatte, es zu sehen.

Er ging von Zimmer zu Zimmer, wurde aber wieder ins Bad zurückgezogen. Plötzlich wußte er, was ihm keine Ruhe ließ, was ihm von Anfang an keine Ruhe gelassen hatte. Es war das Badezimmer selbst. Es war untypisch, paßte nicht hierher. *Untypisch?* Er konnte sich Macraes Spott genau vorstellen. *Nur Mädchen reden so ein Zeug, mein Junge.*

Aber es war untypisch. Mit der übergroßen Badewanne und all den Spiegeln und den vergoldeten Armaturen paßte es einfach nicht zu der Strenge der anderen Zimmer.

Wieder schaute er zu der Halterung für den Duschkopf hinauf. Es schien irgendwie nicht möglich zu sein, daß ein dort oben angebrachter Duschkopf in die Wanne gerichtet war. Vielleicht hatte Foster das Bad renovieren und neue Armaturen anbringen lassen und beschlossen, die alte Halterung einfach zu lassen, wo sie war.

Und vielleicht auch nicht. Auch das würde nicht zu seinem Charakter passen.

Je aufmerksamer er hinschaute, desto weniger schien diese Halterung etwas mit einer Dusche zu tun zu haben. Er ging ins Wohnzimmer, um sich einen Stuhl zu holen, auf den er sich stellen konnte. Er wollte das Ding genauer untersuchen.

«Nicht gerade besonders toll für eine Fernseh-Berühmtheit», meinte die Ratte. Er stand im Wohnzimmer.

«Ich habe dir doch klar und deutlich gesagt, daß du nicht raufkommen sollst!»

«Jesus, sieh sich nur einer all diese vielen Videos an. Sind die alle von ihm?»

«Vergiß es. Verzieh dich.»

«Klauen Sie jetzt Stühle, oder was?»

Silver drehte sich um, wollte den Stuhl ins Bad bringen. Die Ratte drückte auf den Wiedergabeknopf des Videorecorders.

«Ist er das?»

Die letzten Sekunden einer von Fosters Sendungen tauchten auf dem Bildschirm auf, die Sendung, die Silver sich bereits angesehen hatte.

«Mein Gott, du Blödmann», rief Silver über seine Schulter zurück. «Faß nichts an!»

«Ohne Brille würde er besser aussehen.»

Silver stellte den Stuhl an die richtige Stelle. Dann hörte er die Ratte fluchen. Er ging ins Wohnzimmer zurück. «Ich habe dir doch gesagt...»

Sie sahen ein selbstgedrehtes Schwarzweiß-Video. Es war die Aufnahme eines schräg von oben gefilmten Jungen in einer Badewanne.

Die Badewanne in dieser Wohnung.

Der Junge war etwa vierzehn Jahre alt, und seine Haut hatte die Farbe von Milchkaffee. Er lag in dem Seifenwasser, und eine andere Gestalt kniete neben der Wanne. Er rieb den Körper des Jungen mit Seife ein und dann wusch er ihn ab.

In gebanntem Schweigen schauten Silver und die Ratte zu.

Die kniende Gestalt erhob sich, und sie sahen, daß es Henry Foster war. Er war nur mit einem Handtuch bekleidet. Er verschwand aus dem Bild, war aber eine Sekunde später wieder da. Jetzt war er nackt. Er sagte irgend etwas zu dem Jungen und lachte. Dann stieg er ebenfalls in die Wanne. Er begann das Gesicht des Jungen zu streicheln. Doch der Junge drehte sich fort, und Foster bespritzte ihn verspielt mit Wasser. Der Junge spritzte zurück. Ein paar Augenblicke planschten sie scheinbar ausgelassen herum.

Forster amüsierte sich ganz offensichtlich bestens, doch der Gesichtsausdruck des Jungen war wütend und verbissen. Dann packte Foster ihn plötzlich und versuchte, ihn zu küssen. Es kam zu einem Kampf. Der Junge, immer noch voller Seife, entglitt Fosters Händen und verschwand aus dem Bild. Foster stieg aus der Wanne und trat ebenfalls aus dem Bild. Die Kamera blieb auf dem Badewasser, das allmählich wieder zur Ruhe kam. Schließlich sahen sie nur noch die Wanne und die Wasserhähne.

Silver drückte auf den Vorspulknopf. Das Band surrte weiter, doch das Bild blieb das gleiche. Sie warteten schweigend, bis das Band zu Ende war. «Ist er das?»

«Ja. Das ist er. Das ist Huntsman.» Dann sagte die Ratte plötzlich: «Ich verschwinde!»

«Warte!»

Doch da war die Ratte bereits aus der Hintertür geschlüpft, und Silver hörte seine Schritte die Treppe hinunter verschwinden. Einen Augenblick dachte er daran, ihm nachzulaufen, doch er würde ihn nie einholen, und außerdem, was konnte er schon noch groß sagen?

Er kehrte ins Bad zurück und sah sich die Halterung an. Er wußte jetzt, daß sie benutzt wurde, um dort eine Videokamera zu befestigen. Er fragte sich, ob all die anderen Videos auf dem Regal wohl ähnliche Szenen enthielten. Er hielt es für sehr wahrscheinlich. Zuerst die eigene Show, und dann auf dem Rest des Bandes private Pornos verstecken. Der clevere Henry Foster.

Er fuhr mit dem Fahrstuhl nach unten und holte Macrae.

Dunkle Wolken waren während des Nachmittages aufgezogen und verwandelten den Tag in Dämmerung. Benson saß im Wohnzimmer des Kutscherhauses und rauchte eine Zigarette nach der anderen, steckte eine an der vorhergehenden an.

Seine Gedanken spiegelten den Himmel wider; sie waren düster, unheilverkündend und aufgewühlt. Im einen Moment sprangen ihm Szenen aus Hongkong in den Kopf, im nächsten Augenblick sah er wieder die toten, starrenden Augen des chinesischen Mannes, den er ertränkt hatte.

Einen Mann getötet! Gott, das hätte er nie für möglich gehalten. Nie, niemals. In einer solchen Rolle hatte er sich nie gesehen. Und auch nicht in der gegenteiligen Rolle. Er hatte nie... nun, nicht bis er mit Mr. Shao Golf gespielt hatte, er hatte sich nie in der Rolle des Opfers gesehen.

Er war Geschäftsmann, nicht mehr und nicht weniger. Es war bekannt, daß Geschäftsmänner ihre Höhen und Tiefen hatten. Himmel, wenn jeder Geschäftsmann, der Schulden hatte, sofort ermordet wurde, würde es von Leichen nur so wimmeln!

Wußten sie von dem Geld im Lebensmittelschrank, dem Geld, das er aus seinem Safe geholt hatte? Nein, das konnten sie unmöglich gewußt haben. Nicht mal Mrs. Feniman wußte davon. Also handelte es sich hier um pure Rache. Nicht, daß sie es so sehen würden. Eher *pour encourager.* Es war kein gutes Geschäft, Leute entkommen zu lassen, die noch Geld schuldeten. Das verdarb den Ruf.

Und sie würde ihnen auch nicht gesagt haben können, wohin er gegangen war, da er es selbst nicht gewußt hatte, bis er sich auf den Weg machte. Aber sie hatten ihre Mittel und Wege. Da war die Zahlung mit American Express, und da waren die Passagierlisten. Sehr lange würden sie nicht gebraucht haben.

Er begann im Zimmer auf und ab zu gehen.

Wo zum Teufel steckte *Liebchen?*

Noch als ihm der Gedanke durch den Kopf ging, hörte er ein leises Klopfen an der Haustür. Mit großen Schritten ging er hinüber und riß sie auf.

«*Liebchen!*» sagte er mit erleichtert leuchtenden Augen.

Aber es war nicht *Liebchen,* es war ein weiterer Chinese. Er war jung und schlank, trug aber, wie Benson, einen Anzug. Auf dem Kopf hatte er einen Trilby.

Ehe Benson reagieren konnte, hatte der Mann die Tür aufgedrückt, Benson zurückgedrängt und war in das Zimmer getreten.

Jetzt knallte er die Tür zu. Aber Benson rannte bereits. Er stürmte die Treppe hinauf und ins Schlafzimmer. Seine Kenntnis des Grundrisses des Hauses gab ihm einen winzigen Vorsprung.

Er warf die Tür zu, schloß ab, sprang über das Bett und riß das Telefon vom Nachttisch. Neun... neun... neun...

«Hallo! Hallo!» brüllte er.

Doch noch bevor der Notdienst auf seinen Anruf antworten konnte, war die Leitung plötzlich tot. Er saß auf dem Bett, den nutzlosen Hörer in der Hand. Seine Augen suchten nach dem Telefonkabel. Es war unmittelbar über der Fußleiste an der Schlafzimmerwand befestigt und verschwand unter der Tür.

Er warf das Telefon fort und rannte zum Fenster und machte sich an dem Riegel zu schaffen. Es war erst kürzlich frisch gestrichen worden und klemmte. In diesem Augenblick flog die Tür auf.

«Du wollen Geld?» sagte Benson schrill. «Ich dir geben Geld!»

Er hörte seine Stimme, erkannte sie jedoch kaum. Er redete wie mit einem primitiven Wilden.

«Viel Geld!»

Er begann sich auf das Bett zuzubewegen. Dann sah er die Pistole in der Hand des Mannes. Der Lauf wurde durch den aufgeschraubten Schalldämpfer verlängert und verbreitert.

«Das willst du doch nicht wirklich tun, alter Knabe», sagte Benson, streckte seine Hände aus. «Sei vernünftig. Ich gebe dir all–»

Der Mann schoß ihm in die Brust.

«Oh!» sagte Benson, als er fiel. Er schaute auf seine Brust hinab. «Um Himmels willen, mach das nicht! Verstehst du denn kein Englisch? Ich dir geben...»

Der Mann schoß ihm in den Kopf. Die Tagesdecke war das Letzte, was Benson von dieser Welt sah. Er streckte seine Hand danach aus. Seine Finger erwischten sie. Dann stürzte er langsam zur Seite und zog die Tagesdecke über sich.

Hätte er noch ein paar Sekunden länger gelebt, hätte er vielleicht doch noch Großvater werden können, denn genau in dem Augenblick, als der Chinese seine Pistole wieder fortsteckte, rief ihm eine Stimme auf Kantonesisch von unten etwas zu.

Er lief schnell und lautlos die Treppe hinunter. Ein zweiter chinesischer Mann wartete auf ihn. Er deutete mit dem Kopf auf einen Wagen vor den Ställen. Er parkte mit dem Heck zu ihnen. Sie konnten jemanden hinter dem Lenkrad sehen, und sie konnten auch das Polizei-Blaulicht auf dem Dach sehen, das jetzt ausgeschaltet war.

Sie hielten sich auf ihrer Seite der Mews in der Dunkelheit und stiegen in einen kleinen weißen Wagen und fuhren am anderen Ende hinaus. Eddie Twyford hörte, wie das Auto angelassen wurde und fortfuhr. Aber sie suchten niemanden mit einem Auto. Sie suchten einen Jungen, der auf seinen beiden Beinen hergekommen war. Eddie war nicht weiter interessiert.

Im Stall verhörten Macrae und Silver den Besitzer. Der Name war Hon. Evelyn Biggs-Stratton. Er war ein großer schlanker Mann und trug eine lange Tweed-Reitjacke, weiße Feincord-Reithosen, hohe blank polierte Reitstiefel und ein Monokel. Er rauchte eine Zigarette in einem bernsteinfarbenen Halter. Er war alt und grau, und Silver war noch nie zuvor jemandem wie ihm begegnet.

«Fit?» sagte der Hon. Biggs-Stratton, der taub war und eine von Macraes Fragen falsch verstanden hatte. «Natürlich bin ich fit. Achtundsechzig Jahre, und ich kann immer noch zweimal wöchentlich mit der Meute jagen. Versuchen Sie das, wenn Sie so alt sind wie ich, und dann können Sie noch mal kommen und mir impertinente Fragen stellen. Was geht Sie das überhaupt an?» Sein blutunterlaufenes Auge funkelte sie wütend durch das Monokel an.

Macrae beschloß, nicht weiter darauf einzugehen. Er deutete auf das Fenster hoch an der Wand. «Wird dieses Fenster dort verschlossen gehalten?»

«Was wird gehalten?»

«Verschlossen.»

«Woher zum Teufel soll ich das wissen? Das sollten sie Veronica fragen.»

Die Pferde hatten ihre Köpfe zu den drei Männern gedreht, als wären sie von diesem Treffen äußerst fasziniert.

«Wer ist Veronica?» fragte Silver, sah dabei den Besitzer des Reitstalles an und sprach laut und deutlich.

«Das Stallmädchen. Sie ist diejenige, die solche Dinge wissen sollte. Woher zum Teufel soll ich wissen, ob ein Fenster offen ist oder nicht?»

Silver stellte sich auf eine der Boxen unter dem Fenster und konnte so gerade eben sehen, daß der Riegel nicht vorgelegt war. Er versuchte ihn zu bewegen und sagte: «Er ist schwergängig und schon seit Jahren nicht mehr benutzt worden.»

«Wie der Bischof zur Schauspielerin sagte.»

Der Hon. Biggs-Stratton lachte rasselnd. Dann sagte er: «Ich weiß nicht, hinter was ihr Burschen herzusein glaubt, aber hier werdet ihr's auf jeden Fall nicht finden. Diese Ställe besaßen noch nie auch nur die Spur von Unschicklichkeit. Immer sauber wie nur was, nur ein Mistkerl, der etwas weiter unten in den Mews wohnte, war mal anderer Meinung. Behauptete, er könnte den Gestank von Pferdemist nicht ausstehen und verständigte das Gesundheitsamt. Ich sagte, die Ställe würden sich bereits seit 1831 hier befinden und befänden sich für den größten Teil dieser Zeit im Besitz meiner Familie, und wenn ihm der Geruch nicht gefiel, dann sollte er doch einfach Leine ziehen und woanders wohnen. Tausendmal besser für ihn als Autoabgase.»

«Wir suchen jemanden, der vergangene Nacht möglicherweise hier geschlafen hat», wiederholte Macrae laut. «Einen Jugendlichen. Wir glauben, daß er vielleicht durch dieses Fenster dort hereingekommen sein und dann im Stroh geschlafen haben könnte.»

«Im Stroh? Wenn Sie mich fragen, das ist der beste Ort. Besser als jedes Bett. Ist besser für den Rücken. Es gibt nichts Besseres. Ich selbst habe viele Nächte dort oben geschlafen. Hatte mein erstes Stallmädchen dort oben. Die erste von vielen. Gott sei Dank haben Pferde irgend etwas, das Frauen anscheinend ganz verrückt macht. Andernfalls hätte ich schon während des Krieges damit Schluß gemacht. Nicht mit dem Sex. Mit den Pferden.»

«Haben Sie etwas dagegen, wenn wir uns mal umschauen?»

«Tun Sie, was Sie nicht lassen können. Nur sagen Sie nie wieder, ich wäre nicht mehr fit. Wie wär's mit einem kleinen Geländejagdrennen morgens, einem strammen Marsch von drei Meilen nachmittags und ein paar Runden Tennis am Abend? Glauben Sie, Sie schaffen das? Fit? Himmel, Sie wissen ja gar nicht, was das Wort bedeutet.»

Macrae und Silver waren die Leiter auf den Heuboden hinaufgeklettert. Mehrere Ballen waren erst kürzlich näher an das Kopfende der Leiter und andere gegen die Wand zurück geschoben worden. Es gab keinen Hinweis darauf, daß jemand den Boden als Versteck benutzt hatte.

Silver hob die Stiele einer Rebe Weintrauben auf. «Ihre?» sagte er zu Biggs-Stratton.

«Weintrauben?» Das Auge drehte sich wie ein roter Strahl in dem Monokel. «Ich bin doch kein verdammter Invalide. So ein Zeug ißt Veronica. Joghurt... Bananen... Trockenobst... Scheußlich.»

Er steckte eine weitere Zigarette in den Halter und gab sich Feuer. Er bemerkte Silvers Blick. «Sie halten das für ungesund, ja? Kommen Sie doch mal vorbei und sagen Sie mir das, wenn Sie achtundsechzig sind.»

Sie gingen nach draußen. Macrae kletterte auf den Bottich mit den abgestorbenen Geranien. Er sah mehrere kleine Spuren auf der Fensterbank, die von Händen oder Füßen oder beidem rühren mochten – oder auch nicht. Falls es wirklich Terry Collins gewesen war, dann war er inzwischen Meilen weit fort.

«Er hat dir was vorgemacht», sagte Macrae wütend zu Silver.

«Wer?»

«Dieser beschissene Nichtstuer Rattray. Aber ich werde die Augen nach ihm aufhalten. Du wirst dein Geld zurückbekommen, andernfalls geht er in den Bau.»

26

Maria parkte den Wagen in der Mews unmittelbar vor ihrem Haus und ging hinein. Der lange Spaziergang in Hampstead hatte ihr den Kopf frei gemacht. Sie wußte jetzt, daß sie kein Verhältnis mit Jack beginnen würde, womit aber immer noch das Problem blieb, was sie mit ihm anfangen sollte. Sie kannte ihn gut genug um zu wissen, daß er sie nicht nach London eingeladen hatte, nur um Backe-backe-Kuchen zu spielen. Er wußte und sie wußte wie die Pläne aussahen. Es waren die gleichen Pläne wie damals in Berlin, wenn er aus London herübergeflogen kam und sie vom Flughafen Tegel aus anrief.

«Hast du Lust auf ein schmutziges Wochenende?» fragte er dann immer.

Und sie trug dann mit ihrem stärksten deutschen Akzent dick auf, indem sie sagte: «Bitte, ich nicht verstehen. Was meinen Sie?»

Und er sagte dann: «Eine alte englische Sitte. So was wie ein Morris-Tanz im Liegen.»

Es hatte sie amüsiert und erregt. Genau wie sein völlig unerwarteter Anruf sie auch dieses Mal erregt hatte. Auf diese spezielle Art war sie jetzt nicht mehr erregt. Sie war empfindlich und fiebrig und wünschte sich, es wäre alles schon vorüber und sie wäre wieder sicher in Hampshire und würde auf den Regen lauschen, der vom Dach tropfte. Sie freute sich bereits darauf, wieder nach Hause zu kommen, alles für Richards Rückkehr vorzubereiten. Sie würde sich zu seiner Begrüßung etwas Besonderes anziehen und dafür sorgen, daß sie so attraktiv wie möglich aussah.

Sie würde jeden Gedanken an das auslöschen, was er über das Wochenende gemacht hatte. Sie würde sich so gut sie nur konnte um ihn bemühen. Sie würde ihm sowohl Geliebte wie auch Frau sein.

Aber in der Zwischenzeit war da noch Jack. Sie hatte daran gedacht, ihn im Hotel anzurufen und zu sagen, daß sie sich nicht gut fühlte, daß sie mit Grippe im Bett liegen würde, sich den Magen verdorben hätte, irgendwas. Doch dann dachte sie: Was, wenn er runterkam, um sie zu besuchen? Was würde Richard davon halten? Und außerdem war es pure Feigheit.

Nein, am besten war es, sich der Sache einfach zu stellen. Geh mit ihm essen und ins Kino und tu so, als wäre das alles gewesen, an das sie je gedacht hatte.

«Meine Güte, Jack, das alles ist schon lange aus und vorbei», würde sie sagen.

Und Jack würde nur mit den Achseln zucken und sagen: «Okay, *Liebchen,* war nur ein kleiner Test.»

Würde er wirklich?

Oder würde er sich vielmehr vollaufen lassen und unangenehm werden und eine Szene machen?

Das war es, was ihr Sorgen machte.

Sie steckte sich eine Zigarette an und ließ das Streichholz in den Aschenbecher fallen und bemerkte, daß dort bereits mehrere Kippen lagen. Richard schien es vor seiner Abreise nicht mehr geschafft zu haben aufzuräumen. Wenigstens befand sich auf keiner der Kippen Lippenstift.

Sie ging mit dem Aschenbecher in die Küche und leerte ihn in den Treteimer. Stirnrunzelnd schaute sie genauer hin. In dem Mülleimer lagen mehrere geöffnete und leere Dosen. Das war untypisch für Richard. Wie auch immer, wer würde denn schon Bohnen und Aprikosenmarmelade und Ananasstücke essen? So eine Mischung aß man nur, wenn es nichts anderes gab. Aber es gab eine Menge anderer Sachen. Sie wußte es, weil sie den Vorratsschrank im Auge behielt. Sie öffnete ihn, um nachzuschauen, und das erste, was sie sah, war eine Plastiktüte mit dem Aufdruck «Duty-free-Shop».

Und dann wußte sie, was passiert war. Jack war hier gewesen. Das waren seine Zigarettenkippen gewesen. Aber hatte er auch zwei Dosen gebackene Bohnen, eine Dose Ananasstücke und ein Glas Aprikosenmarmelade gegessen? Nur, wenn der Ferne Osten seine Gewohnheiten dramatisch verändert hatte.

Als die Tüte in den Schrank geschoben worden war, waren dadurch einige der Pakete und Schachteln zusammengedrückt worden, und jetzt zog sie die Tüte heraus, um sie etwas ordentlicher wieder hineinzulegen. Sie warf einen beiläufigen Blick in die Tüte und merkte plötzlich, daß sie auf drei Stücke Baguette und mit Gummiband zusammengehaltene Geldbündel verschiedener Währungen starrte.

Sie konnte es nicht glauben. Sie dachte, es müßte Monopoly-Geld sein. Dann warf sie einen näheren Blick hinein, nahm verschiedene Bündel heraus und blättere sie durch. Das Geld war echt.

Sie spürte, wie sich ihr Bauch verkrampfte und eine namenlose, vage dunkle Ahnung von ihr Besitz ergriff. Warum? Warum sollte Jack all dies viele Geld in einer Plastiktüte mit sich herumschleppen? Und warum sollte er es ausgerechnet hier verstecken?

Sie schob die Tüte zurück in den Schrank und schloß die Tür. Ihr Mund war trocken vor Angst. Sie nahm sich ein Glas und füllte es am Wasserhahn und hob es an ihren Mund, als sie plötzlich ein leises Plop! hörte und auf etwas starrte, das wie roter Rauch aussah und allmählich das Wasser einffärbte.

Sie schaute auf, doch sie konnte nur einen dunklen Flecken an der Decke sehen. Jemand war oben im Schlafzimmer gewesen, dachte sie. Jemand hatte Rotwein verschüttet.

Ein Szenario formte sich vor ihrem geistigen Auge. Jack war früh gekommen. Er hatte eine Flasche Wein mitgebracht, etwas getrunken und dann das Glas oder die Flasche umgestoßen.

Und das Geld? Das war typisch Jack, er war schon immer haarscharf am Rande des Gesetzes entlanggeschlittert.

War er immer noch da, fragte sich sich? War er eingeschlafen?

«Jack?» rief sie die Treppe hinauf. «Jack, bist du da?»

Sie ging nach oben und warf einen Blick ins Schlafzimmer. Es sah chaotisch aus. Das Bett war leer, aber ganz offensichtlich war Jack dort gewesen. Die Tagesdecke war achtlos auf der anderen Seite des Bettes auf den Boden geworfen worden. Er mußte hier geschlafen und dann wieder das Haus verlassen haben. Sie strich die Kissen glatt und hob die Tagesdecke auf. Sie schien sich irgendwo verklemmt zu haben. Sie zog fester. Eine weiße Hand, deren Finger sich in den Stoff verkrallt hatten, hob sich langsam auf das Bett, während sie zog.

«Jack, bist du...»

Sie sah ihn. Sein Gesicht war blutverschmiert, und noch mehr Blut auf seinem Hemd.

Sie war gelähmt vor Entsetzen. Erstarrt.

«Jack!» Es war nur ein Flüstern.

Sie zwang sich, auf die andere Seite des Bettes zu gehen.

«Oh, Jack!»

Sie stand da, schaute auf ihn herab, wollte, daß er antwortete, aufstand und ihr sagte, daß es tatsächlich nur Himbeermarmelade und alles nur ein kleiner Heimkehr-Scherz war.

Aber irgend etwas an der Art und Weise, wie er dort lag, ein Arm in der Tagesdecke verheddert, sagte ihr, daß dies keine normale Haltung war, die ein lebender Mensch einnahm. Und dann war da auch noch seine Haut. Die nicht mit Blut bedeckten Stellen waren eigenartig weiß, beinahe phosphoreszierend. Sie wußte, daß sie eine Leiche vor sich hatte.

Jede Faser ihres Körpers drängte sie zu schreien und fortzulaufen. Doch sie sagte sich, daß dies nicht möglich wäre. Das hier war ein Freund und früherer Geliebter, ein Geschäftspartner ihres Mannes. Er war in ihrem Haus ermordet worden. Sie konnte nicht fortlaufen. Sie mußte irgend etwas tun. Sie mußte die Polizei anrufen. Sie nahm den Hörer des Telefones neben dem Bett ab und wählte 999. Nichts passierte. Sie drehte Jacks Leiche den Rücken zu und starrte konzentriert auf die Wand, während sie noch einmal versuchte, ein Freizeichen zu bekommen. Nichts.

Das hier war ein Nebenapparat, unten befand sich ein anderes Telefon. Sie drehte sich um... und sah in der Tür die Phantasie, die ihr am meisten Angst machte, das Bild, das bis zu einem gewissen Punkt ihre Entscheidung mit beeinflußt hatte, London verlassen zu wollen, das Bild, das junge wie alte Frauen lähmte – und auch die meisten Männer. In der Tür kauerte ein schwarzer Mann mit einer Strickmütze auf dem Kopf und einem Messer in der Hand.

Welcher Mut Terry auch immer soweit gebracht hatte, jetzt war er wie Wasser in einer Wüste versickert. Von seinem Platz im Bad hatte er fast alles verfolgen können, was passiert war, und was er nicht hatte sehen können, das hatte er gehört. Jetzt wollte er Hilfe. Er wollte seinen Großvater oder Gail oder beide. Er brauchte *irgend jemanden.*

Er selbst war sich nicht bewußt, daß er das Messer in der Hand hielt, als er in der Tür kauerte, und alles, was jetzt geschah, schien in Zeitlupe zu passieren.

Er wußte, daß sie schreien würde, und er wollte das nicht. Er wollte nicht noch mehr Aufmerksamkeit auf das Haus lenken. Er wußte, daß er die Ereigniskette irgendwie aufhalten mußte, die begonnen hatte. Er brauchte Zeit, um nachzudenken. Aber vor allem anderen wollte er der Frau sagen, daß was auch immer in diesem Haus, in diesem Zimmer passiert war, absolut nichts mit ihm zu tun hatte. Nichts, nichts, nichts.

Er ging langsam auf sie zu. Sie wich zurück. Sie öffnete ihren Mund zu einem Schrei.

Und dann sah er die Leiche. Das Gesicht. Das Blut.

Sein eigenes Blut schoß ihm in den Kopf. Da war es wieder. Der Alptraum. Der Mann unter der Brücke.

«Du verdammter kleiner Bastard!» hatte der Mann gesagt, als er in das Versteck unter den Eisenbahnschienen geklettert war. «Du hast sie kaputtgemacht, du kleines Stück Scheiße, und jetzt wirst du dafür bezahlen.»

Und in diesem Augenblick hatte Gail ihm ihr Messer gegeben. Der Fernseh-Mann hatte es im Halbdunkel nicht gesehen, weil er mit ausgestreckter Hand, um Terry zu packen, auf ihn losgegangen war.

Wenn man ein Frettchen oder eine Ratte in die Enge treibt, wenn man ihnen alle Fluchtwege versperrt, so daß sie nirgendwo mehr raus können, dann werden sie kämpfen. Terry war in seinem eigenen Territorium in die Enge getrieben worden. Es gab keinen Weg an dem Mann vorbei. Also hatte er gekämpft. Als der Mann nach ihm griff, hatte er sich auf die Knie aufgerappelt und einmal zugeschlagen. Er hatte gedacht, er würde die Beine des Mannes erwischen, doch genau in diesem Moment bückte sich der Mann, um ihn zu packen. Nur ein Schlag. Das reichte.

In diesen Sekundenbruchteilen, während sich das Band in Terrys Kopf abspulte, versetzte Maria ihm einen Stoß. Er fiel gegen das Bett und rollte auf die Leiche. Wie der Blitz war sie an ihm vorbei, rannte auf die Treppe zu.

Doch dort wurde sie von ihrer Eitelkeit eingeholt. Um so verlokkend wie nur möglich auf Jack zu wirken, hatte sie ein Paar sehr hochhackige schwarze Lack-Pumps angezogen. Diese Schuhe brachten ihre Fesseln und Beine besonders vorteilhaft zur Geltung, aber es waren keine Schuhe, mit denen man schnell laufen konnte, ganz besonders nicht auf einer Treppe.

Wie ein Kegel ging sie zu Boden. Decke, Wände, Teppichboden, alles wirbelte vor ihren Augen durcheinander, und dann lag sie am Fußende der Treppe. Sie war noch ein paar Sekunden bei Bewußtsein und registrierte, daß der schwarze Mann über ihr kauerte.

«Tun Sie mir nicht weh», flüsterte sie. «Bitte, tun Sie mir nichts.»

«Ich werde Ihnen nichts tun», sagte Terry, doch die Frau hörte ihn nicht mehr, denn ihre Augen flatterten, und er sah das Weiße in ihnen, als sie sich schlossen.

27

«Ich werde langsam zu alt für solche Späße», sagte Macrae.

Er und Silver standen im Foyer eines Hochhauses im Londoner East End. Genau wie die Douglas Garden Estate war auch dieses Gebäude heruntergekommen. Der einzige Unterschied bestand darin, daß sie, obwohl die Fahrstühle außer Betrieb waren, nur ein paar Etagen zu Fuß hatten hinaufgehen müssen, um Mrs. Collins aufzusuchen. Hier mußten sie zwölf Stockwerke hinaufsteigen.

«Soll ich allein gehen, Guv'nor?»

«Ich sagte, ich werde *langsam* zu alt für so was, mein Junge. Noch ist es allerdings nicht soweit. Komm.»

Silver startete, als wollte er den Everest erstürmen. Macrae folgte etwas langsamer. Im fünften Stock hatte Silver einen metallischen Geschmack im Mund. Im siebten glaubte er, sein Herz würde platzen. Er blieb stehen und wartete auf Macrae.

Der ältere Mann atmete fast normal. Er stapfte an Silver vorbei und ging langsam zur achten Etage weiter, und dann zur neunten. Silver folgte ihm. Macrae sagte, indem er sich halb umdrehte: «Beobachte einen guten Mann auf einem Berg. Er steigt langsam auf. Es gibt keinen ersten Preis für den schnellsten.»

Schließlich erreichten sie den zwölften Stock. Hier ging ein scharfer Wind, heulte durch die Korridore und rüttelte an Türen und Fenstern. Silver meinte, daß die Spitze des Gebäudes wahrscheinlich schwankte. Er versuchte nicht an ein ähnliches Gebäude weniger als eine halbe Meile entfernt zu denken, genau wie dieses hier in den sechziger Jahren erbaut. Es war eines Tages einfach eingestürzt, hatte dabei dreiundvierzig Menschen unter sich begraben.

Macrae, der mit einer Hand seinen Hut auf dem Kopf festhielt, klopfte mit der anderen an eine Tür. Die Tür war mit einem Schutzgitter aus Maschendraht versehen und besaß einen Spion. Hinter der Tür ging ein Licht an, und eine Stimme sagte: «Ja? Wer ist da?»

«Sind Sie Mr. Woods?»

«Wer ist da?»

«Polizei. Mr. Woods. Sie haben uns angerufen.»

Ketten rasselten, und die Tür wurde einen Spaltbreit geöffnet. «Können Sie sich ausweisen?»

Macrae hielt seinen Dienstausweis vor den schmalen Spalt. Silver erinnerte diese Tür stark an seine eigene.

Macrae zog seine Hand zurück, und weitere Ketten rasselten. Die Tür öffnete sich. «Treten Sie ein», sagte Mr. Woods.

«Wer ist da, Charlie?» kam eine Frauenstimme aus einem Zimmer auf der rechten Seite.

«Ist schon in Ordnung, Liebes. Nur ein paar Freunde aus dem Club.» Er legte einen Finger an die Lippen und flüsterte: «Ich will ihr keine Angst machen.» Er führte sie in ein kleines Wohnzimmer.

Er deutete auf zwei Sessel, setzte sich selbst jedoch nicht. Er war ein kleiner Mann mit einem faltigen und vom Wetter gegerbten Gesicht, das aussah, als wäre es einmal bei jedem Wetter draußen gewesen, was auch tatsächlich der Fall war.

«Entschuldigen Sie mich.» Er verschwand im Nachbarzimmer, und sie hörten ein leises Stimmengemurmel. Wenige Sekunden später war er zurück.

«Ich habe der Frau gesagt, Sie kämen von meinem Angelverein. Die Saison fängt kommenden Monat wieder an. Sie würde sofort Panik kriegen, wenn sie wüßte, daß Sie Bullen sind. Alles versetzt sie in Panik. Es liegt daran, daß sie die Wohnung nicht mehr verlassen kann, wissen Sie. Hat einen schlimmen Rücken, und die Fahrstühle funktionieren nicht. Ist jetzt seit über drei Jahren nicht mehr aus diesen Wänden rausgekommen. Geht nicht mal mehr auf den Balkon, weil ihr durch die Höhe sofort schwindlig wird.»

Macrae sagte: «Sie haben uns wegen eines Jungen angerufen, den Sie im Park gesehen haben.»

«Ja, richtig. Vorgestern.»

«Welche Uhrzeit?»

«Es wurde gerade dunkel. Ich erinnere mich daran, weil die Tore schon geschlossen waren. Er kam angerannt, als hätte er sich verlaufen.»

«Was hatte er an?» fragte Silver.

«Was ich schon am Telefon gesagt habe. Diese Sachen, die Sportler tragen.»

«Trainingsanzug?»

«Genau. Ein schwarz-grüner Trainingsanzug und ein grünes Barett auf dem Kopf.»

«Ein Barett?»

«Heißen die nicht so? Diese kleinen Strickmützen. Eine Menge Schwarze tragen sie.»

«In Ordnung», sagte Macrae. «Hört sich ganz nach dem Jungen an, den wir suchen.»

«Und er hat ihm ähnlich gesehen», sagte Mr. Woods.

«Charlie!» kam die Stimme von Mrs. Woods aus dem Schlafzimmer.

Er ging zur Tür. «Was denn. Liebes?»

«Du wirst doch nicht ausgehen, oder?»

«Nein, Liebes.»

«Was meinen Sie damit, er hat ihm ähnlich gesehen?» sagte Silver.

«Das Bild im Fernsehen. Sie wissen schon, das Bild, das die Polizeizeichner gemacht haben. Es war auch in den Zeitungen.»

«Das Phantombild meinen Sie?» sagte Silver.

«Genau.»

«In Ordnung, Mr. Woods, was ist passiert?»

«Also, die Tore waren schon geschlossen, wissen Sie. Ich war selbst schon etwas spät dran. So, und wenn die Tore geschlossen sind, muß man ganz bis zur Serpentine-Brücke zurückgehen, um dort rauszukommen. Aber ich steige immer in der Station Lancaster Gate in meine Bahn, also wollte ich eine Abkürzung nehmen.»

«Und?»

«Also, ich sage zu dem Jungen, er kann mit mir kommen, denn andernfalls wird er wahrscheinlich über den Zaun klettern müssen, und das wollen wir nicht. Der Zaun ist hoch und hat oben Dorne, und letzten Monat erst hat so ein Kerl versucht, im Dunkeln rüberzuklettern, und dann ist er ausgerutscht, und der Dorn hat sich durch seinen Oberschenkel gebohrt, und da hing er dann, und jemand mußte die Feuerwehr rufen. Er hatte verdammtes Glück, wissen Sie, daß es ihn nicht an der anderen Stelle erwischt hat.»

«Fahren Sie fort.»

«Also, sage ich zu ihm, ich kenne einen Weg hier raus, aber er dürfte keinem Menschen was davon erzählen. Da ist diese lockere Stange im Geländer.»

«Wo genau ist das?»

«In der Nähe der U-Bahn-Station. Gegenüber von dem Pub.»

In dem Augenblick, als er das sagte, schaute er fort, als hätte er einen Fehler gemacht.

«Welcher Pub?»

«*The Duke of York*.»

«Fahren Sie fort.»

«Das war's. Ich lasse ihn durch. Habe ihm noch gesagt, er soll's sofort wieder vergessen. Ich gehe auf die andere Straßenseite, um meine Bahn zu kriegen. Danach hab' ich ihn nicht wiedergesehen.»

«Charlie!»

«Ich bin hier», rief er.

«Bist du auch ganz sicher, daß du nicht mehr weggehst? Du hast gesagt, du würdest es nicht tun.»

«Ich gehe nicht mehr aus, Liebes.» Er drehte sich wieder zu Macrae. «Verstehen Sie, was ich meine?»

Macrae sagte: «Das Problem ist nur, wir möchten, daß Sie uns begleiten und es uns zeigen.»

«Was soll ich Ihnen zeigen?»

«Wo Sie den Jungen zuerst gesehen haben. Wo sich dieses lokkere Stück Zaun befindet.»

«Hören Sie, Freund. Sie sehen selbst, wie's ist. Ich bin das Wochenende über zu Hause. Hab ihr das gesagt. Sie hat sich drauf gefreut. Ich kann jetzt nicht gehen und sie allein lassen. Nicht nachts.»

Er warf Silver einen flehenden Blick zu.

«Ich meine, es ist das Mindeste, was ich tun kann. Besonders, wenn ich kommenden Monat zum Angeln will.»

«In Ordnung», sagte Macrae müde. «Gehen wir's noch mal durch. Diesmal in allen Einzelheiten. Alles.»

Terry beugte sich über die Frau. Zuerst dachte er, sie wäre tot. Das Gepolter, als sie die Treppe hinuntergestürzt war, hatte ihm einen ziemlichen Schrecken eingejagt. Und, falls sie tot war, würden sie dann *ihm* die Schuld geben?

Das war es, was ihn jetzt beschäftigte. Schuld. Sie lag auf ihm wie ein großes schwarzes Tier. Wenn sie ihn schnappten, würden sie dann sagen, er hätte es getan?

Und es hieß auch nicht mehr *falls*, sondern *wenn*, denn unter den Schichten der Angst und der Wut und der Rebellion, und unter seiner harten Schale des Kindes von der Straße, unter der Haut von Huntsman Collins, des zweitbesten Sportlers der Welt, steckte, und hatte immer dort gesteckt, Terry Collins aus achtundzwanzig Thackeray House, Douglas Garden Estate, London. Und dieser Terry Collins war verwirrt und hatte schreckliche Angst.

Wenn jemand ein Problem hatte, sagte sein Großvater immer: «Mon, der sitzt aber ganz schön tief in der Tinte.»

Terry wußte, daß er in der Tinte steckte.

Und zwar tief.

Und trotzdem war nichts... nichts... wirklich *seine* Schuld gewesen.

Er spürte, wie ihm wütende Tränen in die Augen stiegen. Es war alles so ungerecht. Genau das war's. Er hatte nichts *angefangen.*

Der Mann war in der Nähe der Brücke auf ihn zugekommen und hatte gesagt: «Hallo, du siehst so hilflos aus.»

Also, er war nicht hilflos. Aber Gail war wieder mal stoned. Er hatte kein Geld. Er hatte Hunger. Und der Mann hatte mit einer tiefen und beruhigenden Stimme gesprochen.

«Möchtest du vielleicht eine Tasse Tee?» hatte der Mann gefragt.

Terry hatte nicht geantwortet.

«Ich bin sicher, du könntest gut eine gebrauchen. Und ein schönes Schinken-Sandwich?»

Der Gedanke an das Schinken-Sandwich hatte dann den Ausschlag gegeben. Er hatte nichts gesagt, aber sein Blick mußte Bände gesprochen haben, denn der Mann sagte: «Ich mache die besten Schinken-Sandwiches in ganz London. Und wenn wir zusammen Tee getrunken haben, zeige ich dir ein paar Videos. Magst du Videos?»

Terry hatte genickt. Der Mann hatte gelächelt. Auch das Lächeln wirkte beruhigend, voller Grübchen und weißer Zähne. Aber was Terry am meisten beruhigt hatte war die Tatsache, daß der Mann schwarz war.

Er erinnerte sich, daß Rat ihm einmal in Soho einen Mann gezeigt und gesagt hatte, wenn er mit ihm gehen und tun würde, was der Mann wollte, dann würde für ihn ein Zehner dabei herausspringen.

Dieser Mann wirkte nicht so. Er war ein Bruder. Dieselbe Hautfarbe wie Terrys Großvater.

Und so waren sie dann in ein Taxi gestiegen. Es war das erste Mal, daß er überhaupt in einem Taxi gesessen hatte. Der Mann hatte ihn gefragt, wie er hieß, und Terry hatte ihm gesagt, sein Name wäre Huntsman.

«Was für ein wunderbarer Name!» hatte der Mann gesagt. «Du kannst mich Bobbie nennen.»

Sie waren in Bobbies Wohnung gegangen, und er hatte Tee gekocht und Schinken-Sandwiches gemacht, und Terry hatte sich in der Zwischenzeit das Nachmittagsprogramm für Kinder angesehen. Ein angenehm wohliges Gefühl hatte sich in ihm breitgemacht. Es erinnerte ihn daran, daß es genau das war, was er manchmal gemacht hatte, nachdem er mit seinem Großvater zum Training draußen gewesen war. Wenn seine Mutter und seine Schwester unterwegs waren, machten sie sich Tee und schauten Kinderfernsehen. Sein Großvater hatte die *Sesamstraße* gemocht.

Und Bobbie war nett. Er hatte zu Terry gesagt: «Guck du nur Fernsehen, und ich werde ein bißchen arbeiten, und danach möchtest du vielleicht baden, und anschließend können wir uns unterhalten. Okay?»

Und Terry hatte ferngesehen, und Bobbie hatte an seinem Schreibtisch gearbeitet, und dann nach einer Weile hatte er gesagt, wieso Terry nicht einfach baden ging, denn er hätte ein schönes kleines Badezimmer, und es gäbe auch jede Menge heißes Wasser.

Terry konnte baden, wenn er wollte, oder es auch sein lassen. Aber er fand, es wäre vielleicht nicht schlecht, mal wieder richtig sauber zu sein. Also war er baden gegangen, und dann war Bobbie reingekommen und sagte: «Ich wette, du bist schon ganz schön lange nicht mehr gebadet worden, was? Hat dein Vater dich gebadet, als du noch ein kleiner Junge warst?»

Und er hatte seine Hände eingeseift und damit Terry abgerieben. Seine Brust und seinen Hals und seine Arme. Er tat so, als wäre alles nur ein Spiel. Und dann, *whoops*, runter unter das Seifenwasser zu dem, was Terrys Großvater mal seine «Geschlechtsteile» genannt hatte. Terry tat so, als würde es nicht passieren, und Bobbie machte es genauso. Es war ein angenehmes Gefühl gewesen. Er hatte da in dem heißen Wasser gelegen und Bobbie erlaubt, ihn wo immer er Lust hatte zu reiben, doch dann war Bobbie auch in die Wanne gekommen, und es war, als wäre Terry aus einem Traum aufgewacht. Denn Bobbie war in mehr als nur einer Hinsicht groß, und er fing an zu versuchen, Terry zu küssen, seine große rosa Zunge in Terrys Mund zu schieben. Und das hatte Terry gar nicht gefallen, also war er aus der Wanne gestiegen, und Bobbie war ihm gefolgt.

Terry konnte sich nicht mehr an die genaue Reihenfolge erinnern, in der die nächsten Dinge passierten. Er versuchte, sich wieder anzuziehen, und Bobbie versuchte, ihn daran zu hindern, und sie kämpften miteinander – Bobbie tat immer noch so, als wäre alles nur ein Spiel. Aber nach ein oder zwei Augenblicken war die Verstellung verschwunden, und es wurde ernst.

Und dann, glitschig durch die Seife, war Bobbie hingefallen und hatte sich weh getan und hatte angefangen, Terry anzubrüllen, und Terry hatte das Porzellan gesehen und es zerschlagen.

Er wußte auch nicht wieso.

Es war wie das Projekt anzustecken, das er in der Schule gebaut hatte. Es war einfach so passiert. Er hatte es vom Tisch gerissen, wo es aufgestellt war, und hatte es auf den Boden geknallt.

Bobbie war schockiert gewesen und wütend, und er hatte angefangen, die Scherben aufzusammeln, und Terry hatte schnell seine restlichen Kleider geschnappt und war weggelaufen. Und niemand kriegte Terry, wenn er lief.

Nicht mal Arthur Wint. Nicht mal Herb McKenley. Und ganz sicher nicht Bobbie.

In einer kleinen Gasse hatte er sich richtig angezogen und sich dann ein bißchen Kleingeld von Passanten zusammengebettelt und einen Bus zurück ins West End genommen.

Gail war wach, als er zurück in ihr Versteck kroch. Er erzählte ihr, was passiert war. Und sie hatten ziemlich lange darüber geredet, während Züge über ihren Köpfen wegdonnerten und die Dunkelheit einbrach. Gail hatte gesagt, er wäre dumm, nicht zu wissen, was in Bobbies Kopf vorgegangen war.

Und dann war Bobbie auf einmal dort gewesen, unter der Brücke, kletterte zu ihrer Höhle herauf, und der Alptraum hatte begonnen.

Er sah die Augen der Frau flattern, und einen Augenblick lang wurde er an Gail erinnert. So sah sie aus, wenn sie von einem Trip runterkam: mit flatternden Augen, die versuchten, sich auf etwas einzustellen. In mehr als nur einer Hinsicht erinnerte ihn die Frau an Gail: die gleiche Größe, die gleiche Gesichtsform, die gleichen kurzen Haare.

«Mit Ihnen alles okay?» sagte er.

Sie setzte sich langsam auf. Er war kein schwarzer Mann. Er war ein schwarzer *Junge*! Sie suchte nach dem Messer, sah es jedoch nirgends. Dann schaute sie in sein Gesicht und meinte, es würde ihr irgendwie vage vertraut vorkommen. Sie bewegte sich wieder und stöhnte unter Schmerzen laut auf. Ihre linke Schulter hatte bei dem Sturz das meiste abbekommen, und sie meinte, vielleicht hätte sie sich das Schlüsselbein gebrochen.

«Mit Ihnen alles okay?» fragte Terry wieder.

«Was interessiert's dich?»

Das Wesen ihrer Angst hatte sich geändert, da sie ihn jetzt etwas besser gesehen hatte. Sie erkannte, daß sie ihn das erste Mal mit Augen gesehen hatte, die bereits auf panische Angst programmiert gewesen waren. In diesem Augenblick hatte er wie der Stoff ausgesehen, aus dem Alpträume gemacht sind. Jetzt konnte sie sehen, daß er ein Junge war, vielleicht ein gefährlicher Junge, aber eben ein Junge.

«Wieso bist du nicht weggelaufen?» sagte sie. «Solange du noch die Chance hattest.»

«Ich hab's nicht getan», sagte Terry, in dem das Gefühl, ungerecht behandelt zu werden, wieder stärker wurde.

Sie versuchte aufzustehen, konnte es aber nicht. Irgend etwas stimmte mit ihrem linkne Bein nicht. Sie hatte nur einen einzigen Gedanken: diesen schwarzen Jungen aus dem Haus zu bekommen, dann Hilfe zu holen. Auch wenn er noch ein Junge war, war er dennoch ein Mörder, und jede Sekunde, die er dort war, schwebte sie in Gefahr.

Warum in aller Welt hatte er Jack umgebracht? Aus einem Kurzschluß heraus? Es konnte wohl kaum geplant gewesen sein.

Aber... und dieser Gedanke folgte direkt auf die anderen... wenn er auch sie lieber tot als lebendig haben wollte, dann hatte er die perfekte Gelegenheit dazu gehabt. Während sie vorübergehend bewußtlos am Fußende der Treppe lag, hätte er sie... Ihr Verstand schreckte vor dem Gedanken zurück, was er alles mit ihr getan haben könnte. Aber ganz sicher hatte er die Chance gehabt.

«Ich schwöre auf meinen sterbenden heiligen Eid», sagte er.

«Was?»

Das war die gewaltigste und ehrfurchtgebietendste Erklärung in Terrys Vokabular. Auch sie stammte von seinem Großvater.

Wenn du bei deinem sterbenden heiligen Eid schwörst, kann Gott dich erschlagen!

Einen Moment lang wurde Maria von Schmerzen überwältigt. «Okay. Ich glaube dir.»

Halt ihn bei Laune, dachte sie. Es war immer das Beste, ihnen ihren Willen zu lassen. *Ihnen?* Wer waren sie? Sie begann ihr Bein zu reiben, und allmählich kehrte das Gefühl zurück.

«Du bist geblieben, um mir zu sagen, daß du den Mann oben nicht getötet hast? Stimmt das?»

«Ja.»

«Okay, jetzt hast du's mir ja gesagt. Ich glaube dir.»

Er sah sie verwirrt an. «Und weil Sie verletzt waren.»

Ein bitteres Lächeln spielte um ihre Lippen. «Du bist geblieben, weil ich verletzt war?»

«Ja.»

Affenscheiße, dachte sie. Affenscheiße.

Sie sagte: «Das war lieb von dir. Nett.»

Wollte er sie? Er sah ein bißchen zu jung für einen Vergewaltiger aus, aber wie konnte man das heutzutage schon sagen?

«Tja, ich bin okay», sagte sie. «Du kannst jetzt gehen. Du bist frei.»

«Sie glauben, ich hätte den Mann umgebracht?» sagte Terry. So wie das Licht jetzt auf sein Gesicht fiel, wußte sie, daß sie ihn schon mal gesehen hatte.

«Nein. Nein.»

«Ja. Das glauben Sie. Ich werd Ihnen was zeigen.»

Er nahm sein Messer heraus. Es machte Klick! und die Klinge sprang aus dem Heft.

«Um Himmels willen!» sagte sie, riß die Hände hoch.

Aber er bedrohte sie nicht. «Das hier ist ein Messer, richtig?»

«Ja... ja...»

«Ich meine, er ist nicht an einem Messer gestorben. Ich hab's gesehen. Ich war im Badezimmer. Er ist erschossen worden. Er hat Einschußlöcher.»

Er stand auf. «Wollen Sie mitkommen und selber sehen?»

«Nein! Nein! Ich glaube dir!»

Sie schleppte sich auf das Sofa.

«Hör zu», sagte sie. «Besser, du verschwindest von hier, bevor die Polizei dich findet. Ich habe Geld. Ich gebe dir viel Geld.»

«Ich will kein Geld», sagte er.

Sie konnte ihren Blick nicht von dem Messer lösen.

Halt ihn am Reden!

«Was willst du dann?» sagte sie.

«Keine Ahnung.»

«Du weißt es nicht? Aber es muß doch irgendwas geben. Ich meine, was willst du hier in meinem Haus? Das hier ist mein Haus, weißt du?»

«Ja.»

«Wie heißt du?»

«Äh... Terry.»

«Ich heiße Maria. Dachtest du, du könntest dich hier verstekken?»

«Wir haben einen Ort gesucht, an dem wir leben könnten.»

«Wer?»

«Gail und ich. Und mein Großvater.»

«Gail?»

«Ja. Sie und mein Großvater. Wir werden zusammen wohnen.»

«Hier? In meinem Haus?»

«Nur solange ich mich umsehe.»

«Dann warst du also schon im Haus, als Jack... als der Mann gekommen ist?»

«Ich habe ihn gehört. Also habe ich mich versteckt.»

«Und dann?»

«Er sitzt rum, und dann kommt jemand an die Tür, und er rennt die Treppe rauf nach oben, und der Mann bricht die Schlafzimmertür auf und... mit Ihnen alles in Ordnung?»

Übelkeit schwappte in Wellen über sie hinweg, und Schmerzen brachen über ihren ganzen Körer zusammen. Einen Augenblick lang dachte sie, sie würde wieder das Bewußtsein verlieren.

Halt ihn am Reden!

«Ist Gail deine Freundin?»

Er schwieg einen Augenblick, sagte dann: «Ja. Sie ist meine Freundin.»

«Erzähl mir von beiden.»

Er erzählte ihr von Gail. Er erzählte ihr von seinem Großvater und wie er die vierhundert Meter für Jamaika gelaufen war. Er erzählte ihr von Arthur Wint und Herb McKenly und Harrison Dillard und Daley Thompson, bis sich ein Nebel in Marias Kopf ausbreitete und sie nichts mehr verstand. Er redete fieberhaft auf sie ein. Es war, als könnte er nicht mehr aufhören.

Dann fing er an, von einem Mann namens Bobbie zu erzählen. Seine sich überstürzenden Worte kamen wieder langsamer. Er begann, seine Worte sorgfältiger auszuwählen. Es war, als würde er eigentlich sich selbst erzählen, was passiert war. Es erklären. Erörtern. Rechtfertigen. Rationalisieren.

Etwa zur Hälfte dieser merkwürdigen Erzählung erkannte Maria, daß sie wußte, wer dieser Junge war. Die grüne Wollmütze. Seine Beschreibung war im Fernsehen und im Radio durchgegeben worden. Und als ihr das klar wurde, hatte sie doppelte Angst, denn selbst wenn sie begonnen hatte, ihm wegen Jack zu glauben, wußte sie jetzt, daß er wirklich einen Mann getötet hatte.

Sie merkte, daß er zu sprechen aufgehört hatte und sie mit einem durchdringenden Blick anstarrte. Hastig sagte sie: «Du sagst, sein Name wäre Bobbie gewesen und er hätte dich mit in seine Wohnung genommen. Was passierte dann?»

«Er hat mir ein Sandwich gemacht und eine Tasse Tee. Es war kalt.»

«Und?»

«Ich sehe fern. Und er arbeitet an seinem Schreibtisch. Und dann sagt er, ob ich nicht baden möchte, richtig?»

«Und?»

«Also steige ich in die Wanne, und er will... Hören Sie, ich kann nicht mehr sagen.»

«Doch, du kannst. Um Himmels willen, ich bin alt genug, ich könnte deine Mutter sein.»

Darüber dachte er einen Augenblick nach und sagte: «Und dann fängt er an, an mir rumzumachen, richtig?»

Sie dachte: *Willst du wirklich noch mehr hören?* Aber da war irgend etwas in seinen Augen, eine flehende Bitte, ein Bedürfnis, auf das sie fast gegen ihren Willen reagierte.

«Oh, mein Gott, Terry!» sagte sie.

«Ja.»

«Und?»

«Es gefällt mir nicht. Also steige ich wieder aus der Wanne raus, und er kommt mir nachgelaufen, also mache ich ihm seine Tassen und Untertassen kaputt. Und er sieht wirklich *stinksauer* aus! Richtig total stinksauer!»

«Und?»

«Also verdufte ich und kehre zu Gail zurück. Aber dann kommt er dorthin. Er will, wissen Sie, mich schlagen. Und Gail, also, sie gibt mir das Messer.»

«Oh, mein Gott, Terry», wiederholte sie.

«Ja.» Dann sagte er: «Ich wollte's nicht tun. Er ist auf mich losgegangen, oder?»

«Hör zu, ich werde dir helfen.»

«Wie denn?»

«Vertraust du mir?»

«Ja, ich schätze.»

«Also, dann reden wir noch ein bißchen. Wir überlegen uns einen Weg. Aber ich werde dir helfen. Das schwöre ich dir. Du mußt mir nur vertrauen.»

«Sie können absolut nichts machen.»

Irgend etwas an der Art und Weise, wie er das sagte, eine Hoffnungslosigkeit, eine Endgültigkeit, rührte sie.

«Es war Notwehr», sagte sie. «Sie werden Gail finden. Sie wird für dich aussagen. Verstehst du das denn nicht? Sie wird ihnen alles sagen.»

«Gail werden sie niemals finden», sagte er.

Diesmal war die Betonung unmißverständlich. Oh, mein Gott, dachte sie, sie hat er auch noch umgebracht.

«Terry.» Sie versuchte ihre Stimme ruhig und herzlich klingen zu lassen. «Terry, würdest du etwas für mich tun? Würdest du mir ein Glas Wasser holen?»

Er sah sie skeptisch an.

«Bitte», sagte sie. «Dann reden wir weiter. Dann werden wir uns überlegen, wie wir dir helfen können.»

«Okay.»

Langsam und traurig drehte er sich um und ging in die Küche. Sie hörte, wie er den Wasserhahn aufdrehte. Sie zog das Telefon vom Couchtisch und begann Tasten zu drücken... neun... neun... neun...

Plötzlich wurde die Leitung aus ihrer Hand gerissen. Terry sägte mit seinem Messer daran.

«Das hab' ich mal im Fernsehen gesehen», sagte er. «Im Fernsehen machen sie das immer.»

Sie sahen sich an. Das Licht in seinen Augen war verloschen.

Sie spürte einen scharfen Schmerz in ihrer Brust. «Es tut mir leid, Terry», sagte sie. «Es tut mir ja so leid.»

Er zuckte mit den Achseln und ging langsam zum Fenster hinüber und schaute hinaus. Er drehte ihr den Rücken zu. «Ich gehe jetzt», sagte er.

Neuer Mut keimte in ihr auf.

Dann sagte er: «Der Mann, der Ihren Freund umgebracht hat. Er ist da draußen.»

«Was meinst du damit?»

«Er wartet in dem Auto. Der japanische Mann.»

Er begann auf die Treppe zuzugehen.

«Japanisch?»

«Ja.»

«Wieso sagst du japanisch?»

Sie stand auf und ging zum Fenster. Zwanzig Meter die Mews hinunter stand auf der anderen Straßenseite ein Toyota-Kombi. Direkt daneben stand ein Mann, und er trug einen Trilby.

Die Rädchen in ihrem Kopf arbeiteten fieberhaft. Setzen alles zusammen. Die Stimme am Telefon. Jack. Das Geld. Das hatte nichts mit Japan zu tun. Aber alles mit Jack. Hatte alles mit Hongkong zu tun.

«Terry! Hör mir jetzt bitte zu!» Plötzlich sah das Szenario völlig anders aus. «Ich glaube dir! Ich glaube dir wirklich!»

Er war schon halb die Treppe hinauf.

Sie ging zum Fußende.

«Wo willst du hin?»

«Ich gehe, bevor der Mann zurückkommt.»

«Aber dort oben gibt es keinen Ausgang! Es gibt auch keine Hintertür!»

«Ich kenne einen Weg.»

«Terry, laß mich nicht allein!»

«Ich muß gehen.»

«Terry!»

«Was?»

«Bitte. Ich flehe dich an. Wenn du einen Weg hier raus kennst, dann nimm mich bitte mit.»

«Warum sollte ich?»

«Weil ich dir glaube.»

Er starrte sie an.

«Um Himmels willen, hättest du mir geglaubt, wenn ich dir so eine Scheiße aufgetischt hätte? Vierhundertmeter-Lauf. Daley Thompson! Versteht du nicht? Wie *konnte* ich dir denn glauben?»

Doch für Terry schien nichts verwirrend gewesen zu sein.

«Paß auf. Ich glaube, ich weiß, wer der Mann ist. Nein, ich weiß nicht *wer*, aber warum er dort draußen ist. Warum er es gemacht hat. Er will Geld, einen Haufen Geld. Und er wird zurück ins Haus kommen, um es zu suchen. Wir müssen von hier verschwinden. Wenn du mir hilfst, werde ich dir auch helfen. Ich verspreche es dir. Ich schwöre es.»

Terry sah sie voller Verachtung an.

«Okay», sagte sie. «Ich weiß, was du jetzt wahrscheinlich denkst. Du hast mir vertraut. Ich habe dich enttäuscht. Aber hör zu. So was passiert zwischen Menschen. Wir sind nicht perfekt. Wir enttäuschen einander von Zeit zu Zeit. Was ist mit Gail? War sie immer nur perfekt? Wir machen alle Fehler, Terry. Wir sind auch nur Menschen!»

Er zuckte mit den Achseln. «Okay», sagte er. «Aber besser, Sie beeilen sich.»

Sie folgte ihm die Treppe hinauf. Er zog die Falltür auf, und die Leiter auf den Boden schwang herab. Ihr linkes Bein gab nach, als sie ihr Gewicht darauf verlagerte.

«Hilf mir!» sagte sie.

Er ging zuerst rauf und legte seine Hand unter ihren Arm und wendete seine ganze Kraft auf, und langsam, wie ein Sack Mais, schaffte sie es auf den Dachboden.

«Bleiben Sie dicht hinter mir», sagte er, zog die Leiter wieder hoch und schloß die Falltür.

Sie folgte ihm blind in die Dunkelheit, schürfte sich die Knie auf und verletzte sich an Balken und Rohren. Sie konnte ihn nicht sehen, berührte aber sein Bein und kroch weiter. Sie hörte, wie er etwas zur Seite schob, und dann roch sie plötzlich das Land: Pferde, Mist, Heu. Einen Augenblick später lag sie selbst tief im Heu und schaute auf die breiten Rücken mehrerer Pferde hinunter.

«Kommen Sie», flüsterte er.

Sie folgte ihm die Leiter vom Heuboden hinunter. Er blieb einen Moment stehen und streichelte eines der Pferde. Er kletterte zu einem kleinen Fenster hinauf und schaute hinaus. Dann gab er ihr mit einem Zeichen zu verstehen, daß der Mann draußen in ihr Haus gegangen war.

Es gab noch eine kleinere Tür in dem großen Tor des Stalles, die mit einem Riegel verschlossen war. Er öffnete sie, und sie schlüpften hinaus auf die Mews.

«Schnell!» zischte er.

Sie begann so gut sie konnte zu laufen. Das Ende der Mews wurde fast völlig von einem Auto versperrt. Es war der kleine weiße Wagen, und ein Mann, ebenfalls mit einem Trilby, saß auf dem Fahrersitz. Sie mußten sich an ihm vorbeizwängen. Ihre Blicke begegneten sich. Sie wußten beide, wo sie ihn schon gesehen hatte. Sie hörte ihn etwas brüllen, dann zerrte Terry an ihrem Arm und sie rannten über die Bayswater Road, wichen dem Verkehr aus. «Hier! Schnell da durch!»

Terry zeigte ihr ein Loch im Zaun des Parkes. Sie schaffte es irgendwie, durchzukommen. Er folgte ihr. Dann nahm er ihre Hand und zog sie hinter sich her über das dunkle nasse Gras.

28

Sie waren noch keine fünfzig Meter weit gekommen, da erkannten sie, daß ihnen jemand folgte. Sie waren an den Springbrunnen und dem Jenner-Denkmal vorbei und weiter ans Westufer des Long Waters gelaufen, schlugen den Weg ein, der sie schließlich zu der Peter Pan-Statue führen würde, als sie hinter sich das Geräusch laufender Schritte hörten.

Maria zerrte an Terrys Arm. Das Atmen bereitete ihr Schmerzen, und vor ihren Augen tanzten dunkle Punkte. Sie wußte, daß sie zusammenbrechen würde, wenn sie jetzt stehenblieb.

Auch Terry spürte das, und er zog sie vom Weg herunter nach rechts. Eine niedrige Mauer ragte vor ihnen auf. Sie war genau dort, wo er gehofft hatte, daß sie sein würde, wo sie seiner Erinnerung nach sein mußte.

«Ich kann das nicht!» sagte sie, als Terry rüberkletterte. Er zog sie hoch. Sie stieß sich Knie und Schienbeine auf. Dann waren sie über die Mauer und standen auf einem halben Morgen Müll und gemähtem Gras.

Einige der Grashaufen schwelten, feine Rauchschwaden schraubten sich von ihnen in die Nacht hinauf. Hin und wieder, wenn der eisige Wind aus Nordosten kurz auffrischte, flackerten für einen kurzen Moment kleine Flammen auf, und dann erstarben sie wieder wie der Wind.

Das gemähte Gras war von einem Dutzend starker Mähmaschinen herangeschafft und dann mit einem Bulldozer zusammengeschoben worden. Manche dieser Haufen waren fast zwei Meter hoch. Das ganze Gelände hatte etwas Unheimliches. Es war, als würde Dunst aus Erdspalten in einer Vulkanlandschaft mitten in London aufsteigen.

«Ich kann nicht weiter», sagte Maria. «Ich kann nicht.»

«Okay. Wir können hier bleiben.»

In seinem Kopf hatte er wieder den ursprünglichen Plan, bevor der Parkangestellte ihn überrascht hatte. Das hier war ein Zufluchtsort, wo sie sich in dem gemähten Gras eingraben konnten. Normalerweise wäre es feucht gewesen, aber der kalte Wind der letzten paar Tage hatte es getrocknet. Er suchte einen Haufen, in dem kein Feuer brannte, und dort gruben sie sich ein wie Hamster im Stroh.

«Hier kann uns nichts passieren», flüsterte er.

Sie nickte. Sie lauschte auf die Schritte. In ihrem Kopf überstürzten sich Gedanken und Erinnerungen. Noch während sie gelaufen waren, hatte sich ihr Unterbewußtsein an die Anrufe in Hampshire erinnert, an den Mann auf der Straße in dem weißen Auto.

Jack mußte irgend jemandem Geld gestohlen haben. Was sie nicht einmal weiter überraschte. Es war schon immer zu erwarten gewesen, daß er früher oder später etwas Kriminelles machte. Gerade das hatte ihn so aufregend gemacht. Dann hatte er also nun wirklich jemandem Geld gestohlen, und sie waren hinter ihm her. Nach allem, was sie über Hongkong wußte, überraschte auch das sie nicht weiter. Wie die meisten Menschen hatte auch sie schon von der Mafia ähnlichen Organisation der Triaden gehört.

Sie wünschte sich, einfach in den Park hinauszulaufen, einen der Männer zu suchen und ihm zu erzählen, wo genau sich das Geld befand, damit er es holen und sie in Ruhe lassen konnte.

Aber sie wußte, daß dies keine Leute waren, die einfach sagen würden: «Okay. Abgemacht!»

Es war wie in einer dieser schrecklichen viktorianischen Moralgeschichten von der gefallenen Frau: Ein kurzer Augenblick der Schwäche bedeutete ewiges Fegefeuer.

«Mit Ihnen alles okay?» flüsterte Terry.

«Ja.»

«Hier sind wir sicher.»

«Ja.»

Sicher. Besser erst gar nicht weiter darüber nachdenken. Sicher mit einem Jungen von der Straße, der einen Mann erstochen hatte.

Der Wind frischte wieder auf, und sie konnte das Feuer in einem großen, trockenen Grashaufen rechts von ihnen knistern hören. Plötzlich sah sie im Geiste Richard vor sich, der Gartenabfälle verbrannte. Oft ließ er einfach einen Haufen wie diese hier leise vor sich hinschwelen, immer wieder flackerten die Flammen dann während der Nacht auf, und am nächsten Morgen würde nichts als Asche übrig sein.

Wenn er doch nur nicht fortgegangen wäre. Wenn… wenn… wenn…

Auf der Bayswater Road sagte Eddie Twyford: «Da ist das *Duke of York,* Guv'nor.»

«Okay, fahr auf den Bürgersteig.»

Noch ehe sie die Tür geöffnet hatten, hatte Silver die Lücke im Zaun gesehen.

«Sieht wie eine gottverdammte Autobahn aus», sagte Macrae.

Sie zwängten sich durch.

«Wenn er im Freien schläft, könnte er praktisch überall sein», sagte Silver.

«Woods hat gesagt, er hätte ihn zuerst hinter der Peter Pan-Statue gesehen, auf dem Müllgelände. Dort hat er Schutz vor dem Wind gesucht. Laß es uns da versuchen.»

Maria hörte eine Stimme. Nur ein gebrüllter Wortfetzen im Wind. Dann meinte sie, das Kratzen von Schuhen auf der Mauer zu hören. Terry hörte es ebenfalls, denn er schien sich noch tiefer einzugraben. Sie wußte, daß sie für jeden, der keine Taschenlampe hatte, unsichtbar sein mußten.

Und dann ging plötzlich, so plötzlich, daß sie beinahe aufschrie, der Grashaufen rechts neben ihr in Flammen auf. Einer der Chinesen zeichnete sich als deutliche Silhouette vor dem orangefarbenen Licht ab. Er hielt ein Stück Holz in der Hand und hob das Gras an, so daß der Wind bis ins Herz des Haufens fahren konnte.

Flammen schossen in die Nacht, erhellten mehrere Meter weit das Gelände. Ein weiterer Haufen ging in Flammen auf. Dann ein dritter. Gras und alte Zeitungen und Kartonfetzen und Plastik, das alles stand nun in hellen Flammen.

Da waren mehrere Haufen von Gras und Abfall, die ursprünglich nicht gebrannt hatten, doch die Männer begannen systematisch, auch diese anzuzünden. Es war nur noch eine Frage von Sekunden, bis auch ihr Versteck in Flammen stand.

«Wir müssen hier weg», sagte Terry.

Schon bei dem Gedanken an Bewegung zuckte sie zusammen. Ihr Arm tat weh, ihre Beine fühlten sich schrecklich schwach an. Eine heftigere Böe fegte über den Park, und der Haufen direkt neben ihnen loderte plötzlich auf.

«Jetzt!» sagte Terry.

Sie kämpften sich aus ihrem Versteck und liefen Richtung Mauer. Ein zweiter Chinese tauchte aus dem Nichts auf. Er war schon fast über ihnen. Er ging in die Hocke, hielt wie ein Profi eine Pistole, beide Hände um den Griff gelegt.

Plötzlich schlug Terry wie eine Antilope einen Haken, und dann sprang Terry, bevor der Mann sich entscheiden konnte, welches sein Ziel war, ihn mit aller Kraft an. Der Chinese stolperte über den Müll und Abfall, seine Arme ruderten wie eine Windmühle, und dann verlor er in einer schnellen Folge von kurzen Schritten nach hinten das Gleichgewicht und landete mit einem Schrei im brennenden Gras.

Der zweite Mann kam herübergelaufen und packte seine Jacke. Ein paar Sekunden kämpfte er. Wie eine brennende Vogelscheuche kam der erste Chinese aus dem Feuer.

Terry kletterte über die Mauer, während er gleichzeitig Maria weiterzog. Vor ihnen war die Statue. Doch dann sah er aus Richtung Bayswater Road zwei Männer auf sie zugelaufen kommen.

«Hier lang!» zischte er.

Doch Maria konnte nicht mehr laufen. «Ich kann nicht!»

Da war nur noch das Wasser. Er erinnerte sich, wie der Parkangestellte auf die andere Seite gezeigt hatte, wo das Schilf dicht stand und die Äste der Bäume weit über das Wasser hinausragten, und wie er sagte: «Da drüben schlafen die Enten.»

Schweigend wateten sie in das schwarze Wasser, auf das schützende andere Ufer zu.

Wasserpflanzen schlangen sich um ihre Beine, unter ihren Füßen nichts als weicher Schlamm. Enten quakten ängstlich und verärgert und flatterten aufgeregt fort.

Sie wollte sagen: «Laß mich zurück. Dich wollen sie nicht.» Dann dachte sie, doch, wahrscheinlich auch ihn. Sie hatte ihn mit hineingezogen. Nein, das stimmte nicht. Er hatte sich selbst hineingezogen.

«Oh, mein Gott!» Sie spürte, wie ein Ast unter Wasser gegen ihr Bein schlug.

«Wir sind gleich da.»

«Geh allein weiter! Du kannst laufen.»

«Hier rein», flüsterte er, teilte die langen Zweige einer Trauerweide. «Hier werden sie Sie nie finden.»

Doch das glaubte sie nicht mehr. Sie hatten sie auch in dem Grashaufen gefunden.

«Terry, lauf jetzt weiter.»

«Aber was werden Sie denn machen?»

Sie schwieg. Sie wußte es nicht. Das Wasser reichte bis zu ihrer Taille, und sie begann zu frieren.

Macrae und Silver hatten die Flammen gesehen, und sie hatten auch, als sie auf die Mauer zugelaufen waren, zwei Menschen, eine Frau und einen Jungen, vor ihnen über den Weg laufen und ins Wasser flüchten sehen.

«Terry!» rief Macrae laut. «Terry Collins!»

Dann hatte Silver gebrüllt: «Paß auf!»

Rechts von ihnen kam ein Mann aus der Dunkelheit, seine Kleider brannten. Ein zweiter Mann, dessen Kleidung ebenfalls brannte, allerdings weniger, stürmte an ihm vorbei. Er hatte eine Pistole in der Hand und schoß einmal auf Macrae, dann stürzte er sich ins Wasser.

Die brennende Vogelscheuche schaffte es nicht. Im Laufen verursachte er seinen eigenen Wind, und das, zusammen mit einer weiteren heftigen Böe, bewirkte, daß er wie eine Fackel aufloderte. Seine Schritte gerieten ins Stocken. Er bleib stehen. Und dann stürzte er, wie eine Guy Fawkes-Rakete, die nicht vom Boden abgehoben hatte, in einem Funkenregen einfach nach vorn.

Macrae und Silver liefen ans Ufer hinunter. Der erste Mann kniete, die Pistole in der Hand. Macrae schlug ihm von der Seite gegen den Kopf, und Silver packte seinen Schußarm. Sie schleppten ihn vom Wasser zurück.

«Ich weiß nicht, was zum Teufel hier los ist, mein Junge», sagte Macrae. «Aber was auch immer es ist, es stört den Frieden am Karfreitag.»

Silver watete ins Wasser. «Terry!» rief er. «Terry Collins!»

Unter den Bäumen am anderen Ufer bewegte sich etwas.

«Terry, hör zu! Ich heiße Leo. Ich bin Polizist. Es ist alles in Ordnung. Es wird dir nichts passieren. Terry! Bist du da?»

Plötzlich auf der anderen Seite lautes Platschen. Dann sich schnell entfernende Schritte. Dann eine Frauenstimme: «Bitte, helfen Sie mir!»

Silver watete in das schwarze Wasser hinaus. «Wo sind Sie?»

«Hier. Unter dem Baum.»

Das Wasser legte einen eisigen Griff zuerst auf sein Skrotum und dann seinen Rücken. Macrae stand am Ufer. «Rechts von dir!» rief er.

Silver ging weiter. Zweige bewegten sich, und er sah den weißen Klecks ihres Gesichtes.

«Geben Sie mir Ihre Hand», sagte er.

Sie stolperte nach vorn, und er fing sie auf, dann zog er sie auf das andere Ufer hinauf.

«Sie sind jetzt in Sicherheit», sagte er. «Ich bin bei Ihnen.»
Vor Erleichterung begann sie zu zittern – und dann zu weinen.

Für Maria verging der Rest der Nacht und der größte Teil des frühen Samstagmorgens wie im Traum – aber wenigstens war es ein Traum und nicht länger ein Alptraum. Die beiden Chinesen, der eine tot und der andere, nach Macraes Schlag gegen den Kopf, immer noch außer Gefecht gesetzt, wurden fortgebracht. Dann führte Maria Macrae und Silver zu dem Haus in der Broadhurst Mews, wo Bensons kalter Leichnam immer noch in die Tagesdecke verheddert lag. Sie gab ihnen das Geld und versuchte, alles so gut sie konnte zu erklären.

Sie versiegelten das Haus und verständigten den zuständigen Mann der Spurensicherung, den Polizeifotografen und das Büro der Gerichtsmedizin. Als sie sie aufs Revier brachten, um ihre Aussage aufzunehmen, trug sie Silvers Lederjacke und Macraes dikken Wollschal.

Und zu diesem Zeitpunkt war Terry schon weit fort.

29

«Die Feiertage sind schon wieder halb vorbei», sagte Zoe, «und wir hatten bis jetzt praktisch nichts voneinander. Von einer Orgie ganz zu schweigen.»

«Ich weiß», sagte Leo, als er aus der Dusche trat und sich abtrocknete.

Es war Frühstückszeit am Ostersamstag, und er war gerade erst nach Hause gekommen.

«Das ist die einzige Zeit des Tages, an der ich dich zu sehen kriege. Entweder jetzt oder spät nachts. Was machen eigentlich ganz durchschnittliche und normale Menschen?»

«Wir sind nicht durchschnittlich.»

«Willst du noch Kaffee?»

«Hör zu, in ein paar Stunden muß ich wieder ins Büro. Die Ereignisse haben sich plötzlich überschlagen.»

«Ich dachte, du hättest den Fall gelöst. Ich dachte, es wäre ein Junge gewesen.»

«Bis gestern, ja. Und heute ist es... tja...» Er erklärte es ihr, so gut er konnte, aber der Ausdruck auf ihrem Gesicht verriet unmißverständlich, daß sie nicht verstand, und er wußte selbst zu wenig von dem, was wirklich los war, um es deutlicher machen zu können.

«Aber was ist mit diesem Jungen?»

«Wir haben ihn im Park verloren. Es war stockdunkel. Als wir uns um die beiden anderen gekümmert und die Frau gefunden hatten, war er längst über alle Berge.»

Er zog seinen Schlafanzug an und kroch ins Bett. Er war so müde, daß sich sein Kopf dumpf und benommen anfühlte.

Sie legte sich neben ihn und umarmte Silver. «Das hier ist jetzt rein platonisch», sagte sie schnell. «Halt mich einfach nur. Das ist besser als gar nichts.»

Sie war warm und lebendig und atmete, und ihre Haut unter seinen Händen fühlte sich wunderbar an. Langsam begann er sich zu entspannen. Langsam verblaßten in seinem Kopf die Bilder der vergangenen Nacht: der brennende Mann, der Tote. Langsam wurde er in ihren Armen wieder zu Leopold Silver, einem Menschen.

Schläfrigkeit breitete sich in ihm aus.

«Leo, was wird jetzt aus dem Jungen?»

«Wir werden ihn schnappen. Vielleicht noch heute. Weit kann er nicht kommen.»

«Und?»

«Wir werden seine Geschichte nachprüfen. Ich bin ziemlich sicher, daß ich weiß, was wirklich passiert ist. Wahrscheinlich war es Notwehr.»

«Armer Junge.»

«Ja.»

Macrae saß auf seinem ungemachten Bett und wählte Lindas Nummer. Als hätte sie auf den Anruf gewartet, meldete sie sich praktisch sofort.

«Oh, du bist es, George.»

Klang sie vielleicht eine Spur enttäuscht?

Er sagte: «Tut mir leid, daß ich so früh anrufe. Bist du schon auf?»

«Ja, ich bin auf.»

«Ich wollte vorschlagen, daß wir uns treffen.»

«Richtig. Du sagtest es bereits.»

«Aber die Dinge haben sich... also, es ist alles ein bißchen, du weißt schon...»

«Oh. Ja, schon in Ordnung.»

Sie klang sachlich. Höchstwahrscheinlich hatte sie sowieso eine Verabredung mit einem anderen.

«Könnte ich dich morgen anrufen?» sagte er.

«Morgen?»

«Morgen bin ich vielleicht wieder klarer.»

«Laß mich nachdenken. Ja. Warum nicht? Ruf mich einfach morgen noch mal an.»

«Das werde ich. Ach, und, Linda...»

«Ja.»

«Sag Susie, es geht klar. Ich meine, wegen dem Geld. Ich werde es schon irgendwie zusammenkriegen.»

«Das ist nett von dir, George!»

«Ja. Hör zu, ich muß jetzt los. Ich dachte nur, ich sag' dir kurz Bescheid.»

«Danke, George. Ich werde sie noch heute anrufen. Sie wird begeistert sein.»

«Also, dann. Ich werde versuchen, dich morgen anzurufen.»

Er legte den Hörer auf und gönnte sich einen ordentlichen Schluck Whisky, dann streckte er sich vollständig angezogen auf seinem Bett aus. Der Whisky schmeckte gut. Wenn er schon wurde wie sein Vater, dann würde er es wenigstens genießen.

Aber er wurde nicht so.

Nein, er wurde nicht so.

Denn wenn er wirklich das Geld verdienen wollte, das er ganz offensichtlich verdienen mußte, dann würde er den Whisky vergessen müssen. Und er würde ein ganz braver Junge sein müssen.

Himmel, was für Aussichten.

Am anderen Ende der unterbrochenen Leitung holte sich Linda Macrae eine Tasse Kaffee und schaute auf die stille Vorortstraße hinaus. Sie würde zwei Tassen trinken und anschließend mit einem Buch in der Hand ein langes, ausgiebiges Bad nehmen. Und dann? Tja, wenigstens hatten die Geschäfte geöffnet. Sie konnte aus dem Haus gehen und Lebensmittel für das Wochenende einkaufen. Aber das würde nicht besonders lange dauern. Es war nur noch ein Ein-Personen-Haushalt.

Und dann?

Sie wußte es nicht.

Das lange Wochenende war halb vorbei, aber es war immer noch ganz schön weit bis Dienstag.

Zur gleichen Zeit, als Linda sich ihre zweite Tasse Kaffee einschenkte, schloß Maria die Tür ihres Hauses in Hampshire auf. Caesar hatte sie noch nicht wieder abgeholt. Sie wollte zuerst ein paar Stunden ausruhen. Sie schloß die Tür hinter sich und dachte: Zuhause. Zum ersten Mal kam es ihr wirklich wie Zuhause vor, wie ihr eigenes Reich.

Sie warf ihre Sachen auf den Tisch in der Diele. Sie wollte ein heißes Bad und danach ins Bett. Sie hatte die ganze Nacht mit Macrae und Silver verbracht. Sie hatte ihre Geschichte ein halbes Dutzend Mal erzählt, und jedesmal hatte es sich angehört, als würde sie ein schmutziges Wochenende beschreiben, bei dem alles schrecklich schiefgegangen war.

Was auch der Fall war – aber auf eine andere Art.

Als sie zum Fußende der Treppe ging, hörte sie aus dem hinteren Teil des Hauses ein Geräusch. Es schien aus der Küche zu kommen. Da war es wieder. Ein schrammendes Geräusch. Als hätte jemand einen Stuhl bewegt.

Das Haus war düster und still. Die panische Angst der vergangenen Nacht ergriff wieder von ihr Besitz. Wer war das? Ein anderer Mann? Jemand, der nur wegen ihr gekommen war?

Am Ende des Ganges sah sie plötzlich eine Gestalt wie aus dem Nichts materialisieren. Er schien auf sie zuzukommen. Sie drehte sich um und flüchtete zurück zur Haustür, riß an der Klinke.

«Maria!»

Sie blieb stehen und drehte sich um. Jetzt konnte sie ihn erkennen.

«Oh, mein Gott, Richard!»

Sie warf sich in seine Arme, spürte, wie er sie an sich drückte, ihr den Atem aus den Lungen preßte.

«Oh, mein Gott. Ich bin ja so froh, dich zu sehen! Wann bist du zurückgekommen?»

«Vor einer halben Stunde. Wo bist du gewesen, und wo ist der Hund? Es ist doch nichts passiert, oder?»

«Ich erzähle dir gleich alles», sagte sie, begann ihre Geschichte bereits im Geist zu überarbeiten. «Aber du zuerst. Ich dachte, du wärest das ganze Wochenende fort.»

In der Küche, wo er sich ein Frühstück gemacht hatte, schenkte er ihr eine Tasse Kaffee ein. Während er sprach, verschwand das Lächeln aus seinem Gesicht. Als er ihr sagte, wo er gewesen war.

«Hongkong!» sagte sie. «Aber du hast doch gesagt...»

«Lissabon. Ich weiß.»

Und dann erzählte er ihr den Grund.

«Unterschlagen?» sagte sie. «Im Geschäft?»

«Ja, ich fürchte. Und es läuft schon eine ganze Weile so. Mrs. Feniman hatte mich alarmiert. Du erinnerst dich an sie?»

«Chiffon-Schals.»

«Genau.»

«Dann hat also Mrs. Feniman hier angerufen. Und ich dachte...»

«Was?»

«Nichts.» Sie steckte sich eine Zigarette an und sagte: «Ich wußte schon immer, daß Jack unehrlich war, aber ich hätte nie gedacht, daß er *uns* bestiehlt. Dich.»

«Uns. Nun, er hat es getan. Ich wollte dir nichts davon sagen, bis ich hundertprozentig sicher war, und ich konnte nicht sicher sein, bevor ich selbst drüben gewesen war. Er ist verschwunden. Hat das Weite gesucht. Und er hat mitgenommen, was er mitnehmen konnte.»

«Liebling, da ist etwas, das du wissen solltest.»

Als sie ihm alles erzählt hatte, war sein Gesicht kreideweiß und wirkte abgespannt. «Gott, was für eine Schweinerei», sagte er. «Und das Schlimmste habe ich dir noch gar nicht erzählt. Mrs. Feniman. Als ich dort eintraf, hatte die Polizei ihre Leiche im Büro gefunden. Sie war gefoltert und anschließend ermordet worden.»

«Oh, Richard!»

«Die Polizei glaubt zu wissen, wer dahintersteckt, aber sie sagen, es würde sehr schwer werden, das zu beweisen. In Hongkong ist es immer sehr schwer, irgend etwas zu beweisen, wenn es um großes Geld geht.»

«Wo wir gerade von Geld reden...», sagte sie und erzählte ihm von der Duty-free-Tüte.

Er hörte schweigend zu, kaute auf seiner Wange, sagte dann: «Mrs. Feniman sagte mir, daß er das Geld irgendwo bunkern würde. Das sind die Profite der letzten zwei, drei Jahre, und Gott allein weiß, was noch alles. Und ich habe von hier aus immer wieder Geld nachgeschoben. Es war wie ein Faß ohne Boden.»

«Wir werden es doch zurückbekommen, oder? Ich meine, das wird die Polizei doch verstehen.»

«Ich weiß nicht, ob ich deine Zuversicht in diesem Punkt teilen kann. Wie auch immer, wir werden es versuchen.» Ein paar Augenblicke war er dann still, und schließlich: «Was ist mit diesem Jungen? Der, der dir geholfen hat?»

«Die Polizei glaubt nicht, daß er besonders weit kommen wird. Richard, ich möchte etwas für ihn tun.»

«Was?»

«Ich weiß noch nicht. Aber auf jeden Fall irgendwas.»

«Sicher. Wir werden etwas tun. Aber bis es soweit ist, setze ich mich besser mit diesem Superintendent – wie war noch gleich sein Name? – in Verbindung.»

«Jetzt?» Sie stand auf und legte ihre Arme um seinen Hals.

«Tja, vielleicht nicht gerade genau in diesem Augenblick», sagte er.

Wirklich glücklich war Terry nur beim Laufen. Und jetzt lief er. Einen Fuß nach dem anderen machten die weichen Sohlen seiner Turnschuhe eine gedämpftes Tapp... Tapp... Tapp... auf den kalten Londoner Bürgersteigen.

Day... lee... Day... lee...

Er hielt den Rhythmus seines Laufens. Links... rechts... links... rechts... Day... lee... Day... lee...

Er lief Richtung Shepherd's Bush. Auf dem Schild an der Straße stand White City Stadium.

Menschen waren unterwegs zum Einkaufen. Die Straßen waren belebt. Terrys grüne Wollmütze bewegte sich auf und ab, während er sich durch die Menschenmassen schlängelte.

Das White City Stadium! Dort versammelten sich Leute wie er und sein Großvater. Vielleicht würde er dort auch Daley finden. Der sich auf die neue Saison vorbereitete.

Er wußte nicht, wohin sonst er sollte.

Oder auch, was sonst er tun sollte.

Also... Okay... Das Finale über hundert Meter. Daley Thompson. Und Barney Ewell. Und Harrison Dillard. Und Haseley Crawford... und Huntsman Collins.

Alle nervös. Es wurde viel gegähnt. Und gerülpst.

«Besser auf der Außenbahn als innen», sagte sein Großvater immer.

Alle gingen zu ihren Startblöcken und traten nach hinten aus, um den Schmutz von ihren Spikes zu schütteln.

Auf die Plätze...

«Fertig...

Abwarten! Kein Fehlstart jetzt!

Und dann der Schuß...!

Huntsman schießt wie ein Rennpferd vom Start.

Und läuft jetzt durch Shepherd's Bush, zwischen den Autos und den Menschen hindurch.

Und es ist Huntsman Collins...

«Er ist einfach nicht aufzuhalten...»

Huntsman...! Huntsman...!

Eine letzte große Anstrengung...! Die Brust raus...!

Und der Jubel und die Schreie klangen in Terrys Ohren, als er so schnell er konnte die Wood Lane hinauf und in den kalten Nordostwind rannte.